新装版 大江健三郎同時代論集10 青年へ

新装版 大江健三郎同時代論集 10

青年へ

岩波書店

目次

I

II

III

青年へ

I

青年へ

青年へ

――中年ロビンソンの手紙

この文章を僕は、架空の青年にむけた手紙のように書く。その青年については、僕がこれまで個人として受けとった様ざまな手紙の、書き手の青年を綜合して、自分のなかに具体化したい。またそのなかには、二十五年前の僕や、おなじ年齢の友人たちの、あるいは言葉で、あるいは沈黙において表現したところを加えたい。つまりは一般化を経て、すでに中年にある者の、青年への手紙というかたちにそれはおちつく。しかし僕が、友人たちのように教職にあるのでなく、また自分の長男が事故によっていつまでも少年のままである以上、僕の青年についての経験は、限定され、かつ特殊なものであることも認めておかねばならぬ。

青年の書き手から、僕が受けとってきた手紙。それらのとくにこの数年あきらかになった特徴は、次のような書き出しにあった。――自分はいま、鬱病なので、あるいは鬱の状態で、うんぬん。僕はそう書きだす手紙について、＊＊君よ、きみは鬱病だというがと、現に記憶にある特定の名にむけていま書くことが幾様にもできる気がする。それほど多くの青年が、――自分はいま、鬱病なのでと書き出しつつ、手紙をおくってきた。相当に一般性をもった傾向であるのらしい、友人たちもそういえばそうだという、このタイプの青年の自己認識につき、まず僕としていいたいことがある。

鬱病で、鬱の状態なので、――すなわちこれから自分の語ることには、暗すぎる歪みがあるかも知れぬ、おおいにありうるにちがいない。土台この手紙を自分に書かせる力そのものがその鬱かもしれぬ、そのような心の動きが率直にあらわれている手紙には、僕はそのようにいわざるをえぬ書き手に好意をいだいた。そこには、自己告白にさきだつ含羞の印象、またそのように自己について語りすぎることへの、あらかじめ客観的に自己批評しておくという、バネの強さの印象があったから。こういう青年は、鬱病の名において周囲や家族や他人を侵害することにつき、自己正当化することはないと感じられ、かつ、こういう青年には、かれのいう鬱病からの、バランス復元力があるはずだと思えたから。

そのようなタイプの対極にある存在として、確かに専門医もそれを鬱病と診断するはずの状態にあるところの、つまり言葉の科学的な意味におき、いま自分は鬱病なので、といってくる青年に僕は答えた。それに独力で抵抗することはできぬ、医師に相談し、薬品をも活用し、まずは病気としてのそれを治療せねばならぬ。いったい専門医でない者に、それよりほかのどういう答えがありえようか？　鬱病の患者として、かれは自己破壊の死を眼の前に見すえているともいってくるのである以上。

しかし、含羞による反語としてでなく、また病患にとらえられた者としてでもなく、自分はいま鬱病なのでと書く、平均的な青年たちには、返事を実際に出すかどうかは、その事例によるのであったが、僕は心中こういう答が湧きおこるのを経験した。――いま、鬱病だときみはいうが、そして僕としてまず、いまという限定のいいまわしが気にいらぬのではあるが、＊＊君よ、鬱病という流行の言葉など自分から引きはがして、あらためて赤裸の、自分の現にある状態を見つめようじゃないか、自分について僕はそのようにしたいと……

鬱病という言葉、あるいはいま鬱であり、あるいは躁であるという、考えて見ればいかにも非日常の危機の言葉の、今日の流行。それはまず、中年または中年すぎの作家の誰かれが、頻用したことにその根をもつだろう。そこで僕はこういいたいような、ある口惜しさを味わうのである。＊＊君よ、あれらの作家たちが、自分はいま鬱の状態にあるという。しかしかれらのじつに誰もが、その鬱と呼ぶ事態の制馭《せいぎょ》しかたをよく心得た、むしろしたたかな連中なのであって、無経験なきみが、かれらにあわせて鬱病だといい、いま鬱なのだと自己規定するのは軽薄だし、ほかならぬきみ自身にとって有害だと。なぜなら青年は、自分の口にする言葉の喚起力、誘導力に敏感な者らだから。すくなくとも、自分はいま鬱だといってみるような青年なら、いったんこの口真似の言葉を発した瞬間、バランスをとっていた片方の力綱を切りはなして、真の病患たる鬱病の方へと、みずからかたむいてしまうこともありうるのであろうから。

そこで僕は、自分は鬱病だ、いま鬱の状態なのだというように自己規定せず、当の病患そのものにもとらえられず、その傾向から自立した精神として責任をとりつつ、それでも自分の心をむすぼれたものにする力を、またむすぼれた自分の心そのものを見つめてもらいたいと、あるいは手紙に書き、あるいは返事を出さぬまま、そう自分で反芻してきたのであった。

僕のこの反応の仕方には、当の僕が、自分は鬱だと、自己告白に先だっていう青年の、含羞を読みとって好意を持つといったことと矛盾しての、僕自身、自覚していないのではない心の狭さ、不寛容ということがあろう。こちらは自分に一貫しての問題として、きみの呈出する問いに答えねばならぬ。ところが＊＊君よ、きみはさきにいったのは躁の状態でのこと、これは鬱のいま考えることと、きみの人間としての整合性については責任をとらぬ具合じゃないかと、反撥することがしばしばあったから。作家として、しかもとくに人間のそなえる多様性、現にいま表層にあるものの、引っくりかえしによる活性化ということを課題としている作家として、僕はこの不寛容の態度そのものに矛盾があると、認めねばならぬのでもあるが。つまりはこのような僕自身の矛盾、すなわち青年の問いかけや青年の内包する問題そのものが、こちらから突つきだす中年の人間の矛盾、ひいては危機そのものについても、事の勢いにしたがって、僕は語らねばならぬだろう。現に僕は、鬱病あるいは鬱の状態でとかいういい方を、自分として拒みたいとは思うが、それでは鬱屈していないかといわれれば、そういうわけではない。むしろそのようにこちらが鬱屈しているありようを見こしての、鋭敏な青年のさきのような手紙であって、それゆえにこそ、さらに僕の心の狭さが刺戟されるのでもあっただろう。ただ僕はその事態に対して、鬱病だとか、鬱の状態にあるだとかいうことはない。すでに僕は、特殊な音の響きをたてるにちがいないと予期しつつ、むしろそれを期待するようにもして、心がむすぼれた状態にある、と書いたが、この表現によって、つねに僕は自分のそのような状態を把握してきたのである。

この言葉は、僕が十八歳から二十歳にいたるまでの間に刊行された講座から、つまり僕としてあきらかにエリクソンのいう青春の「アイデンティティーの危機」にあった時期に読んだその文章から、むしろ自分の精神に自発する言葉として受けいれたものであった。僕はこの青春のはじめの年齢で、地方から出てきて東京で学生生活を始めた。それは括弧で留保を示して「共同体」といったほうがいいが、その大学で新しく自分の前に開かれた「共同体」社会に、青春にある自分自身を確立しながら、参加してゆかねばならなかった。あれからほぼ二十五年たち、いま僕はやはりエリクソンの生命周期《ライフ・サイクル》になぞらえていうなら、青春においてのそれとはちがうが、やはり危機としての、心のむすぼれた状態を、新しく経験しているといわねばならない。それは自分の肉体と精神、情動のすべてに関わって、停滞の感覚としてあらわれているように思う。これはエリクソンの定義から自由に離れていうのであるが、現在の僕の心のむすぼれた状態は、青春の危機を乗り超えようとする試みそのものでもあった、初期の創作以後、自分のつづけてきた文学的な創造の仕事につき、これまでの積みかさなりとその現在、そして先ゆきについて自分でいだく、根柢的な疑いに発していよう。＊＊君よ、もちろんきみはまだいかなる立場にも自分を固定しない青年として、作家の心理学的素人談義にとらわれることはない。きみ自身が、まっすぐエリクソンの著作にむかうのがいい。したがってここでは、一応僕も文学の言葉に戻って、自分としての正確を期することにしよう。

すでにいったとおり僕は、自分の青春のはじめにその言葉に出会い、それによって自分の鬱屈をとらえなおし、しかもそうすること自体によって、その鬱屈を突破する手がかりをあたえられるように感じた。心のむすぼれた、というのがその言葉であって、僕はそれを岩波講座『文学』の、「刊行のことば」に読みとったのである。そしていまはその文章が、竹内好の書いた原案を編集委員会で修正したものだと知っている。そして僕は、その核心にあるこの言葉が、竹内好の原案のうちにすでにしてあった、まさに竹内独自のものであっただろうという気持をもつ。その根拠として、晩年の竹内好の風貌姿勢にも、この言葉がいかにも似つかわしく感じられた、それは竹内の文体をなしていたという、僕の思いこみしかないのではあるが。「刊行のことば」は次のように始っている。

《文学は心の表現である。心がむすぼれているのに、文学がゆたかに花さくことはできない。しかし、心のむすぼれを解くためにも、文学はなければならない。

いまの日本のおかれている状態をおもうとき、私たちの心は暗くなる。どんなに努力してみても、私たちを閉ざしているこの壁をつき破ることは、できないのではないかという気さえする。外から押しつけるばかりでなく、内からもしめつけているこの途方もない力――そこから自由になるのは、私たちの手にあまる事業であろうか。

国民の心を解放し、それに表現をあたえることによって、その力を結集することによって、はじめて、この困難な事業がなしとげられると私たちは信ずる。文学が、国民の一部だけのものであった時代は過ぎた。いまこそ、文学は国民全体のものとなるべきである。国民はみずからの文学をもつべきである。そのために努力することが私たちの生きる意味である。》

この引用の後段の、国民全体の文学、国民みずからの文学という提唱は、竹内好を中心に、国民文学論争へと生産的に発展したが、しかしかれらの後進としていま作家の仕事をしながら、僕は自分の創作においてこの問題提起によく答えているということができない。今後の自分の仕事への見とおしを考えても、この現に果たしえていぬ、またついに果たしえぬものかもしれぬ課題は、中年にいたった僕の現在の、心のむすぼれの一端をなす。それは停滞の思いとしてある。もっとも高い規範としてのトルストイの『戦争と平和』はもとよりのこと、同時代のラテン・アメリカ文学において、国民文学の名にあたいするものがさかんに実現され、しかもそれらが外国人のわれわれへの、知の喚起性においても刺戟的であるのを見る時、僕には、この竹内好らの問題提起にむしろ不当に答ええていない、文壇は隆盛しているけれども、という思いが強まるのでもある。

もっともあの青春時のはじめにあった僕は、国民文学という概念には淡い関心しかなく、当の僕の情動に直接働らきかけてきたのは、心のむすぼれという言葉そのものなのであった。しかもそれに加えて、その心のむすぼれが、個の内部にあるものながら、社会的にひろがり国際関係に関わる要因を持つという見方であり、その見方に立って、心のむすぼれからの自己解放の手がかりが、そこに暗示されているということなのであった。すなわちそれは、自分の心のむすぼれに正面からたちむかうこと、心のむすぼれている自分をまともに見すえることを、僕にむけその言葉の呈示自体で励ますようだったのである。＊＊君よ、きみが僕のこの思い出話に対し、それはいかにも文学を生涯の職業に選ぶ青年らしい、むしろ言葉そのものに思いこみをたくしすぎる性癖をあらわしていると、すなわち一般的には説得力を持たぬのじゃないかと留保する、あるいは否定することはありうると思う。それならば、ひとりの鬱屈した青年を、地方から東京に出てきて「アイデンティティーの危機」にある若者を、つまり二十五年前の僕を想像してみてくれと、僕はいいたい。あるいはそう、鬱の状態にあるときみがいう、そのきみ自身にかさねて想像してもらいたい。そしてそのような具体的な青年が、かれ自身について、いま自分は鬱病でという場合と、自分には心のむすぼれがあると自覚する場合の、その上での次の一歩への踏み出しのちがいを測ってもらいたいのである。

もっとも僕のあの青春のはじめの時期の心のむすぼ

れの、すべてではないがその中心にあるみなもとのひとつは、僕が今の年齢になってもなお若い人に向けてそれをいうことがはばかられるような、性にまつわる卑小なものであった。むしろ僕はそのように卑小なものにとらわれて、心のむすぼれている自分を、なんとも許しがたいと憤りすらしたものだ。猿山で一匹の牝猿が、とうの昔に死んでミイラ化した仔猿を抱きかかえたまま走っている。そのような新聞記事を読むと、この猿は僕自身だと考えた。

ところがこの青春のはじめの心のむすぼれの時期に、僕がひそかに頼りにしたもうひとつの言葉があった。いまその学者の文章を探し出して引用することができぬ以上、それは僕の思いこみにすぎなかったかもしれぬから、あえてその名をあげることをしないが、ある精神病理学者の言葉。それがどのようにつまらぬ悩みであれ、いったん苦しみぬいてそれを克服すれば、その経験はひとつの価値であって、苦しんだ人間は、確実に自分を前へ進めているという意味の言葉で、それはあった。それでも僕は、自分のとらえられているこの卑小な強迫観念はあまりに卑小だから、乗り超えても価値は生まないのではないかと、そのように怯みこんでいた。しかもなお、僕はいくたびこの言葉を、それにすがりつくようにして思い出したことだったろう。そして今となっては、確かにその苦しみをとうの昔に乗り超えた中年の人間として、やはりあの卑小な悩みの克服は、ひとつの経験として自分を前へ進めたと、二十五年前の、痩せて暗い顔をした自分にいってやりたいと思うのではあるが。

この経験に立ち、ひとつ確かなことに思えるのは、——自分はいま鬱病なので、といってみるようなタイプでの、心のむすぼれのとらえ方は、おそらくは真の鬱屈への正面突破の経験をもたらすことはあるまい、苦しんでその鬱屈を乗り超えて一歩自分を前へ進めるか、進めえぬか、そのレヴェルの問題たらしめえまい、ということとである。いやそのような推論には根拠がないと、＊＊君よ、きみがいうとしよう。もしそうならば、きみがこのような言葉を、ほとんど周期的に繰りかえして僕に手紙をよこす、その、きみのみならずしばしば青年たちの示す例が、僕には納得できぬのである。

もとより僕がすでに中年である以上、自分が現にいま感じとる心のむすぼれは、青春にある人間の耐えている心のむすぼれとは、さきにエリクソンの概念に照して考えたとおり、異質のものだ。それを認識した上で、僕は、若い人間の心のむすぼれに対し、いったん自分としてそれを克服した者として声をかけ、＊＊君よ、きみの経験している「アイデンティティーの危機」は、などということを自分にとっても、当の相手にとっても、無意味な談論のように感じる。誠実な教師には、まさにその態度が必要であり、かつ有効であることを、僕は具体的な見聞にも立ち、心からの敬意をもって認めるのであるが。それを認めてみれば、すぐにあきらかであるように、僕の感じ方は、その生涯に教師として責任をとってきたことのない人間の、無責任と批判されても仕方のない態度である。

そのような僕に、やや確実にできることは、自分が現に中年の人間としての心のむすぼれを感じる時、その心のむすぼれと、そのように心のむすぼれている自分を、どのような媒介物をつうじ、よく見つめることができたかを、具体的に語ることであろうと思う。もとよりきみはそこに、＊＊君よ、青年であるきみの心のむすぼれと異質なものを見出すだろう。お互いにそれをはっきり受けとめた上で、ことなる二種の心のむすぼれを、構造的に組みあわせるようにして、その向うを見ることをするならば、そこではじめて、心のむすぼれている中年の人間の言葉が、青年として心のむすぼれを乗り超えようとするきみに対して、有効であるかもしれぬと僕は思う。

　そこで僕が媒介物として呈出するのは、自分が心のむすぼれを感じるままに読みつづける書物のうち、慰さめといっていいほどの感動をあたえてくれた小説だが、それはもともとの作家の意図としては、子供たちのために、つまり中年の読み手どころか、まだ「アイデンティティーの危機」すらもを経験せぬ、子供の読者のために書かれた一冊である。ミッシェル・トゥールニエの『新・ロビンソン　クルーソー』（榊原晃三訳、岩波書店刊）、これはもともと深くドイツ的な教養を、フランス人としての思想と感性とに対立させ、それを美事に統合しているトゥールニエの、（のちにこの統合という言葉を僕があらためて使う時、トゥールニエの事例を思い出してもらいたいのだが）、大人にむけてまず書いた小説を、子供のために書きなおしたものだ。原題は『フライデー、あるいは野生の生活』、かれと同時代を共有する文化人類学者の『野生の思考』という表題のつけ方と、僕は両者を対のようにして受けとっているのだが。

　この作品は、原題の示しているとおりロビンソン・クルーソーが孤島で救助してやり、かれ自身をマスターと呼ばせて召使いとした、あの原住民フライデーに、新たな力点を置いた読みかえの小説である。この小説において、ロビンソンの精神と肉体にむけ、トゥールニエがあたえる根本的な転換は、ロビンソンがそのマスターであるどころか、フライデーの弟子となってしまうような、徹底的な引っくりかえしである。このデフォーの原作に対するじつによく考えられたトゥールニエの読みかえを、細部につきつつあきらかに把握するために、僕はまず、オーソドックスな読みとり方で、デフォーの原作が、どう受けとめられてきたかを示しておきたい。

僕としてそのオーソドックスな読みとりの秀れた例とみなすのは、マルクスやヴェーバーのロビンソン読みとりをふまえつつ、より詳しく確実に社会経済史のなかに位置づけた、大塚久雄氏の仕方である。僕はそれを自分のような素人にも理解可能なように書かれている『社会科学における人間』から要約・引用したいと思う。(岩波新書)

大塚氏は、《あのロビンソンの孤島における生活には、なにか社会的モデルとも言うべきものがあった》として、それを十七世紀の終りから十八世紀前半への、イギリスの農村地帯で工業生産をいとなんだ「中産的生産者層」の生活様式と規定する。そのような生活様式の人びとこそが、真にイギリスを背負って立つ者らであって、遠国に旅立つよりもかれらに習って国内にとどまれと、痛風の父親がロビンソンを訓戒する。そのよく知られた情景に対し、それにさからって出航し・難破したロビンソンの、悔い改めの生活が孤島での生活様式をきめたとする。

大塚氏は、孤島のロビンソンの《思考と行動が実に現実的でかつ合理的だ》とした。野生の山羊を捕えれば、囲い込み地で増殖させ、屠殺した山羊の皮で衣服や帽子、日傘をつくる。食器をはじめとする陶器もつくる。船から運び出した量以上には再生産できぬ、重要な火薬については、それらを分散して保存することで、保険をかけもした。ロビンソンは《すぐれた経営者であり、また同時に、忠実な労働者》である。かれは《近代の産業経営を成り立たせるために、経営者についても労働者についても、どうしても必要とされるような合理的・経営的な思考と行動の様式、そういう人間的資質》をそなえていたのである。ロビンソンは、孤島に漂着してから一年間の生活の、自分にとってのバランス・シートをつくり、《形式合理的な基礎づけを行なったうえで神に感謝する》。《彼の思考と行動は、形式合理性という特徴を著しくおびている限りにおいて》、たとえば星占いのような《呪術的な非合理性から解放されて》いた。また近代以前の商業の《投機的な非合理性からまったく免れて》もいたのであった。

そして大塚氏は《経済学の生誕にさいして理論形成のための前提、いわば認識のモデル、となったのがロビンソン的人間類型だった》として、「経済人《ホモ・エコノミクス》」の概念の具体的な内容を、そのようにさかのぼって示すのである。僕はもとよりひとりの作家にすぎぬ以上、経済史に関わってなにごとかをいう資格はいささかも持たない。それはいうまでもないことだが、しかし大塚氏の読みとりにつき、小説の細部の有機的、構造的な意味の把握、シンボル作用や暗喩の的確なすくいあげについて、文学の側からの敬意をあらわすことはできようと思う。大塚氏の正確な指摘のいちいちは、あらためて現代の作家がロビンソンの孤島生活の意味を引っくりかえそうと企てる時、逆転の局面を検討するための指標として、すべて着実な有効性をあらわす。つまり＊＊君よ、僕はデフォーとトゥールニエの美事な媒介者として、大塚久雄氏をかれらの中間に置きたいのだ。

さてフランスの現代作家として、ロビンソン・クルーソーの冒険を百年後にうつして書きかえようとしながら、トゥールニエがロビンソンを、若いなりにイギリスに妻子を残す人間として、その上で出発することに注意をとどめておきたい。それはもともと離人癖のある性向なのでもあるらしい、孤独な作家トゥールニエの、もし自分がロビンソンのように孤島で暮すならという発想から、この小説が(もっと正確には、その大人のための原作がまず)自然に構想されたのであるように、作家の僕には感じられるからだ。さて、その書きかえられた『新・ロビンソン クルーソー』においても、難破と孤島への漂着、そして生活の建設の過程は、すくなくとも作品の前半におけるかぎり、デフォーの原作や大塚氏の読みとりのままに展開するのである。

ただトゥールニエのロビンソンにおいて、当初から特徴的な性格は、デフォーの原作にもある、やはりそこでもロビンソンを悲しませた、重すぎるカヌーをつくり海に浮べえぬ失敗をすると、悲しみのあまりに徹底的な退行現象をおこすことである。退行したかれの行く先は、いかにも象徴的に書かれた、ガスが発生して人を酔わせる沼地であった。一度ならず、かれはそこへ戻って行くことになる。《ロビンソンはとても疲れ、悲しみにくれていたので、ヘソイノシシたちと同じようにしたいと思った。服をぬぐと、鼻と目と口だけ水面の上にだして、ひんやりしたどろ水のなかにもぐった。

こうして、ウキグサや、スイレンや、カエルのたまごにかこまれて横たわって、たっぷり数日間すごした。よどんだ水から発散するガスが、ロビンソンの頭をくるわせた。ときどき、ロビンソンは、自分はまだヨークにいる家族にかこまれているのだと思いこみ、妻や子どもたちの声を聞いていた。

そうかと思うと、自分はあかんぼうで、揺りかごのなかにいるのだと想像し、頭上で風が揺すぶっている木々を、上からのぞきこんでいるおとなたちだと思いこんでいた。

夕方、そのなまぬるいどろからでてくるときには、頭がぼんやりしていた。もう、よつんばいにならなけ

れば前に進むこともできず、まるでブタのように鼻を地面にくっつけて、手あたりしだいにものをたべた。》
　デフォーのロビンソンについても、かれの書きつづける日記のうち、かれが悲しみにおそわれる、かつそれを正直に告白する箇所は、いくたびも発見することができる。したがってトゥールニエは、そのような心弱さをそなえたロビンソンの、その弱い部分を拡大してみせたにすぎぬのであって、かれがデフォーとはまったく別の人格を移入したという非難はあたるまいと、僕は思う。いったん退行現象をおこすにしても、トゥールニエのロビンソンはすぐに自分を恥じて気をとりなおし、デフォーのロビンソンと同様に労働に戻るばかりか、さきの退行した自分への罰のようにも、またあらためての退行への予防のためにも、さらにその労働を強化するのである。《そばに、自分を助けてくれる人間がいないとき、あくまで人間でいるということは、なんとむずかしいことだろう！　こういう危険な心の状態に対し、それをなおす手段として、ロビンソンが知っていたのは、労働と、規律と、この島のすべての資源を開発することだけだった。》
　ロビンソンは立ちなおるが、しかしもうひとつ、これはかれを泥沼の汚辱とはちがったやりかたで、直接に母胎へ回帰させるところの、洞穴の奥のくぼみの誘惑を発見することになる。そこには複雑な性の慰安の匂いもし、それは大人のためのトゥールニエの作品においてさらに明瞭に表現されるところだと僕は思うのだが。《さっそく、その通路にはいりこもうと数度こころみてみた。細い通路の壁は肉のようにすべすべしていたが、とてもせまくて、そこにからだを半分いれると、もう身動きできないくらいだった。
　そのとき、服をみんなぬいで、つぼの底に残っている、凝《こご》った乳を全身にぬったらどうだろう、という考えが浮かんだ。それから、頭から先に通路にもぐると、こんどはゆっくりとだが具合よくはいった。ちょうど、カエルがのみこまれるへびの口のなかへはいっていくみたいだった。

ロビンソンはぬれた壁のくぼみのようなところへやんわりと落ちた。そのくぼみの底は、ちょうどうずくまったときのからだのかっこうと同じ形をしていた。ロビンソンは、からだをかがめ、両ひざをあごにくっつけ、ふくらはぎを組みあわせ、両手を足の上に置いて、そこにうずくまった。そうしていると、とても居心地がよかったので、すぐに眠りこんでしまった。》

しかしトゥールニエのロビンソンは、この甘美な洞穴から出てゆくだけの克己心はそなえているのであって、いったん外に出て立ちなおれば、すくなくともまたそこへ入りこみたくなる誘惑に破れるまで、かれはデフォーのロビンソンそのままに勤勉で、すぐれた経営者として、かつ忠実な労働者として、合理的・経営的な思考と行動を、生産のみならず消費生活の側面でも、立派に示すのである。もしかしたらデフォーのロビンソンも、あれらの恥かしい退行については、それを経験はしたものの、日記に記録はしなかったのだと思いこませるほど、両ロビンソンの人間的資質は一貫しているのである。われわれは、実際そのような弱点をそなえながらも、他人の眼のとどくところでは非のうちようのない、今日の「経済人《ホモ・エコノミクス》」をよく知っているではないか。ついにフライデーが出現するが、かれをむかえいれたトゥールニエのすでに中年のロビンソンは、やはり島の総督たる自分に、権威をもって未開人フライデーを従わせるのである。

しかし作家によってひそかに準備された逆転の分節点は、一挙に表面化することになる。ロビンソンの大切な火薬に、フライデーの投げたパイプが点火させてしまうからだ。ここでもデフォーのロビンソンが火薬を分散させて保険にかけた、同時代のイギリスの保険業の発達を反映する配慮をしていたことにつき、トゥールニエがもとより意識して周到に、かれのロビンソンの行為から欠落させておいたことに注目したい。

《これで、耕作地も、飼育場も、建物も、ロビンソンが島で作りあげたすべての作品も、ほら穴のなかにためこんだあらゆるたくわえも、なにもかも、フライデーのあやまちのために失なわれてしまったのだ。

けれども、ロビンソンはフライデーをうらんでいなかった。じつのところ、ロビンソンはもうずっと前から、このたいくつでめんどうな島の仕組みに、すっかりいや気がさしていたのだが、そうかといって、それをぶちこわす勇気もなかったのだった。

ところが今は、ふたりとも自由だった。いったいこれからどうなるのだろう、とロビンソンは好奇心にかられながら考えた。すると、これからはフライデーが先に立ってロビンソンを指導していくにちがいない、とさとった。》

転向した、あるいは新生したトゥールニエのロビンソンは、デフォーのロビンソンの「中産的生産者層」の生活様式を棄てる。山羊は野生にかえした。というのもすでに囲い込み地はどこにもないからだ。衣服と帽子、それに日傘もすでにかえり見られない。食器のために陶器をつくりなおす必要もない。いまロビンソンはフライデーの野生の料理をそのまま食べるのだから。かつてロビンソンが正装してヨーク風の料理をとったことを思い出したい。ただひとつ、ロビンソンは野生の生活に入ったので、近代以前の商人に戻ったわけではないから、投機的な非合理性こそ性格にあらわさぬ。しかし呪術的な非合理性は、むしろ現在の生活の喜びのみなもとをなす。自分とフライデーにかたどった人形や彫像で遊び、かつお互いの役割を交換する遊びをする。それはおよそ形式合理性の転倒の試みだというべきであろう。

　わずかに残った貴重な資材、あの再生産できぬ火薬は、花火としてのみ楽しまれる。なぞなぞ遊び、身ぶり言葉の発明。死んだ山羊の皮からは凧が、頭蓋骨からは風琴が、すなわち「経済人《ホモ・エコノミクス》」とは対照的な人間類型のみのつくりだすであろう、完全に無償の遊戯のための労働が、新しいロビンソンの生活、《フライデーのらんぼうで健全な遊びととほうもない発明にみちている、おだやかでしあわせな長い生活》となる。

　このようにして孤島での中年の危機を回避し、調和的な五十歳をむかえたロビンソンを、文明圏からの船が発見した。ロビンソンはデフォーの筋書どおりにイギリスに向けて、野生の生活の場から去るだろうか？実際には、青年フライデーが空飛ぶマストをそなえた帆船にあこがれて去り、孤島には船から逃れた少年水夫と、ロビンソンが残る。《ロビンソンが少年にいった。

「これから、おまえを、『サンデー』（日曜日）と呼ぶことにしよう。サンデーは祭りと笑いと遊びの日だ。そして、わたしにとっては、おまえは永遠に日曜日の子どもということになるだろう。」》

　直接に自己告白的なもののいい方を、僕は自他に対して好まぬが、大塚久雄氏によるロビンソン・クルーソーの古典的な読みとりに対比しつつ示した、トゥールニエによる読みかえ、古典的なものの徹底的な引っくりかえし、逆転をめざした書きかえによって、自分の心のむすぼれに慰さめをあたえられた。そう僕があらためていうことは、＊＊君よ、僕がきみにむけ、年甲斐もなく様ざまな告白をしたにひとしいだろう。青春のはじめの、いまに人にいえぬほど卑小な鬱屈の種子にくらべても、僕が現に中年の人間として生きているのである以上、トゥールニエの鏡にうつした僕の内部は、きみのようにいま青春を生きている人びとから憫笑をむくいられるかもしれぬ眺めをしていよう。現にこの子供のための小説が、もとよりその全体においてではなく一面においてだが、ロビンソンを小児かブタの境涯にまで退行させた瘴気を発する沼地のように、僕に作用するところもあったのを認めざるをえぬから。また母親の胎内そのものであるような、皮膚にここちよい湿った暗い穴倉のように、読みすすめながらたじろぐほど甘美な思いを、自分にあたえたことを否みがたいから。

しかし僕が『新・ロビンソン クルーソー』から受けとった情動の揺さぶりは、その総体としてもっと広く開かれた方向づけにゆくものである。大塚氏の社会経済史の文脈につないだ読みとりの言葉にそくしていいかえれば、「経済人《ホモ・エコノミクス》」という人間類型の文明の側にある自分が、「野生の思考」に知を喚起されたように、「野生の生活」に情動ぐるみ震撼されたということであろう。もとより僕は作家としての、やや特殊な生活をおこなっているのであって、つねに現実的かつ合理的な態度を保っているとはいうことができず、およそ形式合理性とは背反することが多く、そもそものプロテスタントの資本主義精神とは縁もゆかりもない。またわれわれの文明は、おおいに形骸化した「経済人《ホモ・エコノミクス》」によって管理されている社会のものであり、僕はそこに属しているということなのであるが。

しかも僕として現実の日々の課題として、この社会生活をつうじ中年の自分の心のむすぼれに対処せねばならぬのである以上、＊＊君よ、きみがすでに見とおしているであろうように、僕にはトゥールニエの幸福なロビンソンを(かれ自身がフライデーをそのように見たのに習って)、人生の教師として頼るというわけにはゆかない。トゥールニエ自身にしてからが、あらかじめそういっているかのようだ。かれのロビンソンがこれからは毎日が祝祭だとみなすのは、そして完全な自己解放にいたるのは、すでにかれ自身が老年のトバぐちに立ってのことであり、島の外側からの、文明という名のいかなる共同体との関係も将来にわたってたち切ってのことである。しかもそのロビンソンが文明のシンボルたる船につき、《たぶん、おまえはもう二度とあれを見ないだろう》といいかける相手は、青年フライデーではなく少年サンデーであった。

青年と中年の問題は、トゥールニエ自身においてもなお、葛藤のうちにあるというべきだろうと僕は思う。孤島に逃げてゆき、自分を根柢から影響づけている「経済人《ホモ・エコノミクス》」の人間類型の流れにあるものをすっかり逆転させ、祝祭の日々を送りはじめるのでない、中年の僕について、それはまた同じ文明圏にとどまる青年のきみにつきといっても妥当だと思うが、＊＊君よ、問題は未解決に残っている。たとえ実際にわれわれが大転換を決意して、太平洋の孤島に住家を探そうとしても、そこは核実験と開発に汚染されているのであり、またいわゆるヒッピー生活をこころざしても、その成立の基本には、文明の剰余価値への屈服を置くという欺瞞に立つのである以上、すでにわれわれには、トゥールニエの老年ロビンソンと少年サンデーのための避難所すらなかった。もう医師と薬品による治療をあおぐほかにない鬱病へと、地理的には最短の船旅をおこなって難破する中年と青年とがつぎつぎにあらわれても不思議ではないということになろう。

僕自身あらためて、このトゥールニエにあたえられた甘美に心を洗う経験から、一歩踏み出して考えなおすと、自分の心のむすぼれは、具体的にも暗喩としても、孤島に他者を排しつつ閉じこもるという形式によっては、すなわち「共同体」的なすべての関係から離脱する方向づけでは、解きえぬものだと自覚される。むしろそれは当初から意識にあったのだ。それゆえにこそ僕は、さきに竹内好の言葉を、個の内部の問題としてのみならず、社会的・国際関係的な条件づけにおいても把握されている、心のむすぼれという言葉を、自分が現にそのなかにある事態についてふさわしいものと選んだのであった。

　それは僕において、エリクソンの思想を端的にあらわす文章としてよく引かれる次の一節の、アイデンティティーの定義にかさなってくる。しかもそれは、青春にある者の、つまりきみのそれと、中年にある僕のそれの、ともに危機的なあらわれについてどちらにも有効な定義として、＊＊君よ、僕はそれを読みとりうると思う。《なぜなら同一性《アイデンティティー》とは、「個人の中核、さらにまた、彼の共同体文化の中核に『位置する』一つのはたらきであって、まさにこれら二つの同一性《アイデンティティーズ》の一致を確立するはたらき」である（あるいは、私はそのように主張してきた）からである。》（『ガンディーの真理』みすず書房）

　現実にわれわれが生きているこの日常生活において、右の原理的な意味におき、われわれと関係してくる「共同体」は、層をなしてかさなるような性質の、複数のものだと僕は思う。たとえ客観的には「共同体」が単一であるように見える場合も、しかし個によるその把え方というレヴェルでは、つまりアイデンティティーの確立のための手つづきとして、それは欠くべからざるものだが、その「共同体」の受けとめが一枚岩的であるはずはない。社会主義体制における国家につき、ソルジェニーツィンは、誰もが疑うようになっていた一枚岩の神話を最終的に打ち壊したのではなかっただろうか。つづいてそこに個のアイデンティティーをかさねようとする心の働きが加われば、さらにその「共同体」は固定した既成事実ではなくなるであろう。

僕はイデオロギーとは無関係に、つまり党派に属さず生きてきたのであるから、そのような人間としてのそれ限りの感想なのではあるが、したがってイデオロギーと真剣にとりくんだ若い人びとの感じとり方からは、おおいに乖離《かいり》するはずのものとも思うのだが、僕がいわゆる連合赤軍事件の、裁判記録抜粋を読み、大きい力によって自分の心のむすぼれのただなかに押し戻されるように感じたのは、イデオロギーという最大の「共同体」への方向づけに結ばれたかれらが、いかにも微妙な差異を持つにすぎぬとしか外側からは見えぬ、いくつもの小さな「共同体」の間で、つまりかれらが連合する前のふたつの党派、連合しての党派、あるいは指導層の誰かれとのタテのつながりの生むかたまり、それらのいちいちを自己の属する「共同体」として選ぶ、あるいは選ばされる・選ぶことを許されぬ、そのレヴェルの葛藤のうちにおいて、個としての死を強制されてゆく黒暗々たる眺めにであった。かれらひとりひとりの個人の中核が、いかに酷たらしく、かれら自身およびかれらの同志によっておとしめられ、踏みにじられることか。この進みゆきでは、ついにどのような「共同体」が選ばれたとしても、同一性《アイデンティティーズ》の一致《アイデンティティー》は、他ならぬその個の側から、自己崩壊するはずのものではないか？

さて僕は、この悲惨な限界状況の「共同体」の模索を、視野の一端に置きながらではあるが、しかし現実に日常生活にある人間の、つまり孤島に逃れるのでなしに心のむすぼれを克服しようとする人間の、具体的な問題として、あらためてトゥールニエの逆転したロビンソンを、どのように有効な契機として読みとれるかを見たいと思う。このようにも自分を感動させた小説が、単にその自分を退行現象の方向へ、つまり人間をブタにする瘴気および胎内のようにぬるぬるの穴倉の方向へのみいざなうものだとは、経験によって僕は信じぬから。

　トゥールニエ自身が、後半の逆転の準備として強調するのであるが、かれのロビンソンも、百年後の人間ではあれ、大塚氏の読みとるデフォーのロビンソンを正統につぎ、イギリスの「中産的生産者層」という「共同体」にはっきり属している。かれは孤島にも、ただひとりでその「共同体」をにないながらやってきたのであり、孤独な島での生活でも、かれの個人の中核が、その本国に由来する共同体文化の中核と合致する時、ロビンソンの精神生活は安定している。そしてデフォーは誰もが知るとおり、ついにロビンソンが島を去ってその「共同体」へ帰還するまで、この確立されたアイデンティティーを持ちつづけさせたのであった。

　ところがトゥールニエは、「野生の生活」の側にある青年フライデーの言動により、島で中年になったロビンソンがになっている「共同体」を、根柢から揺さぶらしめ、ついには放棄させる。そして個としてのロビンソンの情動と精神それに肉体までをも、逆転した新局面へと押し出すのである。そして僕は、いま自分が中年の人間としての現実生活を生きながらいだいている心のむすぼれにつき、それから退嬰的に逃れるのでなく、積極的に克服してゆく方向づけにおいて、トゥールニエのロビンソンが、フライデーを教師におこなう転換により、すなわちかれの「共同体」の意識、および個の引っくりかえしにより、強い刺戟を受けるのだ。そしてそれは、このような目的意識を持ってというのでなく、現に自分が社会と関わっておこなう現実生活、個の生活そして文学の仕事の、それら総ぐるみにおいて、この数年関心をひきつけられてきた課題とかさなってもいる。

いうまでもないが、僕は孤島にひとり生きているのでないから、自分に引きつけてこの転換、引っくりかえしを考える際、それは、ロビンソンにおいてより以上に、僕と日々関わりを持つ、層をなした「共同体」と、そこで生きている自分の個について、しかも日常的なレヴェルに立ち、受けとめてゆくことになる。そしてそれがまず明確にするのは、多義的なかたちのまま、自分の周りで固定化している「共同体」の意識と、やはり閉鎖的に停滞している個とを、多様な手段で活性化しなければならぬという自覚である。そしてその実現のためには、自分の「共同体」の意識にとっても、個そのものにとっても、抵抗体としての他者、異物をそこにみちびきこむことが必要だということである。

それは自分の「共同体」の意識と個の多様化ということであり、かつこれまでの自分の「共同体」の意識と個との世界において、中心的であったものを、周縁的であったものとの間で逆転させ、全体の引っくりかえしを試みることにもなろう。自分において固定化している「共同体」の意識と個とを、それぞれに攪乱して、自己の思いこみを相対化するための、道化の役割をみずからつくりだすことも、その手段として有効であるにちがいない。

このようにいう僕に対して、＊＊君よ、きみがきみのいうとおり僕の文学についての談論の、時に批判的な、しかし持続的な読者だとするなら、いまあなたのいったところの頂点に祝祭的なものを置くならば、それは文化人類学者に援助されてあなたが提唱している文学の方法論そのものだ、というだろう。そして永遠の祝祭の、それも日常的な実現は、老年のロビンソンと少年サンデーにとってのみ可能だと、トゥールニエ自身、その小説をつうじて証明したはずじゃないかというだろう。

それはきみのいうとおりだ、僕も自分の現実生活を、日々の祝祭になしえるとはいわぬ。文学の世界においてすら、想像力の言葉によるその実現のための試行錯誤が、書き手たる僕自身を危機におとしいれかねぬのだから。それというのも、僕はこれまで、自分がそこにあいまいなままに属してきた、つまりよく対象化しえぬままに束縛されてもきた「共同体」の意識と、そのような個である自分を、異物に打ちあて、他者を導入し、秩序の引っくりかえしを繰りかえして多様化するように書く。ところが僕はやはり作家としてそのように書いているのである以上、つづいてその小説の世界を統合するのでなければ、書かれたものは作品として自立しない。

したがって作品を内側から多様化し拡大してゆく方向づけと、それらすべての要素を可能なかぎり生かしながら統合するという、抱えこみの方向づけの、力仕事のバランスが崩れそうになっては、作家としての僕に危機感をもたらすのであるし、直接それが日々の現実生活における心のむすぼれの一因なのだとも思う。あらためていかにも深く自分の個の奥底に響いてくる言葉として思い出される一節。《心がむすぼれているのに、文学がゆたかに花さくことはできない。しかし、心のむすぼれを解くためにも、文学はなければならない。》

さて僕のこの手紙としての文章は、デフォーのロビンソンのように、合理的かつ現実的な存在としてアイデンティティーを確立した人間のものでなく、トゥールニエのロビンソンのように、祝祭のなかへ自分を解きはなつことに成功した人間のものでもない。むしろそれら両ロビンソンから遠いところにいる中年の人間の心のむすぼれを、両ロビンソンに託して語るものに終始してしまった。しかし架空の手紙なりに、僕は文学に限定せず、自由な未来を選択しうる青年であるきみに、＊＊君よ、一般的に有効であることを僕の望む、ひとつのメッセージをおくることはしたいと思う。

さきに僕が非限定のまま使い、それなりに注意をもとめておいた統合という言葉、それを僕はもともとはユングからみちびいたが、いまは自分の仕方で用いている。自分の「共同体」の意識に、あわせて自分の個に、異物と他者を、すなわち多様化の契機と、思いこみの相対化、逆転の手がかりをみちびきこみ、そこに内在していた矛盾を拡大し顕在化させる。かつ新しい要素をあわせとりこんだ上で、それらを統合しようと、人間がする。この統合のための精神と情動の働きの強さに、僕は青春の「アイデンティティーの危機」乗り超えの、核心の意味があると思う。青年は当の自分を挑撥するようにして、およそ立ちむかうに困難な異物と他者を多様に引きうけ、みちびきこみ、固定化していた自分の「共同体」の意識と個とを、揺さぶり拡大するようにつとめねばならぬ。しかもそのみちびきいれたものと、もともとそこにあったものの、互いに矛盾しあい、両極をなして対立すらする要素を、一個の人格として統合しようとする精神と情動の働き。僕が生きいきした力を持つと観察した青年たちには、その統合する意志を危機にある印象とともにあらわしている人間が多かった。

具体的に書物の読み方をとおしても、抵抗の大きい他者としての対象を引きうけ、それと対立する個のなかのものを、自分の精神と情動によって統合するために力をつくしている人間は、おのずからそれが透けて見えるものだ。とくにそれが持続的な生き方の態度にかさなる時。**君よ、そこで僕自身が心のむすぼれている中年なのであり、青年のきみをさらなる危機に向けて押し出そうというのではないが、僕は自分の青春の日のめぐりあい以来、肉体のなかにとりこんでいるように感じられるところの、オーデンの詩句を書きつけて、この手紙をしめくくりたい。The sense of danger must not disappear:

青年と世界モデル
——熊をからかうフライデー

僕はこの青年に向けての架空の手紙を、トゥールニエがデフォーの原作から、ロビンソン・クルーソーと原住民フライデーをかり、その役割を顚倒させせつつ作りだした作品をめぐって書き始めた。しかも僕として子供たちのための版としての、『新・ロビンソン クルーソー』をテキストに用いたが、この子供のための改作について挿話がある。トゥールニエは、子供を管理する教師とは正反対の、おそらく現実には子供にとって充たされるはずのない、完全な許容の、夢の教師というべきところがある人だが、そのトゥールニエは、フランスに現にある子供らが選考に加わる文学賞の、少年委員たちに頼んで、この作品をあらかじめ読んでもらったということだ。子供らはトゥールニエの作品の後で、誰もが、デフォーの原作を読みかえした。僕の架空の手紙のあて先としての、＊＊君よ、僕はきみがこれら少年委員らとおなじく、連続性に立つ読書家であると想定してこれを書くことにしたい。

もっともデフォーを読みかえした少年委員たちは、それを退屈に感じ、苛いらしもしたということだ。僕もかれらにならいトゥールニエを読んでから、デフォーを再読した。ありがたいことに中年の読み手である僕は、デフォーからあらためての楽しみをあたえられたし、トゥールニエに啓発されての、新しい発見もあったのである。それは僕にとり、やはり原住民フライデーに関していた。自分が少年時に、また青年時にデフォーを読んだ際、僕はこの小説の終り近くの、フライデーの奇妙な行動に注意をはらうことがなかった。いまあらためてその箇所に注意を集中して読むと、そこにはトゥールニエによって光をあてられ拡大された、フライデーの真骨頂が覗いている。それにはじめて僕は気づいたのだ。むしろトゥールニエの書きかえの構想自体、この部分を深く読みとることからもたらされたのかもしれぬと思うほどだ。もとよりトゥールニエによるフライデーの役割転換は、ロビンソンのそれと対になっているのだが、そしてそれがもっとも重要なことなのだが、デフォーの原作においては、この特徴的な箇所においてもロビンソンはフライデーの「野生の思考」にとくに眼を開かれず、かれとしては大塚久雄氏のいわゆる「中産的生産者層」としての、十七世紀末から十八世紀前半へのイギリス人の人間類型のままだ。

デフォーの、原型ロビンソンは、漂流からの帰還後、その永い不在の間も共同所有者が管理・発展させてくれたブラジルの農園の権利をあきらかにし、そこから送られてきた動産物件を為替手形に換える。そのように孤島での生活で鈍化しなかった、「経済人《ホモ・エコノミクス》」としての才腕を発揮した後、かれはリスボンからイギリスへ帰ろうとして、フランス廻りの陸路をとろうとする。そのピレネー山脈越えで、ロビンソンの一行が熊に出くわすのである。寒さも雪もはじめての経験で、怖気づいていたフライデーが、それをきっかけに元気な活動を開始する。(中央公論社版)

《しかしなんといっても、このあとのフライデーと熊との間に起こった戦いほど、大胆にそして奇想天外のしかたで進められた戦いはありませんでした。それは私たち一同に想像を絶するほどの楽しみを提供してくれました(もっとも、はじめのうちは、こちらもあきれ、大丈夫かとフライデーのことが心配になったのですが)。》

《この熊を見たとき、私たちはみな少々驚いたものですが、フライデーの顔にありありと喜びと勇気とが浮かんでくるのがわかりました。「おー、おー、おー!」とフライデーは、その熊を指さしながら三度いうのでした。「だんな! 許しをください! わたし、熊と握手する、だんなたくさん笑わせます!」

私はフライデーがそれほど喜んでいるのを見てびっくりしました。「ばかものめ! 熊に食われるぞ」と私がいうと「食われる! 食われる!」とフライデーはこちらのことばじりをつかまえて二度くりかえしてから、「熊、わたしに食われる。わたし、たくさん笑わせる。みなさん、ここで見ていなさい。たくさん笑うこと見せる」というのでした。》

巨大な熊はロビンソン一行を襲おうとしたのではなかった。ただ通りすぎようとするのへ向けて、フライデーは呼びかけつつ近づいて石を投げつけたのだ。さすがに追いかけてくる熊をかわしながら、フライデーは樫の木へ登り、なおも追ってくる熊の乗った大枝を揺さぶって「熊にダンス教える」。

《熊が大枝にしがみついたまま、いくら挑発してもそれ以上出ようとしないのを見て、フライデーは、「やれ、やれ、おまえさん、もう来ないなら、わたし行く、わたし行く。おまえさん、わたしのところへ来ない、わたし、おまえさんのところへ行く」といいざま、大枝をいちばん先端まで行き、自分の体重でしなわせ、その大枝をすべりおりるようにして、だんだん地面に近づき、最後は飛びおり、自分の銃を置いたところへ走っていき、銃を取り上げ、そのままじっとしていました。

「さあ、フライデーよ、どうするつもりなんだ？どうして撃たないんだ？」と私がいうと、フライデーは、「撃つない、まだわたし、いま撃つない、わたし、殺すない。わたし、ここでもう一度、笑わせる」というのでした。》

《それからフライデーのやつは、私たちの笑い顔を見ようとしてふりむき、私たちがまんざらでもない顔をしているのを見ると、自分からけらけらと笑い出したものです。「こうしてわたしの国で熊殺す」とフライデーがいうので、私は「殺すといったって、おまえら鉄砲持ってないじゃないか」とやり返すと「そう、鉄砲ない。でも、たくさん長い矢で撃つ」というのでした。》

このように熊をからかってわれひとともに笑う遊びは、ロビンソンと文明世界の同行者たちに格好の「気晴し」となったが、しかしフライデー本人には単なる「気晴し」以上のものだったにちがいない。ロビンソンはイギリスの「中産的生産者層」という「共同体」を担うようにして孤島にいたり、デフォーの原作に関するかぎり、その「共同体」を二十八年二箇月十九日間にわたって持ちこたえ、いまやあらためて文明圏に戻っている。かれの携行している為替手形は、その「共同体」に属しているロビンソンの、イギリスでの今後の安定した生活を保障している。いったん結婚し子をなした妻と死別すると、ロビンソンはあらためて冒険的な旅に乗り出してゆくのではあるが。

しかしフライデーの側に立って見れば、かれは孤島でロビンソンをマスターと呼ぶことになった瞬間、そのもともとの「共同体」から根こそぎ引きぬかれてしまったのである。そしていまやヨーロッパという「野生の生活」の正反対の世界へ渡り、この熊との遊びの後は、ロビンソンの背後に姿を隠してしまうのである。そこで最後の花のように、デフォーはフライデーに、ロビンソンの側の眼から見れば奇態な、かれ独自の行動に出る情景を準備したのでもあろう。フライデーは生命の危険をおかしておおいに楽しみ、ロビンソンと同行者を笑わせ、そしてかれの行為が「わたしの国」の、つまり「野生の生活」におけるかれの「共同体」の、文化の一表現であることを、はっきり主張することもできたのであった。この箇所に垂直に入りこむようにして、フライデーの「わたしの国」の文化に想像をめぐらしはじめるならば、すでにわれわれはトゥールニエの発想につづく場所にいることになろう。トゥールニエはその想像力的展開を徹底しておし進め、ついにロビンソンの「共同体」の文化を、フライデーの「共同体」のそれによって引っくりかえし、両者の関係を逆転させるところまで行ったのだ。

＊＊君、僕がいまデフォーの原作を読みかえしての発見を、きみに語った目的としてふたつがある。第一には、ここに想像力の働らき方について、具体的にそれの筋道を辿る適当な契機があるからだ。想像力とい

う言葉は、われわれがしばしばそれを使いながら、しかしその定義については、同じくしばしば、ある不明瞭なところの残るのを自覚する、そのような種類の言葉じゃないだろうか？　僕は文学の領域においてのこの言葉の役割を、幾度か定義してきたが、その僕自身が、想像力についてはさらにいくたびも定義しなおして、生きている言葉としておくことを望む。

デフォーがロビンソンの孤島生活についてはすでに語りおわり、いわば後始末をするところで、フライデーをして熊と奇態な遊びをおこなわしめる。そのあげくの熊の殺戮について、それを「わたしの国」の殺し方だといわせもする。このつけたりのような短い一節から、フライデーの「わたしの国」の「野生の思考」を、その全体像においてとらえたいとする方向づけに、意識が働らきはじめる。それこそが想像力の機能の始動なのだ。しかもこのようにして働らきはじめた想像力は、恣意的に増殖して行くというものではない。それまではつねに、マスターであるロビンソンに文化的屈服を余儀なくされたフライデーが、この末尾に近いところでの自己表現の場で、「わたしの国」の文化を明示した。それを手がかりにしてわれわれの想像力は、ロビンソンの「共同体」の文化にいちいち対立する、もうひとつの文化へとむかいうることになる。その方向づけで想像力によくその機能を働らかせてゆけば、ついにわれわれは、フライデーの文化の全体像の把握にいたるだろう。すでにフライデーのそれに対立する構造である、ロビンソンの文化の全体像は描き出されている。それに対置することで細部を充実させ、全体を構築してゆけばいいのだ。「ここにあるもの」の構造と対置させて、「ここにないもの」の構造を現実化させてゆく力と、想像力を定義することもできよう。

トゥールニエを、あらためてこの出発点に置いてみる。そしてかれがフライデーの「わたしの国」の「野生の文化」として構築したものの全体像として、かれが書きかえたロビンソンを見る。その筋道は、容易にフォローできるだろう。トゥールニエはそこからさらに一歩進めて、このフライデーの文化の全体像に、ロビンソンの文化の全体像を対置し、ロビンソンを敗北させて、両者の位置の逆転を実現したのである。このような「ここにあるもの」としてのロビンソン像をつくりかえ・歪形して、「ここにないもの」としてのロビンソン像にむかう、そのような意識の働らきとして想像力を定義することも妥当であろう。トゥールニエが実際にそうしたように、新しい書物をロビンソンとフライデーについて書くことはなくとも、＊＊君よ、活性化した想像力においてデフォーを読みとるという経験をきみはこのようにしてみずから作り出すことができる。

僕がデフォーのロビンソンを再読して、それを契機に語りたいと考えたことの第二は、すでに想像力の機能についていいながら、当の言葉を用いているのであるが、全体・全体像ということに関していた。それをある文化の、構造としての全体というふうにすると、今の場合、問題は大きすぎるものになろう。僕にしても、ついにはその方向づけへという野心がないのではないが、むしろそれは様ざまな異領域の専門家たちとの協同の仕事とするのでなければ、実のある展開をみちびきえぬであろう。そこで僕としてはここで、ひとりの作家としてどのように全体・全体像の課題を考えるにいたったかの、むしろ契機を書きつけるのである。

＊＊君よ、きみはロビンソンとともにヨーロッパ文明圏に来たフライデーが(すなわちいまや自分の固有の名前さえ失ってしまった太平洋の原住民が)、久し

ぶりに生きいきと活動した後、このように「わたしの国」では熊を殺す、というのに接して、確実な感動をあじわったはずだと僕は思う。それはこの断片的な部分にすぎぬ言葉がその背後にそなえている「野生の思考」の文化の全体の所在を、一瞬のきらめきのようにであれ、きみが見てとったからであろう。思えばロビンソンは、かれ自身がそれを意識している以上の大きい犠牲を(ロビンソンに生命を救われ、かれの「共同体」の文化のうちに表層においては組みいれられたことへの代償を、といってもいいが)、フライデーに払わせているのである。なぜならフライデーにはそれを表現する力、あるいはその意志がなかったために、それを沈黙したまま放棄したのではあるが、フライデーは、もともとかれがそこに根ざした「野生の思考」の全体をあきらめて、ロビンソンの生活様式にしたがっているのであるからである。たまたまその闇のなかの全体の一端が、熊の出現という出来事を介して表面化し、フライデーをあのようにも生きいきとさせたのだ。そこに思いをひそめた読書経験から、トゥールニエは、逆にロビンソンにその「文明の思考」としての文化の全体を放棄させる。それも喜びとともに放棄させるという、逆転の構想を得たのではないかとすら僕は思う。

さて僕が一個の人間の内部にある、かれの根ざす文化の全体像ということを考えるのは、それがロビンソンにおけるような、自分の文化と異質なものについては、それを無視するか、否定され乗り超えられるべきものとみなす人間の、想像力の欠如をいうためだけではなかった。「野生の思考」についての方法的な注目は、レヴィ＝ストロースのみならず多様な人びとが、それぞれの仕方でおこなっている。それが＊＊君よ、きみたち青年らに影響をあたえていないということはないはずのものである。

僕がいま考えるのは、ロビンソンの教育につき徹底して優等生であり、熊との遊びなどはおこなわず、たちどころに鉄砲で撃ち殺してしまうような、そういうフライデーの人間類型のことなのだ。つまり自分がそこに根ざしている「わたしの国」の文化などただちに放棄しうる、いやもともと自分が根ざす文化の全体のあり様を、自分のものとして引きうける経験などしたことのないフライデーのそれである。＊＊君よ、そのようなフライデーの人間類型について想像をめぐらしてみることは、きみに内在している不安を、顕在化させる契機を果たさぬであろうか？

もとより僕はあいまいかつ強圧的な言葉づかいで、青年を威嚇する中年の役割を引きうけようとは思わない。＊＊君よ、きみは「わたしの国」の熊の殺し方などはじめから知らぬフライデーのたぐいじゃないかなど、僕はいってみるつもりはない。われわれの間に、そこに関わる差異があるとして、このように奥行きの深い、根本的な問題の前でそれは微細な程度の差にすぎぬ。むしろ中年にいたっている僕の、自分にはそこに根ざす文化の全体像がよく把握されていぬと感じる際の、すでに間に合わぬのかもしれぬという不安こそ、悲惨であるにきまっている。

しかしあえて僕がそれをきみにむけていうのは、このような自分の根ざす文化の全体像への、すくなくともそれへの指向性の確かめのための、ひとつのモデルとして、僕がつねづね思い浮べることがあるからだ。それは柳田国男の、広く知られている文章に発している。僕はその文章によって、自分が子供の時分からいだいている、いわば地形学《トポグラフィー》的な、もっとも根柢にある光景につき、意識化してとらえなおすことができた。柳田は、その広範囲にわたり、かつまたきわめてこまやかに足の及んだ旅の経験に立ち、こう書くことから、その文章を始めていた。（『美しき村』）

《山形県の新庄から、鳴子玉造の温泉地へ越えて行く、県境の境田といふあたりの一部落と、秋田県鹿角の小豆沢湯瀬から、二戸郡に入つて行く是も二県の境、たしか才田と謂つた小さな村とを、僅かな時日を隔てゝ通つて見た際に、両処の光景のあまりにもよく似て居るのに驚いたことがある。……

他にも斯ういふ土地がまだ有るのかも知れない。山と山との間を段々に登つて行くと、渓川はいつとなく細くなり、しまひにはどこを流れて居るのか判らなくなつて、忽ち少しばかりの平地のある処へ出る。あたりは炭に伐り薪に刈つて、目に立つほどの木山も無いまん中に、大きなカハヤナギの樹が十五六本も聳え立ち、其間から古びた若干の萱葺き屋根が隠映する。村に入つて行くと土が黒く草が多く、馬が居り又子供が居る。それが一様に顔を挙げて旅人を熟視する。以前展覧会の日本画家が、好んで描かうとした寒村の風物に、今一刷子だけ薄墨をかけたやうな趣きである。それよりも私に先づ珍らしかつたのは、何の模倣も申し合せも無い筈の、数十里を隔てた二つの土地で、どうして又是ほども構造が似て居るのか、尋ねても答へられさうな人が居ないから聴かずに戻つて来たが、久しく不審のまゝで忘れずに居たのである。》

柳田はあらためて他の地方に、おなじような樹木と家居《いえい》の風景を発見して、なぜこのように村の光景の構造が似てくるのかの、その理由に思いいたる。樹木こそが、その原因をなしているのだ。はじめは清水の湧く脇の楊の幾本かを伐り残して、そこに集落の基礎をつくったのだが、楊が成長し、集落もまた成長するにつれ、樹木を大切に保護しつつ、道路や屋敷の新しい地割りが考えられてゆくようになる。

《あそこには楊がある泉があるといふことは、乃ち又村の存在の承認でもあつた。冬のしん〳〵と雪降る黄昏などは、火を焚いて家に居る者でもやつぱり寂しい。だから越後の広い田の中の村などでは、わざ〳〵軒先にしるしの竿を立てゝ居たといふ話さへある。これを遠くからの目標にして、人がとほつて居るといふことを考へただけでも、少しは埋没の感じを追ひ払ふことが出来たものであらう。必ずしも旅する者の為と言はず、斯らいふ世の中へのアンテナのやうな役目を、永い歳月に亙つて勤めて来た楊の樹であるが故に、今では我も人もこの樹を引離しては、村の姿を思ふことが出来ぬまでになつたのである。》

僕はこの柳田国男の言葉に、僕自身の生きているあり様の、その根柢にある村を具体化して表現しているところがあると、深く揺さぶられるようにして感じとったのであった。それも実際に僕の生まれて育った谷間の村が、ここに描写され・分析されているとおりのなりたち・かたちをしていたというのではないこともいっておかねばならぬ。しかもなお僕は、はじめてこの文章に接した時、現実にこのような構造の村を幾たびも見てきたと感じ、自分の谷間の村も、その原型を透視するようにすれば、ほかならぬこの構造をしているはずだと感じとったのである。そしてその後には、旅行してこの構造の村を見出すたびに、あそこにあるのが自分の根柢の村だと感じる喜びを繰りかえした。それもそのたびごとに新しい、生きいきした経験として。沖縄の名護市の大きいガジュマルを見た時も、村というには大きすぎるこの地方都市を、その巨木との相関において、もっとも親しく受けとめえたのであった。

それはあなたの個としての感じとり方にかたよりすぎるときみはいうかもしれぬが、柳田がかれ独自の強い意味づけにおいて用いる、懐かしさという言葉を導入すれば、より伝達可能なものとして僕の精神と情動にあるもの、そこに起る動きを表現することができると思う。《我々の懐かしく思ふ菅江真澄》《中世のなつかしい移民史》(『雪国の春』)というように、柳田が懐かしいという時、それは個としてのかれをふくみこみつつ、数世代にわたるような規模の、大きい「共同体」を構成するものとしての日本人の心の動きにおき、懐かしいという言葉が発せられるのである。そのような、空間的にも時間的にも奥行きのあるものとして想定された日本人が(柳田はそれをかれ自身にかさねる)、過去のある総体とその部分にむけて懐かしいと感じる。柳田自身が個として実際にそれを経験し、その記憶に立って懐かしい思いをもつのではない。それは個としてのかれには未知のものだが、その懐かしさを感じとる強い方向づけの力によって、それへむけ自分を投げだす、そのように懐かしいのである。このようにして多様な細部につき、懐かしさによる投企がかさねられれば、その軌跡の総体は、柳田という個を超えた、さきの大きい「共同体」としての日本人の元型を描き出すことになろう。それが柳田民俗学の到達しようとした目標の大きいひとつであったと僕は思う。

すなわち僕は、＊＊君よ、柳田の文章によって新たにその地形学《トポグラフィー》的な意味を解読しえた、自分の村の真の構造に、強い懐かしさの思いによって、精神と情動を方向づけられる経験をしているのだ。しかも僕の村の真の構造には、もうひとつやはり柳田の文章による啓示によって、新しい要素が加えられているのでもあった。(『小豆洗ひ』)

《昔から妖怪は必ず路傍に出て通行人を嚇かすのが原則であつた。つまり小売商が市街に面して店を開く如く、怖がる人は即ち妖怪の花客《おとくい》であつた為で、殊に

峠と坂、済《わたし》と橋などは彼等の業務を行ふに最も適当な地点であつたのである。》

この文章に関するかぎり、僕は実際に、谷間の村における幼・少年時の、眠れぬ夜の心の動きを一挙によみがえらせられたのだ。村の中心部の小さな家のなかで横たわっている僕には、これらの周縁のいちいちがじつにくっきり、暗闇のうちに見てとられていたのであったから。なぜならその周縁において、われわれの村の七不思議の妖怪たちが活動しているのだ。そして自分は村の中心部の家のなかで、それらに捕まらずにいられる。そのように中心・周縁の明瞭な対立が、谷間の村での僕の幼・少年時において力を持っていたのだ。その力が、僕の村の全体像の把握、そのなかでの昼と夜の生活を、ダイナミックに構造づけていたのであった。この中心・周縁という宇宙論的な要素をとりいれると、さきの樹木を中心とする懐かしい村の構造もさらにはっきりしてこよう。樹木はやはり宇宙論的に、天と地をつなぐ、村の構造の竪軸なのだ。横のひろがりを構造づける「峠と坂、済と橋」の、周縁と中心の関係に、竪のひろがりにおいてそれが対応する。つまりは根柢から僕をひきつけてきた懐かしい村の構造は、はっきり宇宙論的な構成要素からなりたっていたのであり、つまりは神話的にも豊かな意味を内包する土壌として、僕を根づかせていたわけなのだ。

そこで僕は、＊＊君よ、きみがこれまでの個の経験に立つ感想を骨おしみせずフォローしてきてくれたとして、しかし次の展開は飛躍しすぎじゃないかと頭をかしげそうにも思うのだが、それでも説明にさきだって、こういうことをいっておきたい。僕は社会につき、世界につき、また宇宙についてすら、その全体像、全体の構造を考えようとする時、つねにこの懐かしい村の構造をモデルとしてとらえてきたように思うのだと。

そして＊＊君よ、いま僕が説明ぬきに呈出した考え方は、僕が青年時に書いた、谷間の村を舞台とする小説をきみが読みかえしてくれるならば、もっとも自然にそれを納得してくれるはずのものだと思うのである。僕がこの懐かしい村の、自分の人間としてのあり様の総体に関わる、モデルとしての意味を自覚したのは、むしろ僕が自分の青年時の終りを認めてからのことだ。したがって意識化より前に、僕という人間の根柢に発する力によって、僕はあれらの小説を書きつづけながら、自分の懐かしい村の地形学《トポグラフィー》的な構造、その宇宙論的ななりたちを、言葉による表現活動を支えるモデルとしてきたのだったのだ。

　さて＊＊君よ、僕はデフォーとトゥールニエ、そして柳田国男に喚起されて語りながら、青年のきみのために手紙として書くというより、中年である自分の内面についてのみ語ってきたように思う。しかも世代を異にする他者であるきみには、それを受け入れるか否定するかするより以前に、そもそも伝達のうまくゆかぬかもしれぬ性格の言葉で。柳田の懐かしい村は、きみによく把握しうる実体であるだろうか？　きみが都市でのみ育った人間ではないとしよう。しかしこの二十年間に地方で育ってきた者らにも、僕の年代の者が経験したような、懐かしい村は生きていたであろうか？　僕はまずそこにおいて、おぼつかない思いに落ちてしまう。そもそものこの手紙の、中年の人間から青年への書き方が、むしろ独り言をいっているような文体になってしまうのも、＊＊君よ、それはきみが架空の人間であるからではなく、すべて僕の内部のこの不確かさの思いによるだろうと思う。

　しかしそれをなかば意識化しながらも、僕はまず右のような個の経験を語ることを希望したのである。そう希望するからには、きみにそのような経験としての懐かしい村の欠落があれば、＊＊君よ、僕はきみとその欠落部分を両側から覗きこむようにして、この手紙を展開しようという思いはあった。そしてそれは、おおむね可能だろうとも思ってきた。僕が＊＊君よ、きみに自分の懐かしい村について語る時、それは具体的な実体として、僕自身のうちにあり、その実体が、僕のものの考え方、現実と現実を超えたものの把握の仕方の根柢のモデルとして、とくに対象の全体像を想像する支えとなっていることは確かであるからだ。しかもきみの側から、僕の懐かしい村という問題の立てかたを受けとめてくれる際、きみにはそれがどういう実体なのであるかを考える必要はないのでもあるからだ。きみにはただ、僕が柳田の懐かしさという用語法についていった、精神と情動の指向性の強さということに留意してもらえればよいのである。それはきみのうちに懐かしい村が実在しないとして、その欠落しているものへむけての、強い指向性を持った精神と情動とを、きみ自身のうちに資質として確実なものに鍛えてもらいたい、ということにほかならない。その過程において、僕ときみとは同一平面に立つはずのものではないだろうか？

　すなわち核心にあるのは、懐かしい村への、あるいは欠落しているそれへの、精神と情動の指向性の問題なのだ。しかもその指向性は、ひとつの全体をそなえたものにむかう。全体としての構造をそなえ、しかもその細部が具体性をおび想像力に浮べうる世界、そこへの強い指向性。僕の経験においては、そのような精神と情動の働らきにおいてつねに、あの懐かしい村へのそれがモデルとしてあり、僕の内部で進行するものの道筋を確実なものにし、かつ勢いを強めるものであったのである。

　このような僕のものいいにつき、＊＊君よ、きみの声としてかえってくるはずのものを想像してみることにしよう。確かにあなたのいう懐かしい村は、自分には見つからない。それを自分がそこに根ざす「共同体」といいかえても、自分のような年齢にある者には切実な、エリクソンのいわゆる、自分のアイデンティティーとそれとの一致を見出すべき「共同体」が、自分にははっきりしていないのだ。もしそういうものがあり、強い指向性をもって自分の心がそこに動くようならば、すでに自分において自己同一性《アイデンティティーズ》の一致《アイデンティティー》はなしとげられているというべきであろう。しかし自分にそれがないからこそ、あなたのいう心のむすぼれがあるのだと思う。そこであえて一歩踏み出すようにして、自分の懐かしい思い出のなかにそうしたものを探すのじゃなく、あなたが宇宙論的というその構造を手がかりにして、自分の力でそれを作ってみようと思う。自分もまず、その地形学《トポグラフィー》的な眺めのなかに、天と地をつなぐ棒をたてよう。そして中心から周縁にいたる、横のひろがりもあたえよう。それから力のおよぶかぎり、細部にわたって具体的に、その全体像を考えて行って、——これがおれの精神と情動の、加えて肉体すらの根柢にある世界だ、といいたいと思う。しかしそのようにして作る宇宙論的な構造のモデルが、本当に自分のアイデンティティーの実現に役だつものだろうか？　どのようにしてそこに、自分の精神と情動が、強い懐かしさを感じはじめると期待しえよう？　そのような指向性は、人工的に、それも自分で自分に呼びさましうるものだろうか？　——しかもおれは昨日まで、それなしにすませてきたんだが……

　＊＊君よ、現実にこの手紙の読み手であるきみが僕の前にあらわれ、正直に疑問の声を発するなら、その辛辣さは僕の想像を超えているかもしれぬ。むしろそれは確実なことだ。したがって僕としては、あらため

てきみに自分の懐かしい村という根柢のモデルにつき語りなおすために、作家である自分において、当然にそれがものの考え方・感じ方の主軸をなす文学の領域に戻って、きみとの攻防の場を自分に有利にしたいと思う。それに僕がこれまで語ってきたことは、もとはといえば文学の仕事の現場で、しだいに確実なものとして把握されてきたのであり、文学の方法論を介してこそ、他者への伝達の道が保障されるのであるから。

そこで僕は《芸術作品を特異な模像と見なし、芸術的創造を現実の模像形成過程の一種と見なす》、われわれと同時代のソヴィエトの記号論学者、ユーリイ・M・ロトマンの、芸術とモデルの関係についておこなう分析を援用したい。(『文学理論と構造主義』勁草書房刊)

ロトマンは科学的モデルが、分析的行為の後に作られるのに対して、それと異なった方法で芸術のモデルが作られることをいう。《芸術家は再現される対象の完全性について綜合的な概念をもっており、ほかならぬこの完全性をモデル化するからである。》

《芸術における対象の完全性の再現は、科学の手段では恐らく構造的研究の未だ不可能なこの対象そのものが、一定の構造をもったものとして現前するという事態を必然的にもたらす。》

《対象の構造と同一的と知覚される構造モデルは、同時に作家の意識、その世界観の構造の反映である。芸術作品を検討するとき、我々は対象の構造に関して概念を得る。しかし同時に我々の眼前で作者の意識の構造も明らかにされ、この意識によって作られた、世界の構造は一定の社会的・歴史的世界観なのである。》

《これまで述べたことから次のことが導きだされる。すなわち、モデル(芸術作品)の中で対象を再現するとき、作者は必然的にこのモデルを自己の世界観、世界の知覚(社会的に決定された「私《ヤー》」)の構造にしたがって作りあげるが、芸術作品は同時に現実の現象と作者の人格という二つの対象のモデルなのである。》《モデル(芸術作品)と作者の人格の間には可逆的フィードバックが存在している。作者は自己の意識の構造にしたがってモデルを形成するが、現実の対象と相関するモデルは自分の構造を作者の自我意識におしつけるのである。》

芸術作品を世界のモデルとするロトマンの考え方の、すべての展開を要約したのではないが、＊＊君よ、右の引用からのみでも、かれの理論の大筋は読みとりうると思う。もっともこれらのテーゼは、芸術作品の記号論的な構造分析をおこなうにあたっての、出発点をきめるものだから、きみがこれによりロトマンの理論に単純化した印象をいだかぬことも僕は望む。われわれはこれを折り返し地点として、あらためてデフォーとトゥールニエに立ちかえることにしたい。

さてデフォーはかれのロビンソン物語によって、その同時代のイギリス農村地帯における、工業生産をもいとなむ「中産的生産者層」のモデルを作りだした。ロビンソンを太平洋の孤島におくことで、かえってそのモデルとしてのなりたちは純粋化される。そしてマルクスやヴェーバーを踏まえた大塚久雄氏の分析によれば、それは実際に右の階層に属した「経済人《ホモ・エコノミクス》」の、科学的モデルにもひとしいものであった。しかも表現されたロビンソンの世界は、そのままデフォーの世界観、世界の知覚のモデルであった。大塚久雄氏の分析はそこにこそ焦点をおいているものであった。

それに対してトゥールニエの新しいロビンソン物語は、当然にトゥールニエの世界観、世界の知覚のモデルであった。人物と舞台とをデフォーのロビンソン物語と共通させながら、そこに導入するロビンソン対フライデーの相互の関係の逆転により、新しく作り出されたモデル。それがデフォーのモデルとまったく異なった世界観、世界の知覚のモデルとなりえていることに注目しよう。そしてそれはあきらかに、デフォー自身の人間類型と対照的なトゥールニエの人間類型のモデルを呈示することでもあったのである。

ロトマンは芸術作品のモデル、またその書き手のモデルが、読み手との間にひらく関係についてはこういっていた。《芸術は記号的・コミュニケーション的本質をもっているので、芸術家は自分のモデル形成体系を聴衆の意識に送りとどける。このことから次の結論が導きだされる。すなわち、芸術家は、現実を一定の構造として単に説明するばかりでなく(芸術の認識的役割)、聴衆に(芸術家が聴衆の「説得」に成功した場合には)自分の意識の構造を伝達し、押しつけ、その「私《ヤー》」の構造を読者の「私《ヤー》」の構造にしてしまう。芸術の社会的、扇動的本質はこれにもとづいている。》

僕はしかし、＊＊君よ、この点についてはロトマンより自由な考え方を持つ。文学について、それもとくに小説について見る時もっとも明瞭に、その言葉によって作り出された世界と書き手のモデルは、多義的な読みとりを許すものであり、想像力的にはその多義性こそがもっとも重要な性格であるから。デフォーがロビンソン物語をつうじて作り出した、世界とかれ自身のモデルは、確かに強い「説得」の力を持つ。しかしわれわれはかならずしも一面的かつ一方通行的に、その「説得」の影響を受けるのではなかった。トゥールニエこそはデフォーのもっとも注意深い読み手であり、ロビンソンの世界にこの上なく深く入りこみながら、むしろ読み手としてのかれの「私」の構造によって、デフォーの「私」の構造を逆転し、かれ独自の、世界とかれ自身のモデルを再生産したのである。しかもトゥールニエの作り出したモデルにもうひとつの「説得」の力があるのは、その作品の背後にデフォーのモデルが力を発揮しているために成立する、ダイナミズムにおいてなのだ。しかもそもそものはじめにのべたように、トゥールニエの発想した逆転の契機は、ほかならぬデフォーの原作自体の、態をからかうフライデーの描出にあると僕は思う。

＊＊君よ、僕はきみに向けて、教師が語るようには語りかけえぬ人間として、文学に足場を置きつつ、したがってきみには迂遠《うえん》に感じとられるかもしれぬことを書きつづけてきた。そこでこれまで語ったところに立ち、それを一般化すべくつとめて、かならずしも文学の領域にむけて進もうというのではない青年であるきみへの、この手紙のしめくくりとしたい。もっともその手がかりは僕が作家としての自分の内実を表面にあらわして書こうとする手紙である以上、やはり文学に関わるのであるが……

僕は一般に文学の読み手に対し、その作品が書き手にとってのこの世界と、書き手自身の内部との、レヴェルのことなるふたつのモデルを綯いあわせるようにして表現している、そのモデルの組みあわせを読みとってもらいたいと思う。同時にその読みとりにつらなって、そのふたつのモデルと対をなす、読み手自身の、その世界とかれの内部のモデルとをかさねて把握しなおす、そのような指向性を持ってもらいたいと思う。それは想像力的に、この世界と自分自身を認識しなおすということでもあろう。しかも、その読みとりの努力は、できうるかぎり全体像に向けて、具体的な細部を確かめつつの行為でなければならぬ。秀れた文学は、それ自体の力で、読み手をそのように能動的な精神と情動の動きへと誘いこむものである。たとえばトルストイの『戦争と平和』を読む経験を思いおこしてもらえれば、それは納得されるはずのものであろう。

このように文学という芸術につき、世界と書き手自身の人間の二重のモデルを、自分の世界と読み手としての人間の二重のモデルにつきあわせて、読みとってゆく行為は、それを重ねればしだいに＊＊君よ、きみが作るこの世界についてのモデル（そしてまたきみが自分の人間をとらえるモデル）を多様化し、かつ確実なものに鍛えるだろう。それはまた言葉によって書かれたものをつうじてでなく、現実の日常生活を生きるにあたっての、他者がこの世界について作るモデル（そして他者自身の人間としてのモデル）に、自分の、世界・人間の二重の組み合わせのモデルをつきあわせつつ、経験をかさねて生きるということにも展開しよう。現実生活においてきみがひとつの決断を行なう時、それをきみがこの世界について作るモデルときみの人間としてのモデルの、その組み合わさった全体像につきあてる仕方で決断する、そのような生き方をきみにかちとらせもしよう。＊＊君よ、僕は青年であるきみに、中年の人間として教育的な指針をあたえるものいいができず、その種の思いつきが浮ぶたび、自分自身に疑いを呈出するように頭をふる、そのような性格だが、しかし僕はきみがいまのべたような構造づけでの、自力で決断する青年であることを、自分として望むとのみはいっておきたい。

＊＊君よ、きみはおそらくきみの生活圏で様ざまなあり様での孤立を感じているゆえに、そこに立って、活字をつうじて知るのみの僕に、手紙を書いて見ようということになるのじゃないだろうか？　しかし、そのようなきみの感受性につき、それを逆撫でするようなことをいうのではあるが、今日われわれはむしろいかにも多種多様すぎるほどの「共同体」の誘惑にとり

かこまれているのだと、僕は思う。しかもそれらの「共同体」の、いずれに自分のアイデンティティー実現をもとめても、表層の上での自己同一性《アイデンティティーズ》の一致《アイデンティティー》が、かえって自分の個の歪形をもたらしてしまう、青年についてのそのような悲惨と荒廃がしばしば見られるのである。僕の周囲について、あるいはまたマス・コミュニケイションの報道をつうじて。そのようなにせの「共同体」の体系の頂点に、しばしばナショナリズム宣伝のうちたてるものがある。いまや元号法制化の実現を露頭に、時代の車をその方角へ押しやる動きも根強いが、それを個としてさらに押しかえす抵抗力を自分のうちに確かめ、かつ鍛えなおすために、僕はこれまでのべてきた、自分自身の表現としての世界のモデル、それに重ねての自分の人間のモデルの把握の試みが有効であると思う。

＊＊君よ、きみはわが国のマス・コミュニケイションが若い書き手の小説に強い関心をよせ、かつ大量の読み手がその勢いにしたがうことにつき、どう観察しているだろうか？　僕としての解釈はこうである。小説はそれを構造づける言葉の独自の力によって、書き手が、この世界とかれ自身について作っている、モデルの組み合わせを読みとらせるものだ。文学のジャンルとは別の、芸術のメディアの外ですらある、やはり若い人間の様ざまな自己表現、それは沈黙しての行動、あるいは言葉を発せず行動もせぬというタイプの、自己表現もふくむが、それらにくらべて、小説においてはその読みとりがやさしい。そして同じ青春をわけもつ者らはもとより、人びとは誰もが、若い人間のそなえている、この世界とかれ自身の人間のモデル作りに関心をもたずにはいられぬものだ。そこで自然の勢いとして、若い書き手の小説に眼が向けられるのだと僕は思う。しかし僕はその原則を認めた上で、この数年

をつうじ注目を集めた若い書き手の小説を読んで、僕としては、そこにともかく作り出されている世界のモデル、書き手の人間のモデルに対し、共感も反撥もふくめて、深い印象を受けなかった。それをもまたいっておかなければならぬことだと思う。

そこで＊＊君よ、僕は結びとしてふたつの提案をしたい。第一は、僕とほぼ同じ中年の、諸領域の専門家たちに、今日の青年たちが作っているこの世界のモデル、それに重ねてのかれ自身の人間のモデルを、多様に読みとる試みをおこない、それを集め・つきあわせて綜合することをやれぬだろうか、ということである。それは現在の青年たちの具体像をつうじて、わが国の八十年代の文化問題をうらなう仕事となるのではあるまいか？　思いがけぬ態との出会いが、それまで表層にはあらわれえなかった、フライデーの世界とかれ自身のモデルを露呈化したように、異領域が合同すれば、この仕事のための様ざまな試みの手法がありうるのではないかと思う。

第二は、青年であるきみたち自身に、この世界のモデル、そしてきみたちの人間としてのモデルを作り出すことへの強い指向性を持ってもらいたい、まずそれへの志がきみたちになければ、われわれ中年の人間からの働きかけも空振りに終るはずだから、ということだ。＊＊君よ、これは個としてのメッセージのようにいうが、その試みをかさねるうちにきみ自身、柳田国男のいう懐かしい村を見出すことがないともかぎらぬではないか？

子規はわれらの同時代人
——変革期の生活者・表現者

青年への手紙として、ここでの僕のやり方では＊＊君よ、きみにむけて架空に書く手紙として、この文章を書いている以上、それは一度ならず教育ということに関わらぬわけにはゆかぬと思う。しかし現実的に僕は、メキシコで中・南米からの大学院学生に対し、わずかの期間教師であった経験があるのみだ。しかもそれは、かれら様ざまな国籍の(なかにはやむをえず亡命者たらざるをえなくなった者らも多かったが、それにしてももともとのその国籍の)多様な国ぶりと、個のかれらの将来の運命には関係しえぬ、中途半端な立場での教師であった以上、それをまともな教育活動だったとは考えるわけにゆかない。

それにしても思い出は多いのだ。かれらのうちに、印度の古代文化を専攻するコロンビア出身の学生がいた。かれが知的な水準の高い家の出身であることは、その立居振舞にすら見てとれたが、しかもその現に生きているかぎりの一族の、大人の過半数が獄中にあると、かれが言葉すくなに語ったことがあった。別れのパーティで、かれは僕の講義のテーマのひとつであった、寛容という課題にかけて、——非寛容の時代があなたの国に再度おとずれたら、といってインカの石斧を僕にくれたが、そのように冗談めかして最後の挨拶をしながら、かれの端正な顔がみるみる真赭にそまったこと、それを思い出すと、＊＊君よ、僕は自分がかれにむけて講義したことすら、ひとつの罪をおかしたように感じる……

すなわち僕は、自分の経験に立って、それも自分が人を教えた経験に立って、教育ということについて語ることはできない。しかも僕は、その考えをすでに活字にしたこともあるが、人間関係のうちの最良のものが、教育を介しての人と人との関係だと、およそ人間がなしうる最も良いことが子供の教育だと、ずっと思ってきたのでもある。そこで僕は＊＊君よ、むしろ自分が教育をあたえられた人びとのことについて、きみにそれを書きおくりたいのだが、そのように考えはじめると、まずはじめに僕の意識にあらわれるのが、正岡子規の存在なのだ。子規、それはきみに違和感をあたえる名、あるいはそれよりなによりなじみの浅い人間の名だろうか？　または、僕の名との相関において、子規という名を受けとめることに、きみは不自然な思いをするだろうか？

しかし子規の故郷、愛媛に生まれて、子規の学んだ中学校の後身である新制高校に通いもした僕は、いかにも幼い時から、種々の肖像写真や、浅井忠によるスケッチの複製によって、子規の風貌になじんできた。決して教育的水位の高かったのでない僕の家にも、あまり鮮明でない複製の子規の筆跡が壁にかけられていたのだ。

＊＊君よ、きみはそうしたことが、僕の成長する環境に子規という存在が表面的に近いものとしてあったことを示しこそすれ、本質に関わるレヴェルで、それが子規と僕とを結ぶものだったとすることはできぬのではないかと、疑うかもしれない。しかし戦時の、軍国少年としての僕の生活。そして戦後の、これは科学力によって国が負けたという、教師の反省の方向づけに始まるのだが、科学少年としての僕の生活。そのどちらの時期にも、僕は子規の肖像写真と筆跡の複製のかかっている家のなかで、暮しつづけたのだ。

そして僕は、文学の領域で仕事を始めた時から、子規についての長い文章を、できうれば一冊の本を書くことを考えた。それは自分にとっての子規を、まず生活者子規においてとらえ、つまりかれの生活者としての面目がよくあらわれている『墨汁一滴』や『病牀六尺』に読みとり、かつ日誌『仰臥漫録』に見ることを、柱のひとつとする計画であった。もうひとつの柱は、もとより生活者子規とそれを切りはなすことはできぬが、表現者子規において、その表現の方法論的特質を見ること。とくに伊予の松山という一地方の人間が、どのようにして日本語全体に関わる革新者の役割を正面から引きうけ、かつそれを確実に達成しえたか、を見ることであった。

この第一の柱について、なぜ自分がそれを主題としたいのかといえば、僕は自分がそのような生活者子規の、生命と死についての思想と行動に教育されるからだ、という答で、＊＊君よ、きみに納得してもらえるだろう。しかしあなた自身の生活と死についての思想と行動は、生活者子規の剛直にして柔軟なそれとは別のものとなるのじゃないかと、＊＊君よ、きみが皮肉をいうほどのことはあるにしても。

第二の柱についてはとくに、俳句とも短歌とも縁のない僕として、つまり子規の方法論的な革新の直接のジャンルの外側にある者が、どうしてそれを自分の課題として語るのか、その疑問がおおいにありうるだろう。それについて具体的に語りすすめるとして、ここではただひとつ僕が子規の松山にほど近い、それもさらに山奥の谷間の村に生まれて育ちながら、やはり日本語の全体にむけて自分なりの革新を、文学の仕事としてきざみだしたいと考えてきた、そのことと関係があり、その関係のしかたについて僕なりの理由づけもあったことをいっておきたい。

もっともそのように望みをいだきながら、僕はこれまで子規についての本を書く作業にとりかかることがなかったのである。それはまったく端的に、子規のなしとげた仕事の、この言葉にじつにふさわしいかたちでの、その巨大さに原因がある。それは＊＊君よ、自分の怯懦や怠惰の、などといってみてもはじまらぬものだ。子規の仕事ぶりの巨大さを、量においてすぐにも納得させてくれるものとして、『俳句分類』の、すなわち芭蕉以後の俳句を独力で分類・記録するという百科全書派的な仕事がある。子規自身が、この仕事について『ほととぎす』誌に書いた文章には、次のような部分があった。

《此書中に収むる俳句は成るべく多からんことを欲するが故に完結の期ある無し、只余が力尽き身斃るゝ時を以て完結の期とすべし、是れ余が自ら好んで完結するに非ず、余は無窮に完結せざらんと欲するものなり、しかも天は人間に無限の時間と勢力とを附与するを許さず、余が計画する無限の事業を限るに余が身命竭尽《けつじん》の時期を以てせんとす、余固より之を奈何ともする能はざるなり、其大成せざるを知りて且つ之を為す、精衛海を塡《うず》むの譏は余の甘んじて受くる所なり、》

＊＊君よ、精衛というのは空想上の海辺の鳥で、夏をつかさどる炎帝の女《むすめ》が東海に溺死して鳥になり、西山の木石をくわえて運んでは東海をうずめようとしたという、故事にたとえているのであるらしい。さてそのようなふうに僕が、子規について長い文章を書く試みをさきに延ばしているうちに、とうとう僕は慶応三年(一八六七)に生まれて、明治三十五年(一九〇二)に死んだ子規の、その生涯の年齢を越えてしまうことにもなったのだった。

もとより＊＊君よ、僕が天才子規と自分とを年齢において比較することに意味があるなどと思うのではない。しかし僕は自分が年齢においてともかくも、ある文学者の死の年を越えた時、その文学者の仕事を全体において理解するための、基本的な準備ができたと感じるのである。いまも＊＊君よ、きみという年若い読み手を媒介者として、自分が子規について書こうとすることの、その根本のところでの勇気は、この単純な条件づけによって励まされているのだ。

それにしても＊＊君よ、子規は若い年齢で大きい革新の仕事をした。しかもそれを子規自身が、明治維新という、政治的、社会的、また文化的でさえもある大変革とむすびつけて自覚していたことは、『病牀六尺』の次の一節に端的に読みとれよう。

《明治維新の改革を成就したものは二十歳前後の田舎の青年であつて幕府の老人ではなかつた。日本の医界を刷新したものも後進の少年であつて漢法医は之に与らない。日本の漢詩界を振はしたのも矢張り後進の青年であつて天保臭気の老詩人ではない。俳句界の改良せられたのも同じく後進の青年の力であつて昔風の宗匠は寧ろ其の進歩を妨げようとした事はあつたけれど少しも之れに力を与へた事は無い。何事によらず革命又は改良といふ事は必ず新たに世の中に出て来た青年の仕事であつて、従来世の中に立つて居つた所の老人が中途で説を翻した為めに革命又は改良が行はれたといふ事は殆んど其の例がない。》

しかし＊＊君よ、子規がその短い生涯においてなしとげたことはいかにも大きく、そしてその仕事にむけて少年子規が自己を成熟させた、その期間というものは驚くべき短期間であった。その自己実現の猛然たるスピード、それが根ざした維新後の時代環境、それについてまず僕はあとづけることをしたいと思う。

子規の死後、その母親がかれの幼時をかたった談話がある。母親のかたる眼の前で筆記したものではないとことわり書きがつけられているのではあるが、しかしそれは『仰臥漫録』にもよくうかがわれる、子規の母親の面目を正確につたえていると感じられる。その一節に、子規のなり、つまりからだつきについてのべたところがある。《なりは他家《ホカ》〳〵の児達ほどはありませんでした。ずつと小さくて、それに丸く肥って居ましたから、ころ〳〵してました。十五六歳になつてもやはり小さう御坐いました。東京へ始めて出たのは十七の年でしたが十四五歳の子のやうで御坐いました。夫れで結構独りで東京まで行けるかと私はじめ案じられる位でございました。》

明治十六年のこの上京、それから足かけ二十年の間に、子規はそのすべての仕事をなしとげたのだ。子規のそのすみやかな自己実現に、＊＊君よ、僕は維新後の時代の勢いというものが、もとより個としての子規の大きい資質をいわぬのではないが、加速する力として働らいていると思う。それもその個としての資質の活性化への胎動期が、この上京の直前にあり、そして東京への旅がついにそれを表層にひきだしたと、僕は思う。外見を見るかぎり、本当に子規少年は、ひとり東京へ旅することができるかどうかおぼつかないほどの幼なさだったのだろう。それにもかかわらず、というよりそうした属性と共存して、かれの内部にははっきり進行しはじめている勢いがあった。

この上京の前の年から、少年子規が自由民権の思想にふれたこと、その思想にたってみずから演説をおこないもしたことがよくいわれ、現に演説の記録も残っている。自由民権の思想と運動、それは少年子規にとって、具体的には、明治十五年九月に召集された臨時県会を松山中学の生徒仲間と傍聴にゆく、あるいは高知の「立志社」、徳島の「自助社」からの自由党員の話を聴くというかたちで入った。とくに豊富で高い情報であったということはできないだろう。またそれを受けて子規自身がおこなった演説も、それはやはり年相応に幼ないものといわねばならない。
　実際それは次のような部分を焦点とする演説にすぎないのである。《然レバ則チ吾人ヽ民ノ福祉ヲ得ント欲セハ宜シク此暗黒世界ヲ照ス所ノ光明ナカルベカラズ　若シ此光明ヲ得ルコトヲ得バ則チ妨害者ヲ除却スベキナリ　吾人ヽ民ハ争フテ福祉ヲ存スルノ地位ニ達スベシ　是光明トハ何ゾ　則チ一ツノ黒塊ナリ　此黒塊ハ実ニ光輝ヲ発シ世界ニ臨照スルモノナリ　故ニ我Japones人民タル者宜シク此黒塊ヲ現出シテ光明ヲ仮リテ福祉ヲ得ント欲スルノ心ナカルベカラザルナリ。》
　この演説は、ただ国会＝黒塊という語呂合せが、ひとつのメタファーを形成しているということのみが特徴であるほどのものだ。しかし少年子規によって、語呂合せの手法による自由民権の思想と運動の受けとめがあったことに、僕は興味をいだくのである。＊＊君よ、語呂合せの手法は、近来井上ひさしが、演劇活動においで、精力的にそれを活用したことで照明をあつめているが、もともとわが国の民衆文芸の世界において重要な手法であった。子規は、そうした伝統から滋養を受けてもいるだろう。語呂合せは、言葉を意味の一面的な束縛からとき放つ。音の手がかりによって、多義的な意味の世界へと飛躍させる。語呂合せの手法の媒介によって、ひとつの言葉が、もうひとつの言葉に転換する、動きとダイナミズムが生じる。われわれは、この言葉の遊びによってもたらされる、言葉の意味の転換を、そこで能動的にとらえなおすことにより、自分の精神の動きを新しく見知らぬ方向にみちびくことができよう……
　このようにいうと＊＊君よ、きみは僕が少年子規の子供らしい語呂合せに、誇大な意味をあたえていると感じるかもしれない。しかし言葉について、その音としての側面に、子規は終生、強い関心をあらわしつづけたのである。明治三十年に子規が、新体詩のみならず、俳句、短歌にもつうじる押韻ということを考えて、それを方法論的に整理してつくった『韻さぐり』。そのぱの行の、《河童《カッパ》／葉ッぱ　菜ッぱ／ヨーロッパ／木ッぱ／合羽赤合羽坊主合羽　モンパ／反歯《ソッパ》／立派　一派》

　僕はこれを、やはり語呂合せを主要な手法として生かす谷川俊太郎の『ことばあそびうた』にかさねてみたい気持をいだく。《かっぱかっぱらった／かっぱらっぱかっぱらった／とってちってた／かっぱなっぱかった／かっぱなっぱいっぱかった／かってきってくった》

　さて＊＊君よ、僕は国会＝黒塊という語呂合せがつくりだしたメタファーは、その言葉の力で少年子規の魂に、自由民権の思想と運動の所在をきざむ積極的な契機をなしたと思う。それによって少年の魂は、同時代の激しく動いている社会、政治の状況にむかう手がかりをえた。すなわちこの時期の子規は、漢詩文、和語による詩文そして絵画と、様ざまな側面で自分を伸ばしつつあったが、同時代の社会、政治の状況にむけてもそのようにして独自な心の開きかた、関係づけをなしえたのである。

　しかしなお伊予の松山にあった少年子規に、転機が、飛躍の時がおとずれる。叔父加藤拓川から上京の機会をあたえられたのである。それはさきの子規の母親の談話にも、次のようにとらえられる、大きい喜びを少年にもたらした。《倅の叔父の加藤(恒忠氏)から近々西洋へ行くから今東京に居る内に来い、さうすると西洋へゆく迄になにかに世話をしてやるからといふ手紙が倅にまゐりました。倅は学校(中学)から戻つて来て昼の御飯もたべずに大喜びで其手紙を持つて佐伯へ相談に行きました。倅の従兄——佐伯政直と云て今松山の市中に住んで銀行へ出て居ます――これに相談していよ〳〵東京へ出るに極つた時は誠に大喜びでした。大喜びで急いで其翌々日かに出立しました。東京へ出るのが定まつた時は一番うれしさうで御坐いました。》

そして東京へむかう子規の旅が、かれの幼・少年期と青年期(ほとんどすぐさま偉大な子規への成熟期につらなる青年期)、それをくぎる指標となった過程は、その旅を記録した『東海紀行』にあきらかである。

＊＊君よ、僕はまず文体論的に、これがはじめ漢文で書くべく試みられ、つづいて読みくだし文のスタイルで実現し、そしてそのなかに数かずの漢詩をふくむことを面白く思う。つまりはそのようなものが、明治十六年現在の、子規の言語世界だったのだ。しかもこの文章が、読みくだし文のスタイルにおいて多様な方向づけを持つ内面生活と観察をかたりえていながら、そのしめくくりの漢詩といえば、《一朝立志向東州》という単純さであるのを見れば、子規がその確かな教養にもかかわらず、しだいに漢詩文以外の表現形式をとらざるをえなかったことの根拠もそこに見えるだろう。

子規は上京を決意してすぐさま、明教館という学問の場所におもむき、＊＊君よ、この建物は僕が学んだ高校に移して保存されているものでもあるが、仲間たちに訣別の演説をした。その内容といえば《会員諸君ノ如キ固ヨリ自由ノ性ヲ有スル者也　自由諸君ノ組織セラレタル此会モ亦固ヨリ自由ノ性ヲ有スル者也》というほどの、すなわちこれが子規の、その段階での政治思想のすべてだったのであるが、少年は演説を終えてひきさがりつつ涙を流す。そのようにも政治思想＝「自由」は、かれの精神の根に深くくいこんでいるものだったのである。

つづいて『東海紀行』は、旅立ちの悲哀や、同船者たちへの観察、そして次つぎに眼の前にひらけてくる事物・風景の印象を、「自由」について主張した演説会を記録したと同じ密度で書きしるしてゆく。そしてそれは＊＊君よ、自然ななりゆきなのだ。少年子規の精神の、多様な方向への開花、伸長。それをあらためて、その多面的な活性化と呼ぶならば、維新に発する同時代の社会的、政治的ダイナミズムをあらわす、自由民権の思想、運動にむけての活性化が、松山での子規にあった。それと同じレヴェルの、さらに方向をひろげての活性化が、東京へむけて旅する子規に、ほかならぬこの旅の経験をつうじておこなわれているのである。

そして旅の終りには、東京という大都市そのものが、少年子規の精神の活性化への、複雑な層を内包する媒介者として立ち現われるはずなのでもあった。同時代の文化構造、政治構造、そしてそれより他のあらゆるものをも綜合した構造体として、いま伊予の松山という周縁部から中心に攻めのぼろうとする少年子規に、大都市東京が見えてくるのだ。

その東京でかれを受けいれてくれた拓川から、《汝は朝に在ては太政大臣となり、野に在りては国会議長となるや》とたずねられ、少年子規は《半ば微笑しながら半ばまじめに〝然り〟と》答えた。この插話はよく引かれて、単純な野望をいだきながら、病を得て挫折する田舎出の若者＝子規像をつくらせる理由ともなっている。＊＊君よ、僕はある近代文学の展覧会で、国からの援助を約束する身ぶりとして見物に来た大臣に、うやうやしく案内する俳人が、——子規は病気にならなければ、政治家になったはずです、とお追従顔していったという報道を読み、憤りやら軽蔑やらをその大臣および俳人に感じたものだ。

少年子規は、いま多様な方向づけに自分を媒介してくれる東京という場所に出て、綜合的に活性化をはじめている自分の精神にとり、確かに政治の道もまた、他の数かずの道とともにあると感じていたからこそ、《半ば微笑しながら半ばまじめに〝然り〟と》答えた。そしてかれは少年期から青年期に移ろうとする自分の眼に、その政治的将来と並んでくっきりと見えていた文学の道を選びとって、ついに偉大な子規としての自己を実現するのである。

＊＊君よ、僕はもとよりその大きい子規に自分を直接くらべはせぬが、戦後の民主主義的改革の時代に幼・少年期をすごし(それは維新から自由民権にいたる時代の、子規の幼・少年期と根柢において似た時代環境だと僕には思える)、そして様ざまな方向づけへの改革の気運にむけ、自分を活性化することをめざして東京に出た、そのような自分の青年期のはじまりにかさねて、その微笑する子規の胸のうちを思うことがある。

このようにして東京での生活を始めた子規が、最初の喀血を見たのが明治二十二年五月九日のことであった。上京後わずか六年ということにそれはなる。そしてそれ以後も、起きて働らくことのできた時期はもとよりあるのではあったが、＊＊君よ、子規は病者として永く病床に伏し、そのあげくに苦しんで死んだ。その仕事の巨大な中核は、病床でなしとげられたものだ。病気の苦痛に激しく苦しみつつ生きぬいたこと。その経験が子規を人間としてどのように訓練し、鍛えあげたか。同時に子規がそれをどのように表現していったか。『墨汁一滴』に『病牀六尺』に、また『仰臥漫録』に、われわれはそれを見ることができる。それもこのように生きた子規を見るとともに、そのように表現した子規を中心において見るのでなければ、よく子規を理解したことにはなるまいと僕は思う。

子規が確かな死を眼の前に見すえるようにして、しかもどのようによく生き、かつどのようによく表現したか。そのふたつを切りはなすことはできぬが、まずその病床での生き方を見ようとするならば、＊＊君よ、かれが『病牀六尺』に兆民に関わって書くところを手がかりとするのがいいと思う。日誌としての『仰臥漫録』では、《浅薄ナコトヲ書キ竝ベタリ》と、兆民の表現をはっきり否定した子規は、新聞『日本』に発表する文章としての『病牀六尺』では、より周到に、自分と兆民の、死を前にしての生き方のちがいを、ひいてはそのような生活の表現のちがいをあきらかにする。

《或人からあきらめるといふことに就いて質問が来た。死生の問題などはあきらめてしまへばそれでよいといふた事と、又嘗て兆民居士を評して、あきらめる事を知つて居るが、あきらめるより以上のことを知らぬと言つた事と撞著して居るやうだが、どういふものかといふ質問である。》

子規はそこで比喩をもって説明する。それはかれ自身の幼年時の経験が反映している、肉感のある比喩だが、＊＊君よ、おそらくきみたちの世代ではもう無縁のことであったにちがいない(僕などにも自分が実際にそれをやられるというのではなしに大きい恐怖の対象であった)、灸を据えられる子供の比喩である。灸を据えられるのを厭がって、泣いたり逃げたりする子供。精神には苦悶を感じながらも、親の命じるまま灸を据えさせる子供。

子規の経験に立つといったが、この比喩による論述を引用するにさきだって、『墨汁一滴』に子規が当の子供の時分の思い出として書いているところを見ておきたい。子規は、弱味噌とか泣味噌とかいわれて、小学校の子供仲間からつねづね泣かされる、そのような子供であった。《併し灸を据ゑる時は僕は逃げも泣きもせなんだ。然るに僕をいぢめるやうな強い奴には灸となると大騒ぎをして逃げたり泣いたりするのが多かつた。これはどつちがえらいのであらう。》僕は、＊＊君よ、やはり微笑をこめてこのくだりを思う。

《若し又其子供が親の命ずる儘におとなしく灸を据ゑさせるばかりでなく、灸を据ゑる間も何か書物でも見るとか自分でいたづら書きでもして居るとか、さういふ事をやつて居つて、灸の方を少しも苦にしないといふのは、あきらめるより以上の事をやつて居るのである。兆民居士が一年有半を著した所などは死生の問題に就いてはあきらめがついて居つたやうに見えるが、あきらめがついた上で夫の天命を楽しんでといふやうな楽しむといふ域には至らなかつたかと思ふ。……病気の境涯に処しては、病気を楽しむといふ事にならなければ生きて居ても何の面白味もない。》

＊＊君よ、子規は死生をあきらめた、そしてそこからさらに一歩出た、病気を楽しむというところへ自分を置いたが、その病気を楽しむという子規の生き方が、まったく並たいていのものではなかったのである。それが現実にどのような病気の楽しみ方であったのか、僕が子規になぞらえたく思う数すくない現代の文学者、中野重治が書いているところを引用したい。

《子規はといえば、子規は肉体においてだけ病んで、精神においては万人にすぐれて健康、強健でいた。子規のこの強健にはちよつと比べられるものがない。『仰臥漫録』のあの自殺しようかとするところの記録を見ればそれがわかる。

「……サア静カニナツタ此家ニハ余一人トナツタノデアル余ハ左向ニ寐タマヽ前ノ硯箱ヲ見ルト……」から、「併シ此鈍刀ヤ錐デハマサカニ死ネヌ次ノ間ヘ行ケバ剃刀ガアルヿハ分ツテ居ルソノ剃刀サヘアレバ咽喉ヲ掻ク位ハワケハナイガ悲シイヿニハ今ハ匍匐ノヿモ出来ヌ已ムナクンバ此小刀デモノド笛ヲ切断出来ヌヿハアルマイ」と来て、「ヨツポド手デ取ラウトシタガイヤ、、コ、ダト思フテヂツトコラヘタ心ノ中ハ取ラウト取ルマイトノ二ツガ戦ツテ居ル考ヘテ居ル内ニシヤクリアゲテ泣キ出シタ其内母ハ帰ツテ来ラレ……」というあたりへ来るまでの鳴りわたるような叙述は、認識においても表現においても強健無比、大剛のものであってはじめて可能だったものなのにちがいない。当今のわれわれは、ほとんど恥死しなければならぬのかも知れぬと思う。》(『子規の健康』)

中野重治の生活人としての強靱さ、剛直さをも考えあわせつつ、＊＊君よ、僕はかれの認識においても表現においても強健無比、大剛のものという言葉に心から賛成する。そして表現に対比して、かれのいう認識ということを置き、それを子規の生活の仕方とそのかたちにまっすぐ結んで考えたいと思う。

子規はさけがたくまじかに迫ったものとして、その死を見すえているのだが、しかし兆民がそうしたように(あるいは子規がそう読みとって批判したように)、自分の現在を、死の側に力点を移した上での、「一年有半」の猶予期間とみなしたのではなかった。子規はつねに生の側にありつづけた。《余は今迄禅宗の所謂悟りといふ事を誤解して居た。悟りといふ事は如何なる場合にも平気で死ぬる事かと思つて居たのは間違ひで、悟りといふ事は如何なる場合にも平気で生きて居る事であつた。》子規はそのようにして生きてゆく。＊＊君よ、中野重治が子規の病床でのあり様に大剛という言葉をあたえるのは、その全体をさしてのことである。

しかも、子規は、その病患の苦しみそのものさえも、徹底的にそれを生きぬいたのであった。その生き方に関わって、次の一節はひろく知られている。《をかしければ笑ふ。悲しければ泣く。併し痛の烈しい時には仕様がないから、うめくか、叫ぶか、泣くか、又は黙つてこらへて居るかする。其中で黙つてこらへて居るのが一番苦しい。盛んにうめき、盛んに叫び、盛んに泣くと少しく痛が減ずる。》

子規は、盛んにうめき、盛んに叫び、盛んに泣くことを、それもまた生のありようとして、能動的、積極的におこなったのである。その仕方は、苦痛が軽減する隙間を狙っての多様な側面にわたるかれの仕事の、能動的、積極的な仕方と平等であった。

そして＊＊君よ、日々発表をしてゆく『墨汁一滴』や『病牀六尺』、そして日誌としての『仰臥漫録』は、そのような生のすべての側面において能動的、積極的な子規の、その生き方と認識の全体を、すべての細部について等距離から写すカメラのようにして表現する。そのような文体を子規はつくり出したのである。＊＊君よ、その文体の前でわれわれはすでに、盛んにうめき、盛んに叫び、盛んに泣く病床での暮しに意味があるのかなどと、センチメンタルな疑いをいだくことはない。大剛の人間の、自然な威厳をそこに見るのみである。

さて＊＊君よ、僕は病者としての子規を考える時、かれの呈示する看護に関しての考えを思わずにはいられない。今日の管理社会の人間関係をとらえる思考の結節点に、安楽死のように社会問題として露頭をなすものもふくめ、その真下に巨大な規模で実在している看護の問題があると僕は思う。そして医学者や看護婦の考えに耳をかたむけたいという意志を持つ。今日の文明のなかでの、人間の関係、他人との出会いということの、もっとも純粋なかたち・典型として看護を見ることは、いかにも当然なことではないだろうか？

さてその看護につき、永く病臥していわば病人たることの専門家であった子規は、かれの同時代人の水準をぬいた認識を、その病床での経験をつうじてうちたて、表現した。子規は『病牀六尺』において次のように書く。

《病気になつてから既に七年にもなるが、初めの中は左程苦しいとも思はなかつた。肉体的に苦痛を感ずる事は病気の勢ひによつて時々起るが、それは苦痛の薄らぐと共に忘れたやうになつてしまふて、何も跡をとゞめない。精神的に煩悶して気違ひにでもなりたく思ふやうになつたのは、去年からの事である。さうなると愈々本当の常病人になつて、朝から晩迄誰か傍に居つて看護をせねば暮せぬ事になつた。何も仕事などは出来なくなつて、たゞひた苦しみに苦しんで居ると、それから種々な問題が涌いて来る。死生の問題は大問題ではあるが、それは極単純な事であるので、一旦あきらめてしまへば直に解決されてしまふ。それよりも直接に病人の苦楽に関係する問題は家庭の問題である、介抱の問題である。病気が苦しくなつた時、又は衰弱の為に心細くなつた時などは、看護の如何が病人の苦楽に大関係を及ぼすのである。》

子規は章をあらためて、次のようにも書く。《病気の介抱に精神的と形式的との二様がある。精神的の介抱といふのは看護人が同情を以て病人を介抱する事である。形式的の介抱といふのは病人をうまく取扱ふ事で、例へば薬を飲ませるとか、繃帯を取替へるとか、背をさするとか、足を按摩するとか、著物や蒲団の工合を善く直してやるとか、其外浣腸沐浴は言ふ迄もなく、始終病人の身体の心持よきやうに傍から注意してやる事である。食事の献立塩梅などをうまくして病人を喜ばせるなどは其中にも必要なる一箇条である。此二様の介抱の仕方が同時に得られるならば言分はないが、若し何れか一ツを択ぶといふ事ならば寧ろ精神的

同情のある方を必要とする。》

　引用を長くかさねることになるが、＊＊君よ、子規は右のように一般化して『病牀六尺』に論じたことを、具体的な個の生活の記録としては『仰臥漫録』に次のように書く。僕は子規の病床での苦しみのなかの、個の経験のたゆまぬ一般化、またその一般化された理論の根にたどることのできる、個としての思い、それらの構造体に敬意をいだく。

《律ハ理窟ヅメノ女也　同感同情ノ無キ木石ノ如キ女也　義務的ニ病人ヲ介抱スルコトハスレトモ同情的ニ病人ヲ慰ムルコトナシ　病人ノ命ズルコトハ何ニテモスレトモ婉曲ニ諷シタルコトナドハ少シモ分ラズ　例ヘバ「団子ガ食ヒタイナ」ト病人ハ連呼スレトモ彼ハソレヲ聞キナガラ何トモ感ゼヌ也　病人ガ食ヒタイトイヘバ若シ同情ノアル者ナラバ直ニ買フテ来テ食ハシムベシ　律ニ限ツテソンナコトハ曾テ無シ　故ニ若シ食ヒタイト思フトキハ「団子買フテ来イ」ト直接ニ命令セザルベカラズ　直接ニ命令スレバ彼ハ決シテ此命令ニ違背スルコトナカルベシ……時々同情トイフコトヲ説イテ聞カスレトモ同情ノ無イ者ニ同情ノ分ル筈モナケレバ何ノ役ニモ立タズ　不愉快ナレトモアキラメルヨリ外ニ致方モナキコト也》

　＊＊君よ、僕がこれらの引用からあらためてきみに注目してもらいたいのが、「同情」という言葉である。そういいながら、僕がこの日常生活のレヴェルでしばしば使われる「同情」という言葉を好まぬと、まずあきらかにすれば、きみは矛盾をそこに見るかもしれない。しかし僕は、子規のこの言葉の用法を手がかりにして、この言葉からそのように自分が好まぬ側面を洗い流したい。そしてこの言葉に、それこそ大剛の子規の性格に似つかわしい、からりとした意味を更新したいと思うのだ。

「同情」という言葉の、ベタベタくっついてくる感覚、またおっかぶせるようにしてくる感覚、そうした性質での人間関係の開き方。たとえ看護してくれる者の心の働らきであるにしても、子規はそうしたものを望んだのではなかった。また子規自身、おなじく死病にとりつかれた兆民に対して、この種の感情はむしろ拒否する、そのような意志に立って、かれは『一年有半』を批判したのであった。またその種の「同情」を期待する書物、あるいはそのような書きぶりへの世間の反応の強さを、いやしいものとみなしたのであった。

しかもなお子規が、なぜ「同情」という言葉を、看護の根幹に置くのか？　僕は子規が「同情」という言葉を、想像力という意味において用いているのだと思う。そしてそれがかならずしも恣意的な思いこみにとどまらぬと僕はいいたい。当時の子規のヴォキャブラリーに、もし想像力という言葉があったならば、かれはそれを「同情」という言葉のかわりに使ったはずであろう。

看護の根幹にあるべきものとしての、想像力。＊＊君よ、きみがルソーの『エミール』を読んでいるならば、次の一節を思い出すだろうと思う。ルソーは、子供たちにあまりしばしば死者や病人を見せると、それらが子供の想像力に訴えなくなるといって、そうしたことの弊害をいい、こう書いていた。《しかもひとり想像力のみが我々をして他人の苦しみを感じさせる。》

＊＊君よ、僕は子規がほかならぬこの想像力を他者にもとめる、その論理にかれ独自のものを見出す。それはかれの病いを看護する者らに対してにとどまらない。子規の直接・間接に教育家的な性格について、僕はそれを具体的に見ているわけだが、その直接の教育の対象であった虚子や碧梧桐に対して、子規が激しい

熱情をこめてもとめるのは、かれ自身と同じく俳句の革新の未来へむけての想像力を持て、ということにほかならない。子規は、看護の面での妹律に対してと似た苛立ちを、繰りかえしかれらに対していだき、かつ忍耐強く克服して、虚子と碧梧桐をみちびきつづけたのであった。

子規が文学表現を読みとる、その独自の仕方についてはあらためて見るが、かれが先行者の作品の合評に加わったり、その弟子たちの作品を読みとったりする日々の態度には、相手の身になって考えるという、この想像力の根柢の働らきがある。

そして＊＊君よ、子規自身の想像力は、たとえ病床にかれがある間も、同時代の社会、政治状況の、その全体に向っていたのだ。子規は同時代を、まさに想像力的に読みとっていたのである。同時代に対する、子規の想像力の働らかせ方は、それこそ中野重治のいう大剛のものであった。子規はその最後の著作『墨汁一滴』を一九〇一年のはじめに、次のように書き出した。

《病める枕辺に巻紙状袋など入れたる箱あり、其上に寒暖計を置けり。其寒暖計に小き輪飾をくゝりつけたるは病中いささか新年をことほぐの心ながら歯朶の枝の左右にひろがりたるさまもいとめでたし。其下に橙を置き橙に並びてそれと同じ大きさ程の地球儀を据ゑたり。此地球儀は二十世紀の年玉なりとて鼠骨の贈りくれたるなり。直径三寸の地球をつくぐ〵と見てあればいさゝかながら日本の国も特別に赤くそめられてあり。台湾の下には新日本と記したり。朝鮮満洲吉林黒竜江などは紫色の内にあれど北京とも天津とも書きたる処無きは余りに心細き思ひせらる。二十世紀末の地球儀は此赤き色と紫色との如何に変りてあらんか、そは二十世紀初の地球儀の知る所に非ず。》

＊＊君よ、われわれはいま子規にかわって二十世紀

末の地球儀を読みとり、その上での思いを、子規の想像力にむけてさかのぼらせる必要がある。とくに北京とも天津とも書いてなかったという紫色の地域の現状について見つつ。子規のこのように巨視的な同時代への見方は、またまったく同じ文体での、《草花の一枝を枕元に置いて、それを正直に写生して居ると、造化の秘密が段々分つて来るやうな気がする》という、微視的なきわみに宇宙論的な認識を達成する見方とむすばれている。それら両極をともに十全に描き出しうる文体を、散文のそれとして『墨汁一滴』『病牀六尺』につくりだした子規の、おなじくなにもかもをもすくいあげうる言葉の仕組としての俳句、短歌の革新についてはつづいてそれを見ることにしたい。

そこでここではさきの二種の散文の中間に位置するところでの、同時代への子規の想像力の働らかせ方を例に引いておきたいと思う。それに先だっていえば、引用のなかの《涙が出るほど嬉しかつた》という表現は、《愉快でたまらぬ》《嬉しくてたまらなかつた》といういい方とともに、子規の散文の特徴のひとつをなす。＊君よ、子規は、盛んにうめき、盛んに叫び、盛んに泣いたと同じく、盛んに嬉しく感じ、盛んに愉快でたまらぬと思う、そのように能動的、積極的な生活に終始したのである。

そして僕は、＊＊君よ、この盛んな勢いにみちた子規の精神生活、想像力の生活こそは、その源をたどれば、ほかならぬ明治維新から自由民権の時代に彼が幼・少年期をすごしたこと、そのような変革期に生きいきした関心をひらきつづけて成長したことにあると思うのだ。子規はそこから決してつきることのなかったエネルギーを汲みとったのであった。そして僕は＊君よ、自分が敗戦から民主主義的な改革の時代に幼・少年期をすごして青年期にいたったことを、想像力的な源泉においていることについて、その意味を自覚しなおすのだ。

『病牀六尺』の書きだしの章に子規は書く。《土佐の西の端に柏嶋といふ小さな嶋があつて二百戸の漁村に水産補習学校が一つある。教室が十二坪、事務所とも校長の寝室とも兼帯で三畳敷、実習所が五六坪、経費が四百二十円、備品費が二十二円、消耗品費が十七円、生徒が六十五人、校長の月給が二十円、しかも四年間昇給なしの二十円ぢやさうな。其ほかには実習から得る利益があつて五銭の原料で二十銭の罐詰が出来る。生徒が網を結ぶと八十銭位の賃銀を得る。其等は皆郵便貯金にして置いて修学旅行でなけりや引出させないといふ事である。此小規模の学校が其道の人にはいまは有名になつたさうぢやが、世の中の人は勿論知りはすまい。余は此話を聞いて涙が出る程嬉しかつた。我々に大きな国家の料理が出来んとならば、此水産学校へ這入つて松魚を切つたり、烏賊を乾したり網を結んだりして斯様な校長の下に教育せられたら楽しい事であらう。》

子規について、生活者としての子規と、表現者としての子規を、もとよりそれは一個の人間のうちに結びついているのであるが、かりにそれを分けて考えることで、子規像を把握しなおそうとする時、＊＊君よ、僕はもうひとつの媒介項を、生活者と表現者の間にくみこみたい。それは最初にのべた、教育者としての子規という媒介項である。

文学、文学運動において教育者の役割をひきうける者、かれは独自の性格をおびている。とくに子規においてそれは特徴的であった。もともと子規に、教育者としての資質がそなわっていた、ということが第一にある。さきに引いた、水産補習学校をめぐる文章にも、子規のその性格は見えている。善い教育を受けることを心から望む人間、それもまた教育者としての資質のひとつだと僕は思う。子規はやはりさきの、「同情」ある看護という論点を押しすすめて、女子教育の必要を考えた。十分な資力を持つということを条件にひらく幼稚園を夢想したし、『病牀譫語』では、具体的に教育構想を語りもした。子規が重視するのは、《徳育、美育、気育、体育》である。しかもその「気育」とは、善悪邪正の感とは異なる、勇猛心、忍耐心をつちかうためのものであった。

しかし子規がかれ独自の教育者としての資質をそなえていたと僕が考えるのには、かれの表現者としての特質に直接の関わりがある。子規は、維新から自由民権の時代へのその成長期の革新の時代潮流と呼応して、文学の場においては革新者としての表現者であった。かれの文学の革新は、子規個人の表現としてうちだされたにとどまらず、はじめからひとつの文学運動であった。それは同時代の同志たちを組織し、次の時代に向けて後継者をつくりだすことである。＊＊君よ、子規の表現者としての生き方は、そのまま教育者としての実践たらざるをえなかったのである。

われわれはすでに幼・少年期から青年期への乗り超えに際しての子規と、病床にあって苦しみながら、その仕事のレヴェルでは大きい完成期にある子規を見た。いまはその中間の、実際に仕事をはじめて、しかもその仕事の現場でのもっとも積極的な体験をした直後の、大きい危機にある子規を見たい。子規のその人生のシーンには、教育者としての核心にあるものがあらわれているとともに、いわば中年期の「アイデンティティーの危機」にあるかれの内面もあきらかであるから。そしてかれにその「アイデンティティーの危機」を誘い出した端的な契機が、かれの教育者としてのあり様に弟子として対応する虚子の、青年期の「アイデンテイティーの危機」なのである。

子規の書簡（僕は人の教育者としての資質と、よく手紙を書く生活態度とに、直接のつながりがあると、いくつかの実例にそくして考えているが）、その数多い書簡をつうじてあとづけて行くならば、子規と虚子との関係は次のように始った。すでに子規と交際のあった碧梧桐と、伊予尋常中学で同級となった少年高浜清が、この友達を介して出した手紙に、明治二十四年五月、子規は返事を出した。かれは高浜少年が学校で良い成績をあげていることをうらやむと書いてから、次のようにつづける。

《請ふ国家の為に有用の人となり給へかまへて無用の人となり給ふな　法律なり経済なり政治なり医学なり悉く名人学者の来るをまつものならざるはなし　然れども真成之文学者また多少の必要なきにあらず……賢兄僕を千里の外に友とせんといふ　僕豈好友を得るを喜バざらんや　併し天下有用之学に至てハ僕ノ知らざる処賢兄の望をみたすに足らざるは勿論也　若し文学上の交際を以て僕を教へんとならバ謹んで誨《おしえ》を受けん》
＊＊君よ、ここにはまだ正岡常規と署名している青年子規の、明治なかばという変革期に対する、新世代の役割の果たし方への信念と（それは生涯持ちつづけられたものだが）、やはり子規の一生をつらぬいたユーモアの感覚がすでに見てとられる。このようにして年長の友との交際をはじめた虚子と碧梧桐は、明治二十八年二月、東京で子規から次のような一節をふくむ両者あての手紙を手渡された。《帰ってゆっくりお読みや》と子規はいったという。かれはその強いねがいであった日清戦争への従軍を許可されたところであり、同時代観を語って後事を託したのだ。
《而シテ戦捷ノ及ブ所徒ニ兵勢益振ヒ愛国心愈固キ

ノミナラズ殖産富ミ工業起リ学問進ミ美術新ナラントス　吾人文学ニ志ス者亦之ニ適応シ之ヲ発達スルノ準備ナカルベケンヤ　僕 適《たまたま》觚《こ》ヲ新聞ニ操ル或ハ以テ新聞記者トシテ軍ニ従フヲ得ベシ　而シテ若シ此機ヲ徒過スルアランカ　懶ニ非レバ則チ愚ノミ傲ニ非レバ則チ怯ノミ　是ニ於テ意ヲ決シ軍ニ従フ

……僕若シ志ヲ果サズシテ斃レンカ僕ノ志ヲ遂ゲ僕ノ業ヲ成ス者ハ足下ヲ舍テ他ニ之ヲ求ムベカラズ　足下之ヲ肯諾セバ幸甚》

子規自身に、従軍することがその文学において、あるいは現実生活の展望に関わってなにをもたらすのか、それがはっきりわかっていたのではなかった。＊＊君よ、しかしかれはその従軍が許可された時には、いままでもっとも嬉しかったこととして、さきの上京の決定とそれとを数えたほどであった。それは子規が、同時代の全体に対して現実的に関わることをめざした、その生き方の根本の姿勢をあきらかにしていよう。僕はさきに子規が青年期に到ろうとしながら、それを同時代の全体にむけて自分の精神を活性化することとしようとしたといったが、それは壮年の子規にもまっすぐつらなっている生き方なのであった。しかし実際に従軍してしまえば、その生活が、子規のように誇り高く鋭敏な感受性の人間に愉快なものでありうるはずはない。かれはその批評精神のあらわれでもある、感情的なわだかまりをしばしば感じぬわけにはゆかなかった。

しかも子規は、『陣中日記』にしるすとおり従軍の帰途、《朝大なる鱶の幾尾となく船に沿ふて飛ぶを見る。此時病起れり》、喀血して重態となったのである。この従軍に先だって、文学的な盟友でもあった従弟、藤野古白に自殺されてしまったこと（それは『仰臥漫録』に子規が自分をおそう自殺への誘惑について記した文章につづく、小刀と千枚通しの絵の上の、「古白曰来」という文字において、われわれにあらためて子規の内面におけるこの自殺の意味を読みとらせることになるのであるが)、それにつづいてのこの重い病気の経験が、僕は子規をして中年期の「アイデンティティーの危機」にむけて押しやったと考えるものだ。いま悪しき体験として終えたばかりの従軍ということも、そこに力をくわえていたのは当然の話だ。それがこちらは青年期の「アイデンティティーの危機」のさなかにある、若い虚子の生き方と切実にからむことによって、一挙に顕在化したのだ。

＊＊君よ、僕はこの手紙のかたちでの一連の文章の、そのはじめに引用したとおりに、エリクソンのアイデンティティーについての定義を、かれ自身の次の言葉に読みとるものだ。《なぜなら同一性《アイデンティティー》とは、「個人の中核、さらにまた、彼の共同体文化の中核に『位置する』一つのはたらきであって、まさにこれら二つの同《アイ》一性《デンティティーズ》の一致を確立するはたらき」である(あるいは、私はそのように主張してきた)からである。》そして僕が、明治の平均寿命を考えて、中年というのが妥当であろうこの時期の子規と、青年の虚子にともに見るのは、そのようなかれらおのおののアイデンティティーの危機にほかならない。

この年の十二月、子規はやはり門弟の五百木飄亭にむけて劇的な手紙を書き、かれ自身と虚子との間に起ったことを訴えた。子規は《病気大分よろしく本月初より出社致し病後といひ多忙の為め逆上甚だしく一昨日来半狂の心持にて奔走致候》と、その時現在の精神状態の基調を説明することから書きはじめる。自分は碧梧桐より虚子を、その才能において秀れた者と選び、俳句改革の運動の後継者と定めていた。しかしいま自分は、その後継者たるべき者を失ってしまったところである。病中、虚子に後継者としての役割をつたえ、かれもそれにこたえる決心をしていたはずであるのに、しかし虚子にはそのために学問をする様子がない。ついに自分は虚子を連れ出して問答をすることにした。

《君は学問する気ありや否や
千問万答終に虚子は左の如く言ひきり候
文学者ニナリタキ志望アリ　併シ身後ノ名誉ハ勿論一生の名誉ダニ望マズ
学問セントハ思ヘリ　併シドウシテモ学問スル気ニナラズ
人ガ野心名誉心ヲ目的ニシテ学問修業等ヲスルモソレヲ悪シトハ思ハズ　然レドモ自分ハ野心名誉心ヲ起スコトヲ好マズ
つまり一言にしてつゞめなば文学者にならんとは思へどもいやでいやでたまらぬ学問までして文学者にならうとまでは思はずとの答なり　小生いふ
ソレナラバ子ト我ト到底其目的ヲ同シウスル能ハザルモノナリ
虚子いふ
厚意ハ謝スル所ナリ　併シ忠告ヲ納レテ之ヲ実行スルダケノ勇気ナキヲ如何セン
吁命脈は全くこゝに絶えたり　虚子は小生の相続者にもあらず　小生は自ら許したるが如く虚子の案内者にもあらず　小生の文学は気息奄々《えんえん》として命旦夕に迫れり》

子規はこの手紙を、次のように結ぶ。《今迄でも必死なりされども小生は孤立すると同時にいよ〳〵自立の心つよくなれり　死はます〳〵近きぬ　文学はやうやく佳境に入りぬ》

この時期の子規の個人の中核に「位置する」同一性《アイデンティティ》は、いかにもあきらかなものであったにちがいない。かれ自身、《文学はやうやく佳境に入りぬ》というとおりに。しかしその文学の運動としての共同体文化の基盤は、いまや後継者の脱落によって失なわれようとしている。したがってその中核に「位置する」同一性《アイデンティティー》との間に、二つの同一性《アイデンティティーズ》を一致させることはできない。子規にとってその共同体文化とは、かれの青年期をつうじての奮闘によって、かれ自身樹立してきたところのものであったのに。

この「アイデンティティーの危機」を乗り超えて三十年代に入った子規は、ひとり自立して同時代に対峙する文学を確立してゆくことになる。なによりもその時期からの、かれの実作の深まりがそれをあかしていよう。そして青年虚子は、子規という師匠《パトロン》から呈示された共同体文化の後継者たることをいったん拒んで、ひとりの若い人間として自立することにより、こちらは青年期の「アイデンティティーの危機」を乗り超えたのだ。それは子規という巨大な人間に吸収されることで、虚子がその個人の中核に「位置する」同一性《アイデンティティー》を見失ってしまうことからの、切実に必要だった独立運動ではなかっただろうか？

教育する者と教育を受ける者の関係のダイナミズムを読みとるために、この出来事を虚子の側はどう受けとめたかを見よう。虚子は書いている。《余は一人になつてから一種名状し難い心持に閉されてとぼ〳〵と上野の山を歩いた。居士に見放されたといふ心細さはもとよりあつた。が同時に束縛されて居つた縄が一時に弛んで五体が天地と一緒に広がつたやうな心持がした。今一つは多年余を誨誡し指導する事の上に責任と興味とを持つてゐた居士に今日の最後の一言で絶望せしめたといふ事に就いて申訳の無いやうな悔恨の情もこみ上げて来た。》

《居士の命が短かかつたゞけ其だけ余と居士との交遊は決して長かつたとはいへぬのであるが、其でも此の道灌山の破裂以来も、尚ほ他の多くの人よりも比較的親しく厚い交誼を受け薫陶を受けた事は事実である。だから一面から之を見ると、其婆の茶店の出来事といふのも畢竟一時の小現象に過ぎなかつたので、前後を一貫して其底深く潜めるところのものゝ上には何の変るところも無かつたともいへるのである。が又他の一面から之を見ると、其と反対に居士と余とは遂に支吾を来さねばならぬ運命に在つたので、其最初の発現が道灌山の出来事であつたともいへるのである。更に一歩を進めて言へば、爾来居士の歿年である明治三十五年迄凡そ六年間の両者の間の交遊は寧ろ道灌山の出来事の連続であつたともいへるのである。》(『子規居士と余』)

　子規からその「共同体」の後継者たることをもとめられて、それを拒む、しかも自分には学問をする気はないと、子規の文学と文学運動への信条の核心に関わって、それを拒否する。そしてその行為によって自分が束縛から解放され、五体が天地と一緒に広がったと感じる。それはまさに青年の「アイデンティティーの危機」の、勇敢な突破とその成果の印象ではないか？

　碧梧桐というライバルにすらも、《居士は虚子が一番好きであった》といわしめ、子規が息をひきとった直後にその母親をして《升は一番清さんが好きであったのだから》といわしめた虚子。その虚子に自分のつくりだした「共同体」を託することをあきらめることで、《今迄でも必死なりされども小生は孤立すると同時にいよ〳〵自立の心つよくなれり》と覚悟するに到った子規も、この出来事をつうじてその中年の「アイデンティティーの危機」を乗り超えたのだ。＊＊君よ、そのように僕がいうことを、きみもおよそ妥当だと思うのではあるまいか？

　虚子は、子規の呈示してくる共同体文化の中核に

「位置する」はたらきにそって生きるかぎり、自己の個人の中核に「位置する」はたらきが押しつぶされると、そのように「アイデンティティーの危機」を感じていたのであり、そこでかれは子規と、つまりその共同体文化の中核をなす人間と対決して、新しい生き方を伐り開いたのであった。

　子規としては、虚子を運動の後継者とすることで、自分の個人の中核に「位置」するはたらきと、同時代の社会がかれに要求するところとの間に、ひとつの緩衝体をつくりだし、自分の個人の中核を安泰な位置におこうとしたが、虚子の拒否にあうと、ひとり孤立して闘う決意をした。そのようにしての個人の中核の再確認によって、子規はその同時代における革新者としての社会的な役割と、かれ自身の個の、一つの同一性《アイデンティティーズ》の一致を実現したのである。三十年代に入ってからの子規の、短歌、俳句、散文の諸分野における表現者としての充実について、僕はその「アイデンティティーの危機」の克服が、直接に大きい役割をはたしたと考えるものだ。

　子規の教育者としての資質を、その表現者としての特質に近づけて見ようとすると、＊＊君よ、僕には子規が他者の作品を読む、その読みとりの独自さということが興味深く思われる。子規の読みとりには、よく教育する者子規があらわれているとともに、よく教育される者子規という性格もあきらかである。そしてそれはすなわち自分より他の人間の側に立って考える子規、「同情」する子規、想像力をよく働らかせる子規を見ることでもある。僕のこれまでの見方につなぐとすれば、＊＊君よ、中年の「アイデンティティーの危機」を乗り超えた子規は、さきにかれがその危機のただなかの手紙で、虚子にくらべて見棄てたとすらもいった碧梧桐に、いかにも両者とも自立している人間同士の理解関係を開いてみせる。それはさきに若い子規の手紙に見た、《若し文学上の交際を以て僕を教へんとならバ謹んで誨を受けん》という言葉の、具体的な実現といっていいものだ。

　子規がその死の二日前まで書き続けた『病牀六尺』の、すでに終りちかい明治三十五年七月の一節を見よう。

《近刊の雑誌宝船に

甘酒屋打出の浜に卸しけり　青々

といふ句があるのを碧梧桐が賞讃して居つた。そこで余が之をつく〴〵と見ると非常に不審な点が多い。先づ第一に「卸しけり」といふ詞の意味がわからんので、之を碧梧桐に質すと、それは甘酒の荷をおろしたといふのであると説明があつた。》子規としてはこれを無理な語法だと思うが、しかしそれはいったんおいて、「甘酒屋」という初句の置き方がわからぬと、さらに疑問を出す。それに対して碧梧桐は、まさにそこが特質なのだという。それを契機に、子規は自分としてとりがたい、自己の詩の世界に異質なものであるこの句の側に立って、あえて読みとりにつとめるのである。そのようにして子規ははじめ読みとりえなかった詩的言語の、すべての空間を見てとるにいたる。その読みとりの過程の、論理的にはっきりした分節化はいかにも子規のものだ。

《甘酒屋と初めに置いたのは、丁度小説の主人公を定めたやうに、一句の主眼を先づ定めたのである。仮に之を演劇に譬へて見ると今千両役者が甘酒の荷を舁いで花道を出て来たといふやうな有様であつて、其主人公はこれからどうするか、其位置さへ未だ定まらずに居る処だ。それが打出の浜におろしけりといふ句で其位置が定まるので、演劇でいふと、本舞台の正面よ

り稍〻左手の松の木蔭に荷を据えたといふやうな趣になる。》

＊＊君よ、もし子規が映画カメラの移動やズーム・アップの技法にたとえてものをいいえたとすれば、かれの内部に展かれたこの詩的言語の空間を、さらに明瞭に語りえたであろうことを想像してもらいたい。子規は、かれが病臥してから世間にあらわれて、見にゆきたいがそれのかなわぬものの筆頭に、活動写真すなわち映画をおいていたのでもあった。

《そこで先づ「甘酒屋」と初めに主人公を定め、次に「打出の浜に」と其場所を定め「おろしけり」といふ語で其場所に於ける主人公の位置が定まるので、甘酒屋が大きな打出の浜一面を占領したやうな心持になる。そこが面白い。演劇ならば其甘酒屋に扮した千両役者が舞台全面を占領してしまふたやうな大きな愉快な心持になるのである。その心持を現はすのには、余が前に片輪だと言つたやうな此句法でなければ、しまつがつかぬといふことになつて来る。さうなつて来た序に、この「おろしけり」といふ詞も外に言ひやうもなき故に仮に之を許すとして見ると、この甘酒屋の句は、その趣味と言ひ、趣味の現はしかたと言ひ、古今に稀なる句であると迄感ずるやうになつた。》

だからといって、＊＊君よ、子規がこの歪みのある語法の俳句の側に移行して、自分でもそのようにひねった句を作りはじめるのではなかったことにも、注意を怠たらないでもらいたい。子規がその精神と情動のすべてを投入するようにした行為は、いわば読みとりのゲームであったのだ。自分の詩的言語の世界とは異質なところへ、強い論理的な手つづきをへて、そのように想像力を発揮する子規。この一節が病人の看護における「同情」ということを、つまりは人間関係における想像力の問題について書いた節の、二日あとのものだという事実は、意味のないことではあるまいと僕は思う。

啄木や茂吉については多く書いたが、子規についてはわずかにしか書いていない中野重治から、もうひとつの文章を引用するのは不自然に感じられるかもしれぬが、＊＊君よ、僕としては子規と中野重治とをとくに結びつけて考えたい思いがあり、あえて意識的にそれをする。一九三二年に、入獄している中野重治が、当時短歌史概説を書いていた歌人渡辺順三へあてた手紙の、それとして発表されたものの一節。

《子規に対する君の見方は僕もはじめてきく意見だが、根本的にはそれが正しいと思います。彼が出発した当時の敵手どもは、御歌所《おうたどころ》派(?)であれ明星派であれ、新しい日本のブルジョアジィの強いエゴの探求の要求に添いうるものではなかった。落合直文とかヨサノ晶子とか「田山花袋の自然主義」とかいうものは、ヒョロヒョロしていて、自我の発見よりもズッと手前でマンネリズムに平均化している。それに対して彼らは(即ち子規らは)戦ったものでしょう。しかしそこに短歌という芸術にまで持ち来らされたこの自我には、それ以上の発展が与えられなかった。これは市民の自我的運命だ。そこに彼ら(子規たち)の終焉があるのでしょう。》

＊＊君よ、若いマルクス主義者中野重治が、獄中から同志に書く手紙として、子規とその文学運動の同行者たちの立ちどまり、後退についていうのは、すなわち社会的階級的制限性においてのことだ。散文に移行する前は美しい短歌のつくり手であった中野は、文学者としてのかれが、文学者子規をよく乗り超えているとまではいわぬだろう。中野重治の時代、われわれの時代をくるみこむ同時代の文学者として、子規はいま

に有効な力を内包していると僕は思う。

さて＊＊君よ、この文学運動、政治運動の組織者としての中野重治の文章に、きみが挑撥性ということを見るとすれば、僕はそれを子規の文章の同じ性格にかさねてもらいたいと思う。子規がその手紙でする、自分は誰かれを見棄てた、きみこそを頼りにするという書き方を、僕は教育者としての挑撥性と読みとりたいが、それよりなにより、文学の改革運動の進め手としての子規の、その挑撥性はみごとなものだ。たとえば『歌よみに与ふる書』の、まさに中野重治が子規を評価するところと直接かよいあう、次の一節を僕は示したい。

《「日本文学の城壁とも謂ふべき国歌」云々とは何事ぞ。代々の勅撰集の如き者が日本文学の城壁ならば実に頼み少き城壁にて此の如き薄ッぺらな城壁は大砲一発にて滅茶滅茶に砕け可申候。生は国家を破壊し尽すの考にては無之日本文学の城壁を今少し堅固に致し度外国の髯づらどもが大砲を発《はな》たうが地雷火を仕掛けうがびくとも致さぬ程の城壁に致し度心願有之、しかも生を助けて此心願を成就せしめんとする大檀那は天下一人も無く数年来鬱積沈滞せる者頃日《けいじつ》漸く出口を得たる事とて前後錯雑序次論無く大言疾呼我ながら狂せるかと存候程の次第に御座候。傍人より見なば定めて狂人の言とさげすまるゝ事と存候。》

これは明治三十一年に書かれた文章である。すなわち＊＊君よ、さきの悲痛な手紙から三年、子規はかれ自身がきざみこんだ言葉どおりに、《今迄でも必死なりされども小生は孤立すると同時にいよ〳〵自立の心つよくなれり　死はます〳〵近きぬ　文学はやうやく佳境に入りぬ》という奮闘をつづけているのだ。有言実行の人といういい方を僕としては好まぬが、それでも＊＊君よ、子規の生涯を思うたびに僕の心はそのところへ行く。

さて＊＊君よ、子規自身の俳句、短歌を表現としてどう評価するかということになれば、このような詩的言語の形式に素人である僕には、散文の分野にひきつけてのことしかいえぬ。したがって専門家たちから滑稽な言説とあしらわれて不服はないが、僕としては永い間子規を読んできた経過の上で、次のような考えを持つ。子規の短歌は(そして俳句についてはわずかながらマイナスの条件つきで、おなじことをいいたいし、散文についてはおおいにプラスの条件つきでそういいたいのであるが)、およそありとあるものについて表現しうる言葉の形式としていることが特質だと。ここで僕がありとあるものというのは、素材についてそうであり、思想の内容についてそうである。

時代の変革期にあたって、その同時代の全体にむかいあう表現者たろうとする文学者。たとえば二葉亭や子規、かれらがそのために根本的な文学の方向づけとしてやったことは、かれらの同時代のありとある事物と思想とを表現するにたる、そのような言葉のかたちと文体を創造することであった。＊＊君よ、言文一致の運動はその文脈でとらえられてはじめて、社会的基盤によく根ざすものだ。

二葉亭も子規も、同時代の全体につき文学者として責任をとることを考え、そのように実践し、そしてともに病いにたおれながらも大きい仕事を残した。かれらのなしとげた全事業の核心は、新時代とそこに新しく生きる人間の経験の、およそなにもかもを表現する言葉のかたち、文体をつくりだしたことであった。

子規の散文『墨汁一滴』や『病牀六尺』の言葉と文体については、すでに実例にそくしてそれを見た。ここでは子規の短歌について検証するとして、＊＊君よ、僕は寒川鼠骨の筆禍、入獄前後の、この文学的盟友の身にふりかかった事件を、子規がその短歌をつうじてどう表現したかを読みとってゆきたい。新聞『日本』の記者として子規のかたわらにあり、あの二十世紀のお年玉としての地球儀を子規におくった鼠骨。太平洋戦争で子規庵が焼けるとその復興に力をつくした、まさにわれわれの同時代に子規を記憶しつつ生きる人であった鼠骨。もっとも僕はその筆禍の内容については、明治三十三年三月二十七日、鼠骨の入獄直後に子規がつくった次の一連の歌、《獄中の鼠骨を憶ふ》からそれをおしはかるのみなのだが。

天地に恥ぢせぬ罪を犯したる君麻縄につなかれにけり
みやこべのまかねの人屋広ければ君を容れけりぬす人と共に
御あがたのおほきつかさをはづかしめて罪なはれぬと聞けばかしこし
くろかねの人屋の飯の黒飯もわが大君のめぐみと思へ
豆の事をグンバ(軍馬)といふと人に聞きし人屋の豆のグンバ喰ふらむ
人屋なる君を思へば真昼餉の肴の上に涙落ちけり
ある日君わが草の戸をおとつれて人屋に行くと告げて去りけり
三とせ臥す我にたぐへてくろかねの人屋にこもる君をあはれむ
ぬは玉のやみの人屋に繋がれし君を思へば鐘鳴りわたる
君が居るまかねの窓は狭けれど天地のごとゆたけくおもほゆ

御《み》あがたのおほきつかさという言葉を、御県《みあがた》が天皇の御饌《みけ》にそなえる蔬菜を栽培する御料地だということから**君よ、僕としては子規独自の用法での、宮内省あるいはその供御《くご》及び饗宴のことをつかさどった大膳寮の高官のことだろうと思う。*そのような官僚に対して筆禍をこうむり、天地に恥じせぬ罪をおかしたという友人に、獄中の黒飯も、わが大君のめぐみと思へというのは、子規のしたたかな批判精神をつつみこんだ、およそ多義的な表現ではあるまいか。人屋の豆のグンバ喰ふらむ、とつづいてみれば、それはなおさらのことだ。

鼠骨が出獄して来るのをむかえての俳句、《いたわしさ花見ぬ人の痩せやうや》。これをさきの一連の短歌の、獄中の友への思いをまっすぐあらわしたものとかさねて、子規の心優しさをいうことはできよう。*君よ、若いきみはこのようにいう僕に反撥するかもしれぬが、僕はこのところ青年子女とかれらむけのマス・メディアがよく用いる、「優しさ」という言葉が好きでない。僕自身としては、かれは優しい人だというようなことをおよそ日常的にはいわない。自分の友人や師匠《パトロン》とひそかに考えている人びとの、そのわずかな数について、僕は心のうちでこの言葉をあてることはあるが、あるいは個人的には知らぬある数の人びとについてそう思うことはあるが、実際にそれを口に出すことはない。「優しさ」が氾濫して眼にも見えるほどの人間関係、それを反映したマス・メディア、そうしたものをごめんこうむりたいと僕としては思う。しかもなお僕は、あの終生戦闘的であった子規の心優しさについては、この言葉の正当な使用例として、ここに書きつけておきたいと思う。

さて出獄して訪ねてきた鼠骨の獄中談を、伊藤左千夫らもふくむ万葉集輪講会で子規が紹介し、それを素材にして歌会が開かれる。そこでの子規の作歌には、さきに引いた作品よりも一段と自由な、子規のものの見方と観察の多面性が見られる。

かげろひのはかなき命ながらへて人屋を出でし君痩せにけり

この歌は、さきの俳句と同じく辛いめにあった友人へ自然な感情をよせるものだ。しかし《獄中の通語に鹿角菜《ひじき》をヤミといひ北海道の豆をダルマといふ》という鼠骨の情報に生きいきと興味をそそられた次の歌は、方向性のことなる情動のうごきをあらわしている。ここで子規の想像力の働らきは外にむかうのだ。

同じあした縄許されしぬす人と人屋の門を出でゝ別れぬ

ぬば玉のヤミのひじきは北蝦夷のダルマの豆にいたくし劣れり

つづいて次のように展開する歌の動きを見てゆけば、子規が外に向けた想像力の方向を変えつづけて、鼠骨の獄中談という素材を、その全体において表現しつくす、その歌作の方法論があきらかであろう。＊＊君よ、それは小説の方法にひきつけていえば、全体小説へむから想像力の展開である。すなわちしばしば短歌になぞらえられる、私小説的な想像力の限定とは対極をなす方向づけのものであることに注意をうながしたいと思う。

くろかねの人屋の門を出でくれば桃くれなゐに麦緑なり

都べの花のさかりを十日あまり五日人屋の内に泣きけり

放たれて人屋の門を出で来れば茶屋の女の小手招きすも

広く知られている子規の生涯最後の句も、自分の目前にせまっている死を、表現の視点をかえながら多面的にとらえようとした、その不屈の全体にむけての意志において、めざましいものに思える。文人のものにかぎらずおよそたいていの辞世の歌、辞世の句が、「私」のなかに一面的に閉じこもるものであるのにたいして、これらの三つの句の構造体の、なんと独特なものであることか。第一句は糸瓜(A)と死者(B)を均等に見る表現者(C)との正三角形がきざみだされている。第二句はそれにかさねてB―Cの、第三句はA―Cのそれぞれの辺が強化されて、この正三角形の構造をさらに明瞭にするのである。それは子規の想像力のかたちをそのままモデル化した、その構造体であるように思われる。

糸瓜咲て痰のつまりし仏哉

痰一斗糸瓜の水も間にあはず

をとゝひのへちまの水も取らざりき

＊＊君よ、子規についてその表現者としてのあり様の、かれの生涯における究極のかたちを考える時、僕はその最晩年の、病床で草花他を写生する子規に辿りつく。子規が残している様ざまな絵に、かれが当の絵を描く行為をめぐって書いている文章をかさねて、絵を描く表現者子規を再現するようにしながら。子規は文学者であり、絵はかれ本来の表現の方法ではなかった。しかし写生という子規の方法論について考える時、子規がいかにも具体的な確実さで、絵を描くことと言葉による表現とを統一して、説得的に語るのを見ることができる。

《写生といふ事は、画を画くにも、記事文を書く上にも極めて必要なもので、此の手段によらなくては画も記事文も全く出来ないといふてもよい位である。……画の上にも詩歌の上にも、理想といふ事を称へる人が少くないが、それらは写生の味を知らない人であって、写生といふことを非常に浅薄な事として排斥するのであるが、其の実、理想の方が余程浅薄であって、

とても写生の趣味の変化多きには及ばぬ事である。》

この理想という言葉を、観念あるいは概念に発して、というように置きかえれば、＊＊君よ、それはいかにもありふれた文学論ではないかときみは感じるかもしれない。しかしいちいち草花や果物の実際にあたって繰りかえすことよりほかに写生の深め方がないように、この基本的な考え方は、今日のわれわれの文学においても、つねにそこにかえって検証しなければならぬ原理のひとつなのだ。子規にはそのように原理をうちたててゆく、文学理論家としての強い力があった。またその原理をまっすぐ主張する正直な勇敢さがあった。

子規はなににつけても全力をつくしてそれをおこなう人間であったが、病床で絵を描く作業もまたそのような仕事であった。明治三十五年、すなわち子規の生涯の最後の年は、そのはじめから連日麻痺剤をもちいなければ苦痛からのがれることができぬ、そのような病状である。その上での、絵を描く作業であったのである。子規はしかし、大きい喜びをもってそれをおこなった。絵を描いた後に、重い疲労があることはいうまでもない。子規は門人のひとりにあたえたカマキリの絵に「勇猛心」と書きつけ、《病臥十年かまきりのごとき腕に筆を握りて》と付記した。まさにカマキリのような腕のかれは、勇猛心を発揮して写生をつづける。「草花帖」「菓物帖」、そこにパインアップルを描いた日の句は《画き終へて昼寝も出来ぬ疲れかな》である。

そのように連日写生をつづけて、子規の到達したところは、＊＊君よ、広く知られている『病牀六尺』の次の一節に見られる。《草花の一枝を枕元に置いて、それを正直に写生して居ると、造化の秘密が段々分つて来るやうな気がする。》

造化すなわち天地、宇宙、自然、そのすぐれたかたち、なりたち、造化の妙。子規が、観念あるいは概念から出発することはなしに、ひたすら草花を写生する、その行為の持続をつうじて把握する世界のかたち、なりたち。＊＊君よ、僕はさきにソヴィエト・ロシアの記号論学者、ユーリイ・M・ロトマンを引いて、芸術の創造が、科学的モデルとはちがった性格の、芸術のモデルをこの世界についてつくりだすことだと書いた。しかもその世界についてつくられる芸術のモデルは、そのまま作家の意識、世界観のモデルでもある。

作家の内面の側から創造の手つづきを見れば、かれがその意識、世界観のモデルをつくりだすためには、まず外へ向って眼をむけることが必要である。すなわちかれは世界のモデルをつくろうとする。そのようなかたちで、芸術の創造のなりたちをいうこともできるわけだ。

子規は草花の一枝を注視し、そこにむけて、かれの内面の意識、世界観を方向づける手つづきをとる。紙の上にあらわれてくるかれの意識、世界観のモデルは、確かに写生された草花の一枝のかたちをしてはいるが、それは子規にとって世界全体の宇宙論的なモデルに、その本質において匹敵するのである。

はじめて上京した際、叔父拓川に《汝は朝に在ては太政大臣となり、野に在りては国会議長となるや》とたずねられ、《半ば微笑しながら半ばまじめに〝然り〟と》答えた少年子規。その上京を契機に、新しい勢いをえて、かれは同時代の全体へむかう精神と情動の活性化を飛躍させた。それはやがて現実世界に関わっては、日清戦争に従軍するという規模にまで拡がるものであった。しかしそれを期に、子規は病床に伏して、俳句、短歌の革新運動を組織し、かれ自身、散文をふくめる表現者としても大きい仕事をしたが、外部世界にむけて出歩き、新しい現実に直面することはできなくなった。それでもなお同時代の全体をとらえようとしつづけた子規の、生きいきした好奇心の活動は、すでにわれわれの見たところだ。その意識、世界観のありようにおいて、子規は中野重治のいうとおり健康であるばかりか大剛の人間ですらあった。

その子規の意識、世界観のモデルが、草花の一枝の写生をつうじて、世界のモデルとして表現されてゆく。そのような方向づけの精神と情動の作業として、正直に写生する行為を子規は自覚し、いかにも短いが大きい生涯の最後へと、激しい勢いでむかって行ったのであった。＊＊君よ、子規のそのような表現としての絵、それをここに呈示できぬ以上、僕はかれのその絵画的な表現行為が、言葉による世界モデルの創造とよくかさなりあった、次の例を引いて結ぶことにしたい。

すでにその死まで十五日あまりを残すのみであった一日、伊藤左千夫から草花の鉢がとどいた。それには夜会草という名がついていて、子規として気にいらぬ。しかし脇に小さく夕顔とも書いてあるのを見出して、かれの思いはおちつく。病床の傍らには、天津で在外武官をする門人からの、樺色の旗もかざられてある。子規はその花を『仰臥漫録』に写生し、そして子規の生涯の最後の歌となる、次の長歌一首を作った。

くれなゐの、旗うごかして、夕風の、吹き入るなへに、白きもの、ゆらゆらゆらく、立つは誰、ゆらくは何ぞ、かぐはしみ、人か花かも、花の夕顔

＊本稿をもとにして、NHK四国本部制作課の協力により僕はテレヴィで語ったが、それを見られた相馬庸郎氏より、鼠骨の筆禍が山県有朋への批判に関わること、したがって「御あがた」は山県のモジリではないかという教示をいただいた。

同時代論の試み

――作家自身によるモデル解読

＊＊君よ、僕は若い友人たるきみへの、この手紙のスタイルによる文章のはじめに、芸術の制作をこの世界のモデルづくりとして、しかもそれにかさねての、つくり手の人間のモデルづくりとして考える仕方を語った。ソヴィエト・ロシアの記号論学者ユーリイ・M・ロトマンの理論にそくして。

ところで＊＊君よ、僕は青年期にはじまって、現在のおおいに心のむすぼれる中年期にいたるまで、二十年にわたって小説を書き、かつ発表しつづけてきた者だ。したがってロトマンに援護されての、きみへの理論の呈示が正当であるかどうか、具体的に確かめようと思うなら手だてはある。この二十年間に自分のつくりだした、芸術作品としてのモデル、つまりは僕の書いた小説にそくして、当の理論を検討すればいいのだから。しかもこの二十年の前半の僕は、青年期にある者として小説を書いたのであった。すなわち青年としての世界および自分の人間の、モデルづくりをおこなってきたのであった。僕が青年のつくりだす芸術作品としてのモデルをどのように考えているかは、やはりこの手紙にさきに書いた。

青年が、この世界とかれ自身の人間についてつくるモデルは、とくに人びとの関心をひく。現に新しく出てくる若い作家への、マス・コミュニケイションの強い興味のよせ方がそれをあきらかにしてもいる。そしてそれは＊＊君よ、青年が現在の世界に属するというよりも、そのなかの未来にかさなる部分に、より多く属するからであるだろう。そのようにしてある青年にとって、この世界は変革されてゆく存在としてはじめて、自然な様相を示すはずだ。そのような青年が、かれ自身の人間としてのモデルであり、かつ世界のモデルでもあるものとして作りだす芸術は、この世界の未来に投影したモデルの性格を持つ。そこに予言され、予見された未来世界が、かならずしも実現するというのではないが、人びとはそれを媒介項あるいは叩き台として、かれ自身の未来世界を考えることができる。

いまのべたことについては、＊＊君よ、老年に到った平均的な人びととの、世界と人間としてのかれ自身のモデルづくりを考えれば、納得してもらえるはずのものであろう。老人の誰もがそうだというのではないが、しかし一般に老人は、現在の世界に属するというよりも、多くそのなかの過去にかさなる部分に属するであろう。そのような老人にとって、この世界は保守されるものとしての様相こそ、もっとも自然である。それゆえにこそ、かれらはしばしば変革を、喪失として受けとめるのだ。老人はこの世界の過去に投影したモデルの、精妙なつくり手である。青年は老人たちのモデルと闘うようにして、かれの世界と人間としてのモデルをつくりださなければならない。むしろすべての芸術のジャンルにおける発展は、その闘いこそを基本型としてきざみだされてきたのだ。

もっともここで＊＊君よ、次のような反論があらわれてしかるべきであろうとも思う。確かに青年のつくりだす世界と人間のモデルは、未来にむけて変革されてゆく同時代のモデルとして、尖鋭であるにちがいない。しかしそれはこの世界について未経験な青年のつくるものとして、限界もあらわではないのかと、それについて＊＊君よ、その傾向がまったくありえぬとは僕もいわない。しかし次のふたつの側面から、僕はそれに限定条件をつけることができると思う。

第一に、芸術におけるモデルが、科学的なモデルとは別の性格のモデルだということがある。この点について、ロトマンの分析からじかに引用することで正確を期することにしよう。

《科学的モデルは、概して、対象の構造あるいはそれを構成する諸要素の構造についてすでに一定の概念が分析によって作られているときに、形成される。前者の場合には対象の構造はモデル構築の設計図となり、モデルの目的は、自然の状況ではなんらかの理由でそれを置くことが困難なような条件のもとで対象の振舞いを定義することになる。こうしたタイプのモデルを構築するときには構造にもとづいてのみアナロジーを組み立てること、つまり、構造の同一性を作り出しても、諸要素の同一性は作り出さないのが便利であることがわかる。

第二の場合には、対象の構造は、定義しなければならない未知のなにかである。その際、基礎になるのは、この構造の諸要素に関して学問の先行段階でえられた一定の知識である。その際、構造に関する仮説的概念がモデルの設計図となり、この構造の機能的行動と対象の行動のアナロジーは、対象の構造に関する概念の真であることを検証する手段となる。

このように、科学的モデルの構築に先立って分析的行為が存在する。

芸術におけるモデルはこれとは異なった方法で作られる。芸術家は再現される対象の完全性について綜合的な概念をもっており、ほかならぬこの完全性をモデル化するからである。》『文学理論と構造主義』

このロトマンの理論を一歩進めて、というのは＊＊君よ、僕の作家としての経験にたってのことだが、僕はすくなくとも小説という形式の、芸術におけるモデルづくりにおいて、作家は《再現される対象の完全性について綜合的な概念をもって》はいないと思う。それすらを持たずに、どうして対象のモデルをつくることができるか？　作家は、ある対象の全体にむけて、強い指向性をそなえた意識をもつ。そしてむしろその指向性を具体化するために、言葉を書きつけてゆく。その行為自体が、ついにはこの世界とかれ自身の人間についてのモデルをつくりだしてしまうのだ。その場合、モデルをつくりだす素材であり、モデルそのものでもある「言葉」の、独自の特性が強い働らきをあらわす。「言葉」はプラスティックや硝子、針金のような素材とはちがって、人間の個の内と外、個と共同体をつらぬく、独自な生きものであるからだ。この意味で＊＊君よ、芸術のモデルをめぐるロトマンの言葉の次の一節には、小説という形式についてそれを考える時、とくに意をとどめてもらいたいと僕は思う。

《対象の構造と同一的と知覚される構造モデルは、同時に作家の意識、その世界観の反映である。芸術作品を検討するとき、我々は対象の構造に関して概念を得る。しかし同時に我々の眼前で作者の意識の構造も明らかにされ、この意識によって作られた、世界の構造は一定の社会的・歴史的世界観なのである。》

すなわち科学的モデルとことなって、芸術のモデルにはそのつくり手の意識・世界観の反映が大きい要素をなす以上、未経験な青年のつくりだす芸術のモデルも、経験ゆたかな中年あるいは老年のつくりだした芸術のモデルと、すくなくともつくり手の側からは、同等の権利を主張しえるはずのものだ。良かれ悪しかれ、これが私ですと。しかも、それ自身が未来にむけてつくりかえられつつある青年の、その意識、世界観の反映である世界と人間のモデルは、そのあり様自体がダイナミズムの様相をなすであろう。

そしてわれわれはそのダイナミズムのみならず、時にはそこにあらわな歪みすらをも、青年のつくりだした世界と人間のモデル読みとりの契機とすることで、よくそこに参加しうるのである。それはなによりもまず経験をつうじて、われわれがよく知っているところだ。読み手としてのわれわれ自身も、自分固有の意識、世界観を持つ。またはそれをつくりだそうとする運動性のなかにいる。そのようなわれわれが他者のつくりだした芸術のモデルを読みとる時、そこに表現された他人の意識、世界観と、自分のそれらとの間に、ダイナミックな緊張関係がうちたてられずにはいない。その際さきにのべた青年の世界モデルのダイナミックな本質が、この緊張関係のダイナミズムに加わって、それを構造的にする。さらに読み手がその内部に、本来的なダイナミズムをそなえている、青年の場合はなおさらである。

そこでその青年期から、小説の形式での芸術のモデルをつくり、発表してきた作家の、ここでそれはほかならぬ僕自身のことだが、中年期に到るまでの仕事をとおして読みとり、同時代についてのモデルをそこに把握しようとすること、それは無意味な試みではないであろう。僕自身の作品を僕が読みとってゆくのだが、まず二十年という時の介在があり、またこの文章が＊＊君よ、青年であるきみへの手紙のかたちであることも働らいて、僕は相当の客観性をそこにきざみだしうるように思うのだ。

さて僕は昭和三十年代の前半から、つまりは敗戦の後十年を経てから、小説を発表しはじめた。僕自身の年齢としては二十代の前半から仕事を始めたのだが、僕には自分が作家たることを選んだ、その出発そのものに、敗戦と戦後すぐの民主主義教育の契機が強く働らいているのを見出す。戦争、敗戦それにつづく時代という大きい変動期に、幼・少年の時をへて青年になったことが、僕の生き方に、ある決定的な自由の感覚をあたえていたと、いまとなっては思いなされるから。

さきに僕は＊＊君よ、きみあてに子規について手紙を書き、この明治の文学者が伊予の松山という一地方の出身でありながら、日本中央での文学の、言葉の改革運動においていささかもひるむことがなかったのを見た。そしてそれが、少年期のおわりの時期に子規の心をとらえていた、自由民権の思想と運動に関係づけられるはずのものだといった。それも単に文学の領域に限定されぬ、同時代の全体に向っての、子規の精神と情動の活性化は、自由民権の思想と運動によって、社会がいま現に動いていると実感した者のそれということをぬきにしては考えられぬと。またそのように活性化を始めた子規の精神と情動が、少年期から青年期への大きい飛躍にあたって、東京という「場所」への出発を必要としたことも僕はのべたのであった。繰りかえしいうとおり、僕は子規の偉大さに自分を比較するつもりはないが、自分がやはりこれとおなじ性質の精神と情動の経験をしたことを、その契機をなした同時代の動きにかさねつつ、あらためて見てゆきたいと思うのである。

子規の愛媛ということをいえば、それは地方の小都市としての文化伝統もあれば、そこへ高知や土佐から自由民権運動の壮士たちが演説にも来る、そのような松山を意味する。そして僕はそこから山奥へ入りこんだ、したがって子規の文化的背景とはおおいに差異のある村に、生まれて育ったのではあるが、幼・少年期をつうじて、自分が同時代の日本の社会と文化の進みゆきから遅れている、停滞している場所に生きているという思いを持つことはなかった。

それをしも、単なる無知にのみよるとは、＊＊君よ、僕は思わぬのだ。もとより無邪気な思いこみということはあり、やがて大都市に出た僕は、そこでエリクソンのいう共同体文化の中核に「位置する」働らきに、自分の個人の中核に「位置する」働らきをかさねる、そのような営為としての同一性《アイデンティティーズ》の一致を確立することに、おそらくは谷間の村に居残りつづけて成長したよりは大きい困難を、経験しなければならなくなった。そこに契機をおいて、僕の小説『万延元年のフットボール』の、いったん都会に出て行った若者が、危機を経験して谷間の村に戻り、そこで共同体を暴力的、祝祭的に活性化する試みをおこない、破滅するという主題がもたらされることにもなったのである。

それでもなお大筋のところで、僕が自分の幼・少年期から青年期への時代環境につき、それが日本の同時代文化として、中央―周縁の対立のもっとも稀薄であった時期だとする態度に立つのは、見方としていまもやはり変ってはいない。そしてその僕の考え方は、敗戦と戦後の民主主義的改革期という、社会的な基盤に立ってのことなのであった。のちに僕はあらためて日本の天皇制文化としての中央・中心にはっきり対立する存在としての、地方・周縁に眼をむけてゆくことになった。それは直接には沖縄について学ぶという時事的契機に発して、柳田国男の仕事にたち戻ることによってであり、また文化人類学者山口昌男の宇宙論的な仕事に触発されてのことでもあった。

したがって現在の僕には、敗戦と戦後すぐの、幼・少年期から青年期への自分の同時代観の根柢にあった、地理的差異を超えて均質な社会として日本をとらえる仕方への、自己批判があるのではあるが、＊＊君よ、しかもなお僕には、敗戦と戦後の変革期のなかでの、あのような幼・少年である自分を支持したい思いがあるのだ。幼・少年時の僕は、いま敗戦したばかりの日本という国を、民衆の意志と働らきによって、その望む方向につくり変えてゆくことのできる国、それも現にそのような方向づけの動きのなかにある国と、感じとっていたのだ。それは旧憲法から新憲法へという根本的な変革の動きをつうじて、幼・少年時の僕に開かれた、社会への想像力が生きている感じ方なのであった。

＊＊君よ、きみは十歳から十五、六歳ほどの子供が、憲法によって刺戟された想像力の働らきによって、社会や国に対するということに、ある違和感をいだくのではないだろうか？　これまですでに僕は、新憲法的な国家観への否定の希求に立つ者らの、押っかぶせてくるような懐疑の声にさらされてきたものだ。その経験にきたえられて、それも自分の文学の仕事に根ざす想像力論をつうじて、僕はその批判に反論することができる。

ガストン・バシュラールによる、次のような想像力の定義を、＊＊君よ、僕はこれまでもいくたびか自分の考え方の根幹に置くといってきた。《いまでも人々は想像力とはイメージを形成する能力だとしている。ところが想像力とはむしろ知覚によって提供されたイメージを歪形する能力であり、それはわけても基本的イメージからわれわれを解放し、イメージを変える能力なのだ。イメージの変化、イメージの思いがけない結合がなければ、想像力はなく、想像するという行動はない。》（『空と夢』）

六歳から十歳までの、太平洋戦争、そのさなかでのわれわれの側の呼び方でいえば大東亜戦争の、大いなる影の下の僕の精神と情動の生活は、国民学校での軍国主義教育に、全面的に影響づけられていた。僕自身がそこにむけて幼い魂をすりよせてゆくようでもあったのである。日々、校長も担任教師も、――天皇陛下が死ねとおおせられたらどうするか、と問いかけてくるのであったし、それにありうべき唯一の答を、ただわずかにためらって発したというだけで、殴りつけられるのであった。かつまた僕はまだ自分がいかにも「少国民」にすぎず、ついに戦争に間にあわぬのではないかという惧れをいだいてもいたのであった。そのような精神と情動の生活に関して、＊＊君よ、僕は『遅れてきた青年』の第一部に描いている。

また僕はこの長篇の執筆とほとんどかさなる、作家としての出発期に、『われらの時代』というもうひとつの長篇を発表して、とくに次のようなところで物議をかもした。もとより小説のなかの一人物の感想は、作家によって多義的な意味づけとともに位置づけられているのだが、それは戦後十年の後に東京で学生生活を送った僕自身の、そこでの精神と情動の生活に直接つながっているものでもあった。

≪おれがほんの子供だったころ、戦争がおこなわれていた。あの英雄的な戦いの時代に、若者は希望をもち、希望を眼や脣にみなぎらせていた。それは確かなことだ。ある若者は、戦いに勝ちぬくという希望を、ある若者は戦いがおわり静かな研究室へ陽やけして逞しい肩をうなだれておずおずと帰ってゆくことへの希望を。希望とは、死ぬか生きるかの荒あらしい戦いの場にいるものの言葉だ。そしておなじ時代の人間相互のあいだにうまれる友情、それもまた戦いの時代のものだ。今やおれたちのまわりには不信と疑惑、傲慢と侮蔑しかない。平和な時代、それは不信の時代、孤独な人間がたがいに侮蔑しあう時代だ。「宏大な共生感」という言葉をかれはフランスの中年の作家の書物からさがしだして覚えていたが、それも戦争のイメージ、暗い夜のむこうにとどろく荒あらしい海の襲来のようなイメージとつながるものなのだった。ああ、希望、友情、「宏大な共生感」、そういうものがおれのまわりには決して存在したことがない。おれは遅れて生まれてきた、そして次の友情の時代、希望の時代のためには、あまりにも早く生まれすぎたのだ。》

ここで「宏大な共生感」と、二宮敬、渡辺一夫の素晴しい翻訳協同体が訳し出している言葉、ピエール・ガスカルの cette immense communion という言葉も、かならずしも単純な意味内容で原著に用いられているのではなかった。戦時の子供としての僕自身が、かならずしも大東亜戦争を、「英雄的な戦い」とのみは感じず、精神と情動の生活を大きい暴力と恐怖の影に歪められていたことの、直接の記憶はまだあった。ただ戦後十年の時をはさんで、朝鮮戦争という新しく大きい暴力と恐怖の波動をよこしてくるものの接近を経験したあと、逆にそれがもたらした景気回復のなかの相対的な安定期の東京で、学生生活をおくる僕に、悲鳴のようなこの感慨がおとずれることがあったのだと、僕はいっておきたい。実際にこの隣国での戦争に大きい暴力と恐怖のインパクトを感じとっていた地方都市の少年たちについては、僕は子規の学んだ中学につながる新制高校に通った時期の経験に立って、『不満足』という中篇小説を書きもした。そこから次の一節をも、僕は引用しておきたいと思う。

《僕らの定時制高校に、警察からきた男がひとつの演説をした。警察附属の軍隊があたらしくつくられる。それに応募してもらいたい、きみたちは生れてはじめて自分の愛国心をこころみる勇気の機会をもつだろう。それはみんな不熱心で寒さを嘆いて体をかきむしるだけの滑稽な体育の時間におこなわれた演説だったが、警官がかれも身震いしながら去ってゆくと、白いトレーニング・パンツとランニング・シャツだけで体じゅうに銀河系の恒星の数ほど鳥肌をたてた生徒たちはひどく深刻になった。
　それより少し前に不意に校庭から消えた高校生がじつは人買いに誘拐されて朝鮮の戦場におくられたのだという暗い噂もあった。警察附属の軍隊は結局、朝鮮へおくられるだろう。それはマックアーサーがそう考えているのだ。応募者が少なければ、高校を退学になったり、進学も就職もしなかった連中が、強制的に徴兵されるのだという噂もあった。そもそも定時制高校を廃して生徒をそれにあてるという噂さえ流れた。見知らぬ場所へ強制的につれてゆかれることほど恐ろしいことは僕や菊比古にはない、しかも他人どもの戦場へ、外国語でどなりちらす指揮官のもとで……》
　さて＊＊君よ、さきにそれを引用してから間を置くことになったが、バシュラールのいうイメージを歪形する能力としての想像力。基本的なイメージからわれわれを解放し、そのイメージをつくり変えさせる能力としての想像力。それについて考える時、まず根柢にくるのが、僕にとっては戦時の軍国主義教育において、大日本帝国憲法(旧憲法)の原理のもとにあった幼・少年が、敗戦による変革の時代潮流のなかで、教科書に解説されるまま熱心に習った日本国憲法(新憲法)への、大きい想像力の運動である。＊＊君よ、この経験のなかで天皇や国家のイメージがどのように歪形されるありさまを僕が見たか、その過程においてどのように僕が、戦時に叩きこまれた天皇や国家についての基本的イメージから解放されていったか。そのように驚きにみちた眼をひらいている幼い僕の周りの、同時代的なトピック、劇的デモンストレーションとしては、「人間宣言」する天皇や、現にジープで川沿いの山道を遡行してくる占領軍兵士があったのだ……
　大日本帝国憲法の、たとえば次のような箇条。《第一条　大日本帝国ハ万世一系ノ天皇之ヲ統治ス　第三

条　天皇ハ神聖ニシテ侵スヘカラス　第十一条　天皇ハ陸海軍ヲ統帥ス　第十三条　天皇ハ戦ヲ宣シ和ヲ講シ及諸般ノ条約ヲ締結ス》

それを日本国憲法の、次のような箇条を読んだあとで、あらためて対比する。しかも教室でそれは授業として指導され、そのための教科書は、敗戦直後の、パンフレットしかあたえられないような時期に、漫画さえ入っている魅力的な厚い本であった。それに加えて、この時期はまた、敗戦とそれにつづく諸変動によっておおかれすくなかれ自信を失っている谷間の大人たちが、われわれ子供らの憲法論議に耳をかしてくれるようでもあったのだ。その思い出にかさねても、僕は十四、五歳の子規とその仲間たちが、国会あるいは自由を主題にして開催した、自由民権の演説会をひきつけて考える。

《第一条　天皇は、日本国の象徴であり日本国民統合の象徴であって、この地位は、主権の存する日本国民の総意に基く。第九条　日本国民は、正義と秩序を基調とする国際平和を誠実に希求し、国権の発動たる戦争と、武力による威嚇又は武力の行使は、国際紛争を解決する手段としては、永久にこれを放棄する。

前項の目的を達するため、陸海空軍その他の戦力は、これを保持しない。国の交戦権は、これを認めない。》

僕はこのふたつの憲法の間の、天皇と国家のイメージのつくりかえを経験することによって、同時代の社会に対する、それもその全体に対する、想像力的にそれを把握する姿勢をきたえられたと思う。そして天皇についても国家についても、それは変るもの、変りうるもの、むしろ変革されてゆくあり様こそが自然なイメージであり、そのダイナミックな変革の動きに自分もまた参加しながら生きているのだと感じた。

したがって僕は、そのような同時代の全体としての変化、変革の動きの核心にある、東京へと出て行くことというように把握して、自分が成長の過程にそくし谷間の村から地方都市をへて東京に出る道筋に、いかなるためらいもいだかなかったのである。そしてその運動の延長線上に、文学の仕事もあった。あらためて彼我の才能の大小のちがいをいうことはせぬが、自由民権のインパクトに時代が動いていた時期に、少年から青年へと育ち、地方都市から東京へ到った子規のように……

さてこれが敗戦から戦後の、民主主義的革新の時期にまっすぐつらなる方向づけでの、僕の作家としての出発であった。しかし＊＊君よ、この方向づけと共存して、すでに僕の作家としての仕事の当初から、そこには、つまり二十代はじめの僕がつくりだした、小説という形式の世界と人間のモデルには、この十年間における戦後的なるものの変質、崩壊が反映していたのだ。僕はそもそもの出発点から、そのような分裂をうちにふくみこんで、小説という形式のモデルをつくりだす青年であった。そしてあらためてそれをいう必要もないほどに、そのあらわれは、僕がさきに自分の初期作品から引用した部分にはっきり読みとりうるであろう。『不満足』の、当世風の言葉でいうなら落ちこぼれ風の少年の不安には、端的に新憲法の第九条が骨ぬきにされてしまっていることと、それにかさねて現に朝鮮で行なわれている戦争という状況があった。高校の同級生が、防衛大学校を志望するかどうかで思いなやんでいるということが直接にあり、僕が大学に入った年には防衛庁と自衛隊が発足したのでもあった。

このような社会的な条件づけのもとに、僕が東京ではじめた学生生活は、そしてそれがそのまま三年後に移行していった新人作家としての生活は、＊＊君よ、現在からそれをふりかえって見るかぎり、明瞭に青年期の「アイデンティティーの危機」の様相をあらわしている。むしろそのような「アイデンティティーの危機」の現場からの報告が、僕の初期の作家活動であったとさえいいうるだろう。僕は＊＊君よ、この一連の手紙のはじめに、自分がはじめた東京での大学生活を、括弧つきの「共同体」と呼び、青年としての自分の個を確立しながらそこに参加してゆかねばならなかった過程での、僕の心のむすぼれについてのべた。

それを＊＊君よ、僕が作家としてはじめた仕事について、あらためて読みとってゆくと次のようになる。いわゆる私小説とはことなった方法によってではあったが、僕は大学生活でのそのような「アイデンティティーの危機」に苦しむ自分を、ほとんどそのまま書くというかたちで、しかも「僕」という語り手による短篇小説として、いくつものそれを書いていったのである。そもそものはじめの、『奇妙な仕事』という犬殺しのアルバイトをする学生の話や、第二作の『死者の奢り』という死体運びのアルバイトをする学生の話は、その語り手＝主人公たる「僕」の性格づけはもとより、アルバイトがついに失敗におわるというストーリーの展開までまったくおなじものだ。それはこの自分のはじめての小説と第二作において、つまりは作家として出発する自分の原型において、ほとんど頑固なほどのやりかたで僕が呈示したかったものを示していると思う。＊＊君よ、僕はいま中年の作家である自分の前に、痩せて青ざめたひとりの青年があらわれて、これらふたつの短篇小説を示し、自分が作家としてやってゆけるかどうかをうらなってみてくれといったとしたら、と考える。もっとも現実の僕自身は、自閉的な青年であり、かつ奇妙な誇り高さをもあわせそなえていた青年であって、いかなる既成の作家にむけても、そのような問いかけをするつもりはなかったが。さて中年の心のむすぼれのうちにある僕は、青年としての心のむすぼれのうちにある僕にむけて、次のように答えるだろう。

——きみはこの二篇で、確かにきみの情動のあり様を表現しえている。それも奇態なアルバイトを描き、それがかならずしもありえぬたぐいの仕事だというのではないから、それだけに、なんとかそれにリアリティーをあたええているのはいいと思う。しかしこれら二篇が、主題も展開もまったく同一のものであるのは、きみが小説の書き手として、その作業に方法論的な見方をなしえていないことの証拠なのだ。つまりはいまのところ、きみが作家としてやってゆけるかどうかなんともいえない。それでもきみが作家になるとして、この二つの短篇にある、もしかしたらきみ自身よく意識化しているのではないユーモアの力は、その作家としての苦しい将来の時、きみを励ます原素的《エレマンテール》な要素かもしれないね。もっとも若いきみには、作家たるより他の道があるのじゃないか?

さて**君よ、僕は自作の読みとりにおいて、右のように直接的にあらわれたものとはことなるのではあるが、すでに僕の初期の作品にあらわれて現在にまで持続している、もうひとつの根柢的な主題を見なければならない。それは、本当に望ましい、しかし喪なわれてしまっている、真の「共同体」という主題である。それははじめに引いた『われらの時代』冒頭の、青年の独白にもあらわれている。このように現在時には実在せず、それゆえにこそもっとも激しく希求される「共同体」を、僕は自分のはじめての長篇小説『芽むしり仔撃ち』において、積極的にその主題としていたのであった。あらためてエリクソンによる「アイデンティティーの危機」の定義にひきくらべつつ見れば、僕は自分の青年期の「アイデンティティーの危機」をモデル化して表現しようとしつつ、これまで分析してきた作品群では、個人の中核に「位置する」「同一性《アイデンティティー》の不在」を表層にひきだして、主題としたのに対し、これから分析する作品群、それもおもに長篇小説では、共同体文化の中核に「位置する」同一性《アイデンティティー》を、それもそのような共同体文化のありどころへの希求を、主題として正面にすえたのであった。

僕は幼・少年時の経験としての戦争の時代、あの「宏大な共生感」の時代として、記憶のなかに再編成されているものを、積極的に表現してゆこうとした。もっとも『芽むしり仔撃ち』は、戦争をしている大日本帝国からむしろ排除されている者ら、感化院の少年たちが、山間の寒村に集団疎開してゆき、そこでも村落の「共同体」から徹底して排除されるという設定による。しかも疫病という、もっとも反・社会的な力のあらわれによって、村落の「共同体」が消滅した時、すなわちすべての村人たちがそこから退去してしまった時、そのただ地形学《トポグラフィー》的な「場所」としてのみ残っている村に、その排除されていた子供らが、真の「共同体」を建設するのだ。その「共同体」には当の村落の周縁にはみ出していた朝鮮人の少年と、大日本帝国軍隊から脱走してきた兵士、すなわちもっとも極限状況的なあり様で、国家という「共同体」からはみだした青年が参加してゆく。

そしていったんは、そのような「共同体」を主催する者として、村落の土地全体のための祭りまでをもおこなった子供らが、たち戻ってきた村人たちの「共同体」に、暴力的に屈服させられ、語り手＝主人公の「僕」ひとりのみがそこから脱出する。それがこの小説の構想の枠組であった。僕はその最初の長篇の最後の部分を引用したいと思うが、それは＊＊君よ、単なる懐かしさによってではなく、そこには二十代はじめの自分が、これからどのように作家の生活を生きてゆくつもりか、その決意もまたあわせ示しているように思えるからだ。もともとこのパラグラフは初稿にはなく、その直前で小説が終っていたものを、出版社の机で校正刷りを読みおわったのちに、その欄外の余白に書き込んだものであったことを僕はいま思いおこすのだが……

《しかし僕には兇暴な村の人間たちから逃れ夜の森を走って自分に加えられた危害をさけるために、始めに何をすればよいかわからなかった。僕は自分に再び駈けはじめる力が残っているかどうかさえわからなかった。僕は疲れきり怒り狂って涙を流している、そして寒さと餓えにふるえている子供にすぎなかった。ふいに風がおこり、それはごく近くまで追っている村人たちの足音を運んで来た。僕は歯をかみしめて立ちあがり、より暗い樹枝のあいだ、より暗い草の茂みへむかって駈けこんだ。》

さて＊＊君よ、現在の僕が二十年前の自分の長篇を読みかえして感じるのは、この少年らの「共同体」がいったん祝祭的に花開いたのち崩壊するのはよいとして(というのはその終幕のあり様自体によっては、少年らの「共同体」の構想がなし崩しに無化されることはないのであるから)、しかしここには決定的な問題点があるということだ。それはこの夢の「共同体」が、「場所」としては僕自身の生まれて育った谷間に、地形学的《トポグラフィー》に同一視されうるところでいとなまれながら、その「共同体」をつくりだす者らは、この村落へ外側からやってきた少年たちであり、かれらは村人たちを排除してはじめて(実際にはかれらが排除的に取り残されたのであったが)、その「共同体」を成立させたのであったからだ。

僕はさきの手紙で書いたように、懐かしい村という

「場所《トポス》」に強くひきつけられる性向の人間だ。　したがってその僕が想像力的につくりだす「共同体」もその「場所」として僕の懐かしい村の地形学《トポグラフィー》的な特徴をかたくまもっていることが、むしろ自然なはずだと思う。しかしその「場所」に「共同体」をつくりだす者らが、外部からそこにやってきた（本質的にはそこを侵犯した）者らであること。やはりさきにあげた『万延元年のフットボール』では、「想像力の暴動」として祝祭的な「共同体」の運動へと村の若者たちを組織するのが、いったん村を出て遍歴した後、一時的にそこへ帰ってきた若者なのである。『洪水はわが魂に及び』においては、「共同体」は谷間の村の核時代風なミニアチュールともいうべき、核シェルターとしての隠れ家だが、そこに住んでいる主人公は、そこを占拠してきた反社会的な若者らの環に組みこまれることで、つかのまの真の「共同体」を経験するうちに死ぬ……

　さて＊＊君よ、青年期の「アイデンティティーの危機」のなかで小説を書きはじめ、それから二十年たってやはり中年の人間の「アイデンティティーの危機」というほかにない心のむすぼれを感じとりながら、僕は新しい長篇小説を書き終ったばかりだが、僕はこの小説に、自分が中年の作家として、その「アイデンティティーの危機」を乗り超えようとした試みのあとを見出す。しかもはじめてこの小説において、僕は自分の懐かしい村としての「場所」と、そこに「共同体」をつくりだす人びととを、和解させることができたのである。この長篇小説『同時代ゲーム』は、海に追放された人びとが逆に内陸へ入りこんで川を遡行し、深い森のなかにつくりだした「共同体」の、その神話と歴史を語るものなのだから。

　そして＊＊君よ、僕がこの森のなかの「共同体」を、はじめてそこに古代国家を建設した人びとのものとして成立させたことの（かれらがじつはその「場所」の侵犯者ではないかという疑いもまた、隠された主題としてあるのではあるが）、その根本的な条件としては、僕が中心志向の天皇制文化とは対極にある、周縁志向の反・天皇制文化をひとつの全体として表現することをめざしたということがあると思う。アマツカミという中心の万世一系の末裔＝天皇を頂点に置いた世界モデルとしての日本文化。それに対立する、クニツカミという多様な周縁的存在につながるものとしての世界モデル。僕はそのような文化に、自分の希求する共同体文化の中核を想定し、そこに「位置する」はたらきに、自己の個人の中核に「位置する」はたらきをかさねることをめざして、この小説を書いたのである。そして＊＊君よ、僕はこの小説のなかにおけるかぎり、そのふたつの同一性《アイデンティティーズ》の一致をなしとげたように思うのだ。もとよりそれが現実世界において中年の心のむすぼれのうちにある僕の、「アイデンティティーの危機」の乗り超えとはかならずしもいいえぬのではあるにしても……

さて＊＊君よ、僕はこの新しい長篇としての世界のモデル、そして僕の人間のモデルが、宇宙論的な周縁の読みとりの理論家たちによって先導され、影響づけられていることを認める。同時に僕はこの世界のモデル、僕自身のモデルが、ほかならぬ自分の生きてきた同時代に、それもとくにこの十年間の、同時代の動きに触発されてつくりだされたのであることを、具体的にあとづけることができる。

はじめに僕がこの小説の構想をえたのは、インドのベナレスのホテルにおいて、ＢＢＣ放送が三島由紀夫の自衛隊乱入、割腹自殺というニュースをつたえるのを聞いてのことであった。僕は三島がデモンストレートした絶対天皇制文化の、中心志向的な世界モデルに対立するものを、すなわち多様性をそなえた周縁的な世界モデルを、激しい危機感のなかでめざしたのである。

これはついこの間のことだが、＊＊君よ、おそらくはわれわれの世代の者として、最初に芸術院会員となるのであろう批評家が、こういう意味のことを書いて僕を批判した。かつておまえは、天皇についての日本人一般の様ざまな受けとめを許容する態度、むしろすすんでそれらを認める態度をとっていたはずであるのに、いまやすすべての芸術院会員を天皇制的なるものの奴隷だと攻撃する。その不寛容は、心が病んでいることにほかならぬと。＊＊君よ、それは二十年前のことだが、戦後民主主義者である僕は、旧憲法とのダイナミックな対比の上で、新憲法の「象徴」天皇を多様に受けとめる人びとのあり様を認める発言をした。現在も、僕として根柢において、新憲法を支持する態度にかわりはない。

その上で僕は、この二十年間の同時代の歴史的な進行にそくして、天皇制文化―中心志向の一面的な文化という方向づけが、政治的に強化されるのを見てきた。さきの三島事件はまさにそのもっとも血なまぐさい示威であったし、僕を批判する批評家も、もっと分別臭くではあるが、その一翼をになっている。そのように政治的な文化状況のなかで、この世界のモデル、それにかさねての人間としてのモデルのつくり手である芸術家が、天皇に直結する芸術院にすすんで吸収されてゆく。ごくまれな例外をのぞいて、それに抵抗せず、国民的栄誉につつまれた奴隷の慰安をそこに得ている。それを僕は、日本人の文化の先ゆきを考えるにあたって健康なものと考えぬのだ。そこでそれを批判する僕につき、それをしも心が病んでいるというならば、＊

＊君よ、僕はそのような病患のうちにある自分こそを持続しつづけることを望む。

　僕はこの二十年間の作家としての生活を、その時どきの社会状況に根ざす想像力の営為としての、世界のモデルそして僕という人間のモデルの呈示の過程としてふりかえった。そこでのもっとも新しいこの世界のモデル、僕自身のモデルである『同時代ゲーム』が、僕の懐かしい村の「場所《トポス》」と、そこに根ざした人びとの「共同体」とを、和解的にきざみだしえているのを、僕は自分にとって重い意味のあることに受けとめる。＊＊君よ、きみが僕のこの新しい長篇を読み、そこに呈示された「共同体」について、それを批判しつつ読みとって、きみ自身の「共同体」の探索の手がかりとするのであってくれれば、僕としてそれはもっとも望ましいきみとの関係ということだろう。

　青年たちがつくるこの世界のモデル、それにかさねての人間のモデルを考え、僕がいま＊＊君よ、きみたちのそれとして読みとることを期待するのは、とくにきみたち自身の「共同体」のモデルである。浅間山荘の事件にあたっての、志願して加わった「共同体」に踏みにじられた個人の中核の、その悲惨なあり様については、すでにこの手紙に書いた。あの種の「共同体」の対極に、これはいかにも社会順応型の明るさの外貌をした「共同体」への呼びかけが、わが国の新しい保守派をなすイデオローグによっておこなわれている。対ソの軍事的論点にたつ、愛国心の鼓吹者たちも、いまやその顔をはっきりあらわして、情緒的な言葉による宣伝を、それも押っかぶせるように呈示している。

　このような同時代を生きつつ、＊＊君よ、すでに中年の僕が青年たるきみにいう基本的な言葉は、――きみ自身のこの世界のモデル、それにかさねてのきみの人間としてのモデルを、きみ自身として積極的にきざみだすべくつとめよ、この課題に関しては、決して受身になるな、ということだ。僕はこの言葉をきみにつたえるためにのみ、自分がこの二十年間につくりだしてきた世界モデル、それにかさねての自分の人間としてのモデルを解読してきたのだと思う。

反論理の水先案内人
——光州と「被爆者援護法」

韓国の民主主義回復をもとめる民衆の、永く地道な運動の自然なたかまりとして、光州でおこなわれた抵抗のデモ。戒厳軍による、酷たらしい制圧、おなじく戒厳軍の側からの、この光州蜂起と直接関係づけての、金大中氏の弾圧、それも軍事法廷にひきずり出しての、文字どおり民主主義者を圧殺する企て。＊＊君よ、きみは集会でこれらについての報告を聞き、涙を流したという。それにまた、大学構内に貼られたビラの、——光州人民につづけ！　という文字の前で、学生運動のセクトに属さぬ人間として、様ざまに考え、じっとそこに立ちつくしていたという。僕としてそのようなきみの手紙に（この際も僕は、ほとんどおなじ内容の複数の手紙をよこした青年たちを、ひとりのきみのうちに具体化して、＊＊君よ、と呼ぶのだが）、返信を書きたいと思う。

それも僕がきみにむけて書く最初の言葉が、――ともかくもセンチメンタルにはなるな、というのであるから、あるいはきみは腹を立てるかも知れぬと思う。それでも僕はまずこのようにいうことから始め、それに続けてゆく。いまやわが国のジャーナリズムでは、およそセンチメンタルな対応を示したりすればすぐさま足ばらいをかけてくるような、したたかな者らがとくに朝鮮問題に集中しようとしている。かれらとかれらにつながる者らの戦略、戦術について書くのが、この文章の主題であるのだが、ともかくもかれらに対して、まず自分らの態勢の堅固さが準備されなくてはならぬからだ。

そこで僕はセンチメンタリズムということについての、僕としての考えをきみに示さねばならぬだろう。これは高橋和巳氏が亡くなった時であったが、やはり今は亡い竹内好氏の発言として、――自分はセンチメンタルでない追悼文を読みたい、という意味のものがあった。＊＊君よ、僕はこれを読んで、強い印象を受けたものだ。竹内好にはその同学の優秀な後進たる高橋和巳の死に、深くよせる思いがあっただろう。それは強い悲しみに裏うちされていたのであったにもちがいない。しかも、というか、それゆえになおというか、竹内好は高橋和巳の無念な早死について、センチメンタルなことはいうな、学問レヴェルあるいは文学のレヴェルで、批判もふくめしっかりしたことを書いてくれ、自分はそれを読みたい、自分自身センチメンタルなことはいわぬつもりだと、＊＊君よ、いかにもこの人らしい勇気をあらわしていったのだった。

僕はそれ以後、人の死に接するたびに、この竹内好の言葉を思い出して、それを自分にむけて確かめる。また自分の死について考える時には、これはごく少数の友人たちへの心やすだての勝手な注文のような具合に、あらかじめこういっておきたいと思っているのだ。――自分はセンチメンタルでない追悼文を書いてもらえば、一生恩に着ると。もっともその時の僕はもう死んでしまっているのだから、一生もなにもないのだが。そういいながら僕は、学生の時分からの友人が、スカラー・ジャーナリストとしての仕事なかばに死ぬと、かれの死をひかえての無念さを思って人前で涙を流し、かつその涙のうちにセンチメンタリズムの気配を見出してもしまう人間なのであるから、＊＊君よ、それをまずいっておかなくては、きみに対してフェアでないが。

そこで＊＊君よ、きみが光州の民衆の抵抗と軍によるその制圧についての報告を聞き、涙を流したということについてこういいたい。集会でその報告をした人びとは、韓国の民主主義回復の運動に、地道で献身的な援護活動をつづけてきた学者、ジャーナリスト、宗教家らであった。かれらはむしろ感情を抑制して、事実のみをつたえるように語っただろう。僕自身もそのような報告を幾たびか聞いたものだ。そのような報告でありながら、それを聞いて、＊＊君よ、きみやきみの友人たちが涙を流す。その時、僕はきみがおおいに涙で熱くなった頭の芯に、あわせて次のような声を聞きもするようであってもらいたいと思うのだ。――おれがいま涙を流す、そのこと自体には自分として抵抗しがたい。しかしおれは泣いている自分に満足しているのではない。この涙がセンチメンタルな方向へ弛緩してゆくことをおれは承知せぬぞ。

戦車とともに光州へ入った完全武装の戒厳軍兵士が、

当のその戦車の前で、カメラのとらえるかぎりすくなくとも二人が、自動小銃を向けている。そのように狙いをつけられて、おなじく自動小銃を提げた兵士に引ったてられ、二人の少年が歩いてゆく。あの印象深い写真を、＊＊君よ、きみも見ただろう。中学生のような少年に、小学生ほどの少年。年上の少年はその両手をあげよと軍人にいわれ、しかし疲れからその両手が胸のあたりまでおりてきているのだっただろう。しかしかれの右手は、幼い方の少年の頭に優しくとも思いをこめてとも、なんともいいようのない置きようで、のせられている。そのようにして頭をたれた少年も、顔をあげている年下の少年も、ともに昂然としたものをあらわして歩いている。年上の少年には、弟とも思われる年下の少年の、これからの身の上への思いがあり、自分自身への不安より、その思いにこそうなだれているのだろうが、しかし少年らは背を伸ばして歩いてゆく。この写真を、射殺された青年をひきずる兵士の写真に並べて眺めつつ、僕もまた、＊＊君よ、まことに暗然として時をすごしたのだ。したがってさきに、きみが頭の芯でその声を聞けばいいと僕のいった言葉も、じつのところは、それは僕自身がそれを聞きとることをねがっていた言葉にほかならなかったかも知れぬのだ。——おれがいま涙を流す、そのこと自体には自分として抵抗しがたい。しかしおれは泣いている自分に満足しているのではない。この涙がセンチメンタルな方向へ弛緩してゆくことをおれは承知せぬぞ。

＊＊君よ、僕がセンチメンタルにはなるなと、自他にむけてこの際いいたいと思う、その直接の動機としてこういうことがある。それはさきにいったおよそタフなジャーナリストらの、こういういい草が近頃しばしば見られるのであるからだ。——韓国の民主主義回復のための運動などといって、それを称揚する者らは、

感情に訴える仕方で終始するじゃないか？　国際政治についてては現実主義者であれ、なによりリアルであれと。ところが＊＊君よ、韓国の民主主義回復の運動の、その当事者たちの自己表現がいかにセンチメンタリズムとは無縁なものであるか、僕はそれをきみによく読みとってもらいたいと思うのだ。

『世界』に連載されてきた『韓国からの通信』、それは韓国の民主主義回復のための運動の、われわれが眼にしうるかぎり最良の自己表現だと思われるが、確かにこの文章のスタイルには、祈り、深く澄みわたった感情、それもよく制禦された怒りと重い悲しみを表現しつくす特質がある。しかしこのT・K生からの通信を続けて読んできた者ならば、むしろ政治状況が正負の両側面に緊迫、昂揚すればするほど、祈求の声を的確にととのえ、感情の表現をひかえめにする努力がはらわれているのを見なかっただろうか？　すくなくともそれは、センチメンタルな読み手の恣意的な感情移入を受けつけぬ、自恃のストイシズムをひそめていることにおいて、さきの写真の、戒厳軍にとらわれた二少年の不屈の表情とかよいあっていた。＊＊君よ、僕は金芝河の詩作品の民俗的な哄笑とかさねあわされた、切実なキリスト者の祈りを思いあわせつつ、朝鮮の知識人の真のしたたかさということを考えずにはいられぬのだ。

そして僕は＊＊君よ、光州で民衆が戒厳軍によって支払わされた血の犠牲の大きい量を、様ざまな報告によって知ってゆきながらも、底深く一貫して流れてきたものの、表層への噴出としての光州の抵抗が、いったん戒厳軍によって弾圧され終っても、さらに根強く韓国の民主主義回復の運動が持続されてゆくにちがいないことを信じる。そしてそのことをもっともよく知っているのは、むしろ戒厳軍の指導部であろうとも考えるのだ。＊＊君よ、もしそうでなければ、いったんあのようにも苛烈に光州の抵抗を圧殺した戒厳軍が、どうして金大中氏をさらに惧れねばならぬ理由があろう？

光州後というようにいえば、しかし戒厳当局は当の光州後、捕えておいた金大中氏を内乱罪容疑で送検し、軍法会議にひきずり出して、なんとかこの在野の民主主義政治家を死刑に処すべく企んでいるのだ。およそまともな世界世論への、光州の血まみれの弾圧にかさねてのこの挑戦は、むしろ全斗煥戒厳体制がいかに追いつめられているかの、そのあり様こそを示しているではないか？　かれらをその暴挙へまで突き出すように追いつめているのは、韓国の民主主義回復の運動にほかならないはずではないか、＊＊君よ。

そこでセンチメンタルにはなるな、という僕の最初の言葉についての、きみと僕との間での諒解が成立したと考え、われわれは次の課題の前へ出よう。つまり＊＊君よ、——光州人民につづけ！　というビラをきみとしてまともに受けとめるつもりならば、僕はきみが光州の民衆の抵抗と戒厳軍によるその血まみれの制圧を見すえ、かつまた自分自身の現実生活を見すえて、具体的にその両者の間の遠い（そして短いともまたいいうるのであるかも知れぬ）距離を着実にはかって、その間に架橋しうる筋みちを考え、つくりだしてゆくほかにはあるまいと思う。たとえばその筋みちへの端的な手がかりとしては、金大中氏の生命を救えという、日本での様ざまなレヴェルでの活動に、きみなりの仕方で参加するということがあろう。＊＊君よ、それはこれまで永く地道に続き、これからも続いてゆくであろう、永く続けられるほかにないのでもあろう、韓国の民主主義回復の運動に、日本人としてつながりを築きなおしてゆく、そのようにしてわれわれ自身の民主主義を見なおす、つくりなおす、そのための行動にもほかならないはずだ。

＊＊君よ、いまきみにいった自分の現実生活からの、光州での民衆の抵抗と戒厳軍によるその血まみれの弾圧にむけて、具体的に架橋する筋みちを、僕が一個の作家として考えようとする。その際に、すぐさま僕の眼の前にあらわれるものとして、わが国のジャーナリズムのひとつの面にある、およそ見すごしがたい現象がある。それは日本のジャーナリズムを水準の高い言論機関としてとらえる際に、重要な伝統をになってきた綜合雑誌のひとつに載った、最近の論文に一典型としてある。この論文は、次のような部分をもふくむもうひとつの論文とあわせて、この月の雑誌の韓国問題報道・論評を独占しているのであるから、その書き手の意図はまた編集部の方針でもあろう。まず後者から引けば、＊＊君よ、ともかくもこういうものだ。

《ウヰスキーをストレートでぐい飲みしていささかも乱れぬ将軍と異り、私はかなり酔つてゐたが、立上つて全氏に近寄り、妓生を引剝し、全氏と二人で踊り始めた。とはいへ私にはダンスが全然できない。時々相手の足を踏付けながら太く逞しい全氏の首つ玉にぶら下つてゐただけである。が、さうして抱き合つてゐる時、私は全氏に囁いた、「司令官、朴大統領は可哀相ですね」。すると全氏は日本語で「可哀相ですね」と答へ、私を激しく抱き締めたのである。私は感動し、全氏の頰に接吻した。すると全氏が私の頰に接吻した。》(『中央公論』松原正「全斗煥将軍と会って考えたこと」)

この早稲田大学教授の文章から、＊＊君よ、感情において鈍感で、想像力において衰弱している人物(この強引なダンスの踊り手は、かれ自身の相擁している相手がまさに殺そうとしているもうひとりの政治家については、――よし、殺せ、早く殺せ、とけしかけかねぬほどなのだからね、＊＊君よ）、そのような人物も酔っぱらえばはてしなくセンチメンタルになりえることを見てとることができよう。やはり品は悪いが、こちらは伝統のある言葉、――法王の尻の穴に接吻しろ、という言葉を僕は思い出すよ。

さて僕がここでよくそれについて見たいと思うのは、韓国問題を専門とするひとりのジャーナリストの、おなじく金大中氏を軍事法廷で死刑にむけて裁こうとする戒厳当局に、乗り気になって手をかそうとする文章である。＊＊君よ、その文章の論理のすすめ具合をまず見てもらいたい。

《光州暴動では、学生が軍の武器や装甲車を奪取するという前例のないゲリラ戦術がとられた。これは大群衆に取り囲まれた戒厳軍の兵士が銃を手放して逃げたというだけではない。四千丁もの武器のほとんどは、武器庫を襲って奪ったものである。明らかに武器を奪って徹底抗戦するというゲリラ戦方式がとられているのである。

もちろん金大中氏は、今回のような事態が起こることを予測し、着々と組織を固めていたことはいうまでもない。ソウルでも、金大中氏の周辺は、〝一二・一二事件〟以後、金大中氏がハデに動くと、全斗煥司令官に狙われるという警戒心をもっていた。だから、もし金大中氏が再び逮捕されるようなことがあれば、全羅南道で反政府デモを組織する準備を整えていたことは容易に想像できる。》（柴田穂「光州市騒乱の背景にあるもの」）

これは論文のうちの「武器奪取のゲリラ戦」と小見出しのつけられた中心部の冒頭だが、この文章に勢いをつけているところの、明らかにといういい方、もちろん――いうまでもないといういい方、だから――容易に想像できるといういい方が、およそ具体的な根拠に立つものでなく、かつ論理的な展開をしているものでもないことに、＊＊君よ、きみは自然ないぶかしさの思いとともに気がついているはずだ。もともと具体的な根拠に立ち、論理的に進められてゆく文章ならば、この種の押しつけがましい強調を必要としないはずのものだ。

　この文章をいったん末尾に到ってから、さかのぼって読みかえすと、金大中氏は全斗煥司令官に自分が狙われると（戒厳当局によって軍事法廷に引きずり出されることになった金大中氏を見れば、氏が光州の事態より先に戒厳当局の標的となっていたことはまぎれもない事実だ。そして＊＊君よ、確かなことはそれだけなのだ。つまり常識をそなえた者の眼には、金大中氏を標的とするために、戒厳当局という存在、ありとある権力を暴力的に手中におさめている者らが、どのようなデッチアゲもおこないえたのだし、それをおこないもした、と見えるはずのものだが）、そのように予測していた。そこでその状況をひっくりかえす、つまり戒厳体制をうち倒す徹底抗戦のゲリラ戦を準備していたというのである。それが自明だと、このジャーナリストはいう。すなわち金大中氏が、反共法、国家保安法違反、内乱陰謀罪によって死刑に処せられるのはまったく正しいと、かれは主張するわけだね、あるかぎりの力をこめて。しかし確たる事実には立たず、あやしげな情報あるいは伝聞のごときものと、論理のつながりもなにもない推論で。

　ところが先の文章のブロックをAとすれば、同じ書き手がつづいてBのブロックに次のようなことをもまた書き記すのだ。

　《それにしても、軍の武器を奪って抵抗するという大胆なゲリラ戦方式は金大中氏が指導したものなのであろうか。それが金大中氏の組織と反政府デモの方針を超えたものであったとしたら、〝外部勢力〟の浸透があったとしか考えられない。〝外部勢力〟としては、各地の過激派学生が光州に集結したことが考えられるし、ソウル市内、とくに明洞に巣食う全羅道出身の暴力団が突然姿を消しているので、大挙、光州に潜入したのではないかという見方もある。

　さらに韓国内に潜伏していた北朝鮮(朝鮮民主主義人民共和国)のスパイつまり〝不純分子〟が光州にまぎれ込んだという説も多い。軍の銃を奪うという作戦は、明らかにゲリラ戦の一種であり、一般市民が自然発生的に思いついたというには、あまりにも組織的な行動であるからだ。》

　さてこのジャーナリストは、ではないかという見方もあるとか、という説も多いというような、無責任なデマゴーグの論法でもってこういうのだが、＊＊君よ、このBの文章をAとつきあわせれば、それらは論理的に共存しえない。Aにおいては光州の事件をすべて金大中氏の責任におっかぶせているのだし、Bにおいてはそれが金大中氏の指導を超えているというのだから。いったいこの書き手の示したい、考え方の中心はAにあるのかBにあるのか、ひとつづきの文章を書く者として、この非論理をどう説明するのかと、僕は頭をひねったものだ。

　ところが＊＊君よ、このジャーナリストは当の小見出しの章の結論として、次のようにいうのだった。光州へむけられた戒厳軍の態勢は正しかった、全斗煥保安司令官への韓国国民のイメージは良い方向に変ってくるかも知れぬと、そしてつづけている。《反対に、〝光州暴動〟と軍の武器を奪ったゲリラ戦方式が金大中氏の組織と指導方針を超えたものであったとしても、軍はすべての責任を金大中氏に負わせることは避けら

れまい。》
　ここまで読めば＊＊君よ、このジャーナリストの文章のうちの、さきのAとBとの対比が非論理的ではないかといぶかしんだりしたことなど、はじめからむだな思案だったとはっきりしてくる。この書き手にしてみれば、＊＊君よ、Aが正しいか、Bが正しいかということなどはどうでもよかったのだ。あるいはAもBも、ともに正しくないのじゃないかという反省が、かれの意識にくるということもなかったのだ。かれはただ戒厳当局が金大中氏を軍事法廷に引きずり出して死刑にむけて裁く、その告発者への援護射撃をしさえすればいいのであるから。こうであったとしても、ああであったとしても、一体全体なにがなんであったとしても、軍がすべての責任を金大中氏に負わせることは避けられまいと、このジャーナリストは、当の戒厳軍の行動に対する全幅の賛意をこめていうのだから。

これは論理的な言説でなく、非論理の言説ですらもさらにない。＊＊君よ、僕はそれを反論理の言説と呼ぶのだが、そのちがいについてはわれわれの持つ苦い歴史的経験に立ってあきらかにしてゆくことにしよう。
　その前に僕は、さきのジャーナリストがかれ自身の論理を撞着におちいらせるまでにして、いったいどうしてそのようなことが光州に起ったのか、自然な勢いとして理解しがたいといっているところの、その光州の民衆の抵抗が、実際にはどのように、自然な勢いとして起ったかを、われわれに告げ知らせる一通の手紙を書きうつしておきたい。それは戒厳当局が光州での事態の責任者として金大中氏を告発した、いわゆる『中間捜査結果』なるものを発表したところの（この発表にさきのジャーナリストはおおいに乗りかかっているわけだが）、その五月二十二日に、抵抗運動のさなかの全羅南道から、わが国にむけて届けられたメッセージの一部である。

《民衆が全羅南道のほとんど全域を支配下におきました。光州と木浦以外に十六の郡を支配しています。彼らはこの地域のいくつかの警察署を占拠し、残忍な戒厳軍に対抗するために武装しました。戒厳軍は非武装の学生や市民たちを銃撃し、殺りくしています。

あるところでは、警官隊までも私たちの側に参加してたたかっています。

軍隊は光州を包囲し、政府との交渉が決裂した場合は、町全体に侵入しようと準備しています。

私たちの最も重要な要求は、学生の無条件釈放、金大中が光州に来ること――それは金氏が自由であることを証明するためです――そして、全斗煥の解任です。軍隊は私たち民衆を孤立させるために、光州に対する通信施設をすべて切断してしまいました。今晩から放送されだしたニュースは、すべて事実を歪曲しています。たとえば、暴動をはじめたのは、学生ではなく、軍隊です。また、外から扇動するために光州に来た者など一人もいません。私たちは、これから何をすべきかよく知っています。運動は北上しています。今や潭陽郡に達しました。やがて他の地域の民衆もこのたたかいに参加するよう望んでいます。》

＊＊君よ、光州とそして韓国の全体の状況はこのメッセージの書き手とその仲間が、運動の高潮のさなかで考えたようには進まなかった。しかしそれゆえにこそかえってわれわれは、この状況の渦中からの手紙に、自然な真実性を見ることができよう。そして故意にねじ曲げた政治的想像力を持つ人間でないならば、さきのジャーナリストの臆説の苦しげなあり様より、この手紙の端的に示すところに、どうして光州で起ったことの事実を見えぬであろうか？

僕はさきに＊＊君よ、非論理より反論理というものが、これまでその文章を論じたジャーナリストの、それもかれを一典型とする、わが国のジャーナリズムの一勢力の最近の論調にあり、しかもそれがひとつの積極的な力として押し出されてきていることについていいかけた。いまあらためてそれをこれから書くことの中心にみちびいてくるに際して、僕としてのこれらの言葉、つまり非論理と反論理というふたつの言葉の、その出所をあきらかにすることにしよう。

＊＊君よ、それは中野重治氏が一九三六年春に書いた文章によるのだ。《私は銃声にはわりに慣れている。私は戸山ノ原ちかくに住んでいる。しかしそれも条件つきでだ。おとといの真夜なか遠くで聞えたやつには注意を引かれた。》このように始まる『閏二月二十九日』がまず、いままで韓国についてそれを見てきた、つまりは＊＊君よ、きみもわが国とは状況がちがうと感じてきたはずの非常体制、つまり戒厳令のもとで書かれた文章であることに注意をうながしたい。つまりはさきの銃声に直接むすびついている二・二六事件の、それにつながる戒厳令のさなかに書かれた文章なのだ。

この文章を書いた時期の中野重治が、どのような経験をへてき、さらにそれをどのように生きている文学者であったか？　それをこの文章をおさめた全集第十巻の、中野自身による「著者うしろ書」から、中野らしい言葉づかいを生かして要約してみるとしよう。中野は一九三二年春、二度目に逮捕されて留置所にいるなかで、首相犬養の暗殺のことを知った。そして二年して、中野は第二審で「転向」し出獄した。それからのかれは「保護観察処分」のもとに、戦争の拡大期、大戦争期へむけてぽつぽつ書いて行った。そのような時期の中野の、これは文章のひとつなのだ。＊＊君よ、時代は加速度的に悪くなる。その悪くなる方向にあるいは便乗し、あるいは先駆けするようにしてジャーナリズムをその種のものにおとしめてしまう知識人らがいる。権力の暴力に守られながら、「転向」のことをいって脇から中野に揺さぶりをかけてくる匿名の者らもいる。そのようななかで、もとより検閲のもとにあって、中野が抵抗の文章を書いているのだ。＊＊君よ、もっとも急進的な若い人びとが、今日の民主主義の空洞化ということをいう。もとよりそれに妥当なところはあるが、僕は片方で光州の、また片方でこの時代の中野らの反・民主主義体制への抵抗ということもあわせ考えて、われわれの今日の民主主義体制の、それなりの活用の仕方を工夫しつづけることが必要であろうとも思う。

さて中野重治はさきのような書き出しの、緊張してはいるが穏やかな文脈から、ただちに戦闘的な文脈をつむぎだしていた。《日本の文学世界は混沌としてるように見えるけれども、それを貫く社会的論理の糸は途絶えてはいない。見失われることはあろうが、カオスのなかからも糸口は拾いあげられるのだ。そして社会生活の論理の糸は文学批評の論理の糸をいつそう弾力あるものとしずにはいないと思う。

横光利一や小林秀雄は小説と批評との世界で論理的なものをこきおろそうと努力している。横光や小林は、たまたま非論理に落ちこんだというのでなく、反論理的なのであり、反論理的であることを仕事の根本として主張している。》

《「殊に若い時代のものにとつては、論理の立ち得る箇所では、話すこと書くことが、役に立たなくなつて来た。これは近来の一番時代的特色をなすことだと思ふ。」と横光は書いている、「つまり、云ひ換へると、新しい時代の土俵は、論理の立ち得るやうな安穏《あんのん》な所には、無くなつて来たのである。新聞や雑誌に満ちてゐる問題の、どこ一つをとり上げて考へてみても、論理の立たぬ箇所ばかりだ。元来問題といふもので、論理の立つ所に立つた問題は、昔から問題にならぬ。」

「昔から」問題は常に論理の立つところに立つた。心理あるいは多くの心理の混合として立つた場合もそれを切りさくメスには事欠かなかつた。問題は、「新聞や雑誌に満ちてゐる問題の、どこ一つをとり上げて考へてみても」横光の「論理の立たぬ箇所ばかりだ。」という点にあるのだ。

《あらゆる問題は論理の立ち得る「危険な箇所に」立つてるのだ。反論理主義者はそれを避けたいとあせつている。論理そのもの、小林のいわゆる「解析」する論理を怖れているのだ。「日本人は曖昧で通じる特別な感覚を、たしかに外人よりは多く持つてゐると見える。」という横光は、彼自身の論理の喪失と反論理主義へのずりこみとを、日本人の勘のよさで大目に見てくれと持ちかけることで、じつは彼の仕事の本質の論理的追跡を避けようと努力しているのに過ぎない。》

《彼らの小説、批評、それから文学世界に起つたあれこれの事件についての身のふり方などすべてをとおして、彼らの文学的実践は全体として反論理主義、反合理主義として特徴づけられる。彼らは理性的なもの、理性的に考え行動することとそのことに食つてかかつている。しかしこのことが本質上理性的にはできないことであるために、彼らはやたらとヒステリックにわめいている。国民生活という規模で合理主義を「心得」ることのできなかつたわが国民の一部、なまけものの文学青年と一部の文学者たちとがそれを崇め奉つて拝んでいる。こういう反合理主義は、事の理非曲直を問わぬ、むしろそれを問おうとすることとそのことにたいする鎮圧としての切りすて御免、問答無用、理性的に理由づけられぬ暴力支配の文学的・文学理論的反映にすぎない。私はイタリヤのことは知らないが、何年か前からのドイツ文化の支配的潮流について考えることは適切であると思う。ドイツその他の反ファシストたちの手で出来た「褐色の本」をまつまでもなく、ヒトラー政府自身の手になるものについて見て十分明瞭である。》

長い引用をしたが、この力強い論理の展開からなっている『閏二月二十九日』を、＊＊君よ、いまの時点できみが読み、感銘するところは深いのじゃないだろうか？　ファシズムの現実の力が押しよせている時代に、深夜クーデターの銃声を聞き、そして戒厳令が発せられたさなかに、この文章を書いているのでもある文学者の、言論弾圧をかいくぐるようにして、このように論理の言葉を発してくる文章。それは今日の韓国の抵抗する知識人の文章に直接かよいあう、切実なあり様をそなえている。

もちろん＊＊君よ、中野重治がまっすぐそれを名指してしまえば、かれの文章は発表されえぬことになり、「保護観察処分」のもとのかれの身の上が危険なことになるのであるから、かれはその困難な狭いところに躰を斜めにして入りこむようにして書くのだが、かれの心のうちの標的というものは、もとより《事の理非曲直を問わぬ、むしろそれを問おうとすることとそのことにたいする鎮圧としての切りすて御免、問答無用、理性的に理由づけられぬ暴力支配》そのもの、つまりはかれが苦闘した同時代の大日本帝国の、国家権力そのものであったのだ。それを見さだめながらも、しかしそれを直接撃とうとする方策を、暴力的に圧しひしがれている人間として、かれはそのような国家権力の《文学的・文学理論的反映》を批判しているのだ。

そしてそのような《文学的・文学理論的反映》の現実のあらわれは、中野の批判があきらかにするとおりに反論理主義、反合理主義の特徴をそなえていた。中野はこの傾向に反対して、限られた自由の枠内でよく闘った。しかし時代は、そのままかれの言葉を用いれば、戦争の拡大期、大戦争時へと怒濤の勢いで走ったのだった。太平洋戦争が開始された時、いかにも多くの文学者、文学理論家たちが、——これでモヤモヤしていたものが吹きとばされた！という感慨を、それも全身全霊の底からあげるようにして発したのだが、かれらのそのあり様も、一九三六年の中野のこの批判のうちにすでに予告されている。《彼らは理性的なもの、理性的に考え行動することとそのことに食ってかかっている。しかしこのことが本質上理性的にはできないことであるために、彼らはやたらとヒステリックにわめいている。》大戦争の勃発はかれらに理性的なもの、それのもたらす内心の葛藤の、そのすべてを放棄する、そしてそれを日本人総ぐるみのものにおっかぶせる、その動機を保障してくれるものであった。そしてこの大戦争が、すべての日本人にとってどのような滅びの道につらなったかは、＊＊君よ、きみのような若い世代もよく知っているはずのことだ。

しかも＊＊君よ、光州の事態をそのたかまりの頂点におく、今日の韓国の民主主義回復の運動とその弾圧の状況を、報道・論評するわが国のジャーナリズムに、いまや一九三〇年代後半に中野重治が批判したと同じ、反論理主義、反合理主義の言論が台頭してきていることに、僕はきみの注意をひきたかったわけなのだ。

一九三〇年代後半のわが国の政治状況のモデル。上層にある軍部を軸としての国家権力、支配体制（その頂点にはもとより大元帥陛下という存在があったわけだが）、下層にあるひとにぎりの民主主義、反ファッショの知識人、そしてその両者を暴力的にむすぶ、特高警察による言論弾圧のシステム、というモデルを見ることにしよう。下層にはもうひとつの、国家権力、支配体制へすりよってゆく知識人の集団があり、かれらは反論理、反合理の談論でもって民主主義、反ファッショの知識人らを弾圧した。それはもとよりこのモデルの上層の構造の反映としてあった。上からと脇から、民主主義、反ファッショの知識人らは攻撃を受けねばならなかったのであるし、かれらが闘うための唯一の武器である口には、特高警察の暴力的な口枷《くちかせ》がかけられてもいたのである。かれらこそが日本人の民衆の声を代表するはずのものであったが、かれらはしだいに沈黙するほかない場所にむけて押しやられ、そしてもうひとつの側の知識人らの声が日本人総体の声となりかわるようであった時、その日本人総体を待ちかまえていた運命は、国家権力、支配体制ともども戦争の悲惨になだれこむことであった。

いま五十年たって、わが国には軍部によるクーデターと戒厳体制があるのではない。しかしそれはまさしく韓国にある。そして＊＊君よ、韓国の戒厳体制による支配構造に、わが国の国家権力、支配体制はあからさまな癒着を示している。そして韓国の民主主義、反ファッショの政治家、民衆を、ＫＣＩＡと戒厳当局をつうじて韓国の支配体制が弾圧にかかる時、その現実の日本における反映として、反論理、反合理の談論をふりかざす者らが、あからさまに――かれらを殺せ、抹殺せよ！　と声をあげているのである。そのような声が日本人総体の声となる時、歴史の直接の教訓にしたがって、われわれは韓国の戒厳当局が掌握する国家権力、支配体制と、わが国のそれとが、手に手をとって破滅への道を走りはじめるのを、すでにとどめえぬであろう。＊＊君よ、一九三〇年代後半に勢いを増して進行しはじめた状況の、一九四一年の開戦への雪崩れこみ。それに照応する、一九八〇年代から新しく勢いを増して進行してゆく状況の雪崩れこむところはどこか？　＊＊君よ、僕は小説を書く人間であって、予言する者ではないが、あらためての朝鮮戦争のなまなましい幻を自分が見ぬといいはることはできない。もとよりその新しい戦争は日本人総体をもふくみこまざるをえぬところの規模のものである。すくなくともそのように徹底して悲惨な事態への展開にあたって、――これでモヤモヤしていたものが吹きとばされた！　と高らかな声をあげるジャーナリズムについてなら、＊＊君よ、暗澹たることだが、僕はそれをはっきり予想することができる。かれらはそれを反論理、反合理で押しに押した上での、ついにかれらのかちとった日本人のナショナル・コンセンサスの鬨《とき》の声とするだろう。

さて＊＊君よ、この種の大きい滅びへ向けての痙攣的なジャンプへ民衆を誘導しようとする反論理、反合理のジャーナリズム的発言の例は、いまや韓国の状況についての報道、論評にとどまるのではない。僕はきみ自身がそれらを自力で摘発してゆくことを望むが、そのひとつをここにあげておくことにしよう。それはかつて反・安保の国民運動の指導者だった社会学者が、おおいに悔悛して永く思考をかさねた後、ついに世に問うことにしたという論文の一節である。それはさきの『中央公論』と同じ月の『諸君！』に載ったものである。

《核兵器が重要であり、また、私たちが最初の被爆国としての特権を有するのであれば、日本こそ真先に核兵器を製造し所有する特権を有しているのではないか。むしろ、それが常識というものではないか。「非核三原則」を唱えてみても、世界中の誰が知っているであろう。もし知っているものがあれば、それをただ日本の弱さの告白として理解するであろう。》（清水幾太郎「核の選択」）

この反論理、反合理で押しまくってくる声に対置すべきものは、＊＊君よ、被爆三十五周年にあたって「被爆者援護法」をかちとるための運動を、原理に立ち、論理的な言葉でおしすすめている広島と長崎の被爆者たちの声である。＊＊君よ、最初の被爆国の人間ということを正当にみずからいいうる人びとこそは、すなわちかれら被爆者たちにほかならないのだから。その被爆者たちにむかって、――あなた方は、日本こそ真先に核兵器を製造し所有する権限を行使したいと考えるかと、僕はこの社会学者が問いかけてみることを望む。かれのために日本の核武装のシナリオ作りをする、その研究会の学者たちの答えるところとはことなった、真に人間的な原理と論理に立つ言葉、大きい拒否の言葉に、かれはふれるだろうと僕は思う。

さて＊＊君よ、僕がきみにむけて書きたいことの中心には、もとよりさきの社会学者の主張の紹介ではなく、「被爆者援護法」そのものと、それを制定させようと政府にもとめる被爆者の運動が、いま迎えている新局面ということがあるのだった。

思えばと、それが制定されぬままあることに責任をまったく感じぬかのようにいうのは、もとより日本国民のひとりである僕にとってまともないいようではないが、しかし「被爆者援護法」のための被爆者たち、その組織である被団協の運動は、思えばまことに永くつづけられてきたのだ。＊＊君よ、被爆三十周年の夏、被団協の中央行動が「被爆者援護法」にむけて大きい高まりを見せていた時、僕は高名な物理学者やキリスト者たちの後にくっつくようにして厚生大臣のところへ陳情に行ったことがある。僕にはどうも＊＊君よ、陳情という言葉が気にくわぬのだが、いかにも自己＝体制防禦的な厚生大臣の前で、われわれの陳情はおよそ効果的でないのが眼に見えるようであった。しかし一種の儀式のように、陳情が終われば、そのともかくも学者・キリスト者のグループが陳情はしたということを、厚生省前のテントに坐りこむ被爆者たちに報告に行く段どりになる。実際、僕はそこへも出かけて行ったのだったが、そしてはかばかしい報告もできぬままに頭をさげて、坐りこむ人びとからは拍手までしてもらって帰ってきた…… ＊＊君よ、その時のことだ、故朝永振一郎氏は、いかにも柔和にしかも確実に陳情の言葉を厚生大臣にのべられたのではあったが、被爆者たちへの報告には自分は行けぬと、はっきり拒否されたのだった。——御報告するほどのことがない、といわれたその際の、厚生大臣の反応を見ての朝永博士の、含羞と苦渋ともいうべきものをひそめた表情を僕は思い出す。

「被爆者援護法」、正確には「原爆被害者援護法」のための運動の特質は、それを要求する被爆者たちの、その原水爆観、核時代観がそこにはっきりうちだされていることにある。それはまず原爆被害が、被爆者たちを全面的な「人間破壊」に追いつめるものであることをいっている。そして核兵器の使用が繰りかえされるならば、人類と全地球上のありとある生命が根絶されるということをいう。そこに立って、かれらは原爆被害へのアメリカ、日本政府の責任を問う。そして核兵器のない、平和な世界建設への国家責任と、被爆者への補償責任ということが、要求の中心にすえられるのだ。『原爆被害者援護法のための要求骨子』から、その主張の核心を引用したい。

《日本国民は世界唯一の原爆被害国民として、早くから原水爆禁止を一致して要求し「ノーモア・ヒロシマ・ナガサキ」の強力な世論をつくりあげてきた。国会においても一九五四年には原水爆禁止の、一九七一年には非核三原則の決議をしている。日本政府はこの世論をうけ、世界に核兵器禁止を積極的に訴える義務がある。これは同時に、国内においては被爆者の基本的人権の回復、すなわち被爆者の今なお侵されつづけている平和に生きる権利、幸福追求の権利の全面回復のために力をつくすという具体的施策によって裏づけられていなければならない。これは、とりも直さず、国が核兵器による被害の甚大さ、過去、現在と続く被爆者の苦しみへの国の責任をみとめることであり、そのつぐないをすることとである。

国が核兵器禁止を世界に呼びかけることと、核兵器の被害者に総合的施策として「援護法」を制定することとは、表裏一体をなすものである。その意味で国は、被爆者に対するみずからの責任への反省の上にたち、「ふたたびヒロシマ・ナガサキをくり返してはならない」とする国民の総意を受けて、核兵器禁止への強固な決意のもとに、国家補償の精神にもとづく被爆者援護法をただちに制定すべきである。》

＊＊君よ、このような言葉こそが原理に立つ言葉なのだ。被爆者のその経験と現在・未来への洞察をふくむ原理と、それを正当に論理として展開した言葉なのだ。さきの社会学者の反論理、反合理の言葉に、それを対比して読みなおしてもらいたい。＊＊君よ、「被爆者援護法」について厚生大臣が諮問機関として作った(僕はそれが作られたことを五年前の暖簾に腕押しの時期にくらべてはっきりした前進だと評価するが)「原爆被害者対策基本問題懇談会」というものがある。その「基本懇」の、厚生大臣への答申が、いまや書きあげられる段階にあるというのだが、そこにさきの被爆者の主張に応えてというよりは、むしろあの社会学

者の提言と通底するような、そういう構想がもりこまれそうだという話を聞く。

その構想は、いわゆる「平和の礎《いしずえ》」論というものに要約される。現在の日本は平和だと、その平和の礎として原爆被害者の死と苦しみとがあった、礎となった人びとを国が手あつく遇する、というものだ。＊＊君よ、それはまず被爆者の主張してきた、原爆被害へのアメリカ・日本政府の責任を問うという声に、まったくの肩すかしをくわせるものだ。そしてかつは、核兵器のない平和な世界建設という、被爆者の平和構想とは逆の側に立つものだ。これならば片方で「平和の礎」の被爆者に援護をおこない、片方であの社会学者のいうように、《日本こそ真先に核兵器を製造し所有する特権を》といいつのることすらも可能なはずではないか？　僕はそのようにつたえられる「基本懇」の「平和の礎」構想につき、そこにある被爆者の原理と論理に逆行する勢いに、つまりはその反論理、反合理の論法に、中野重治のいう《事の理非曲直を問わぬ、むしろそれを問おうとすることそのことにたいする鎮圧としての切りすて御免、問答無用、理性的に理由づけられぬ暴力支配の》、いかにも穏健な学識経験者らにおける反映を見るものだ。

光州での事態を報道するジャーナリズムの反論理主義から、「原爆援護法」をめぐって厚生大臣に諮問される有識者らの反論理主義まで、＊＊君よ、きみは僕がこの手紙で、大きい幅のある二者の間を、むりやりつなぐようにして語ったという感想をいだいたかもしれない。しかし政治的な想像力のためのひとつの課題として、僕はきみが次の未来図を思い浮べることをもとめたい。つまりアジアを戦場とする核戦争という、われわれのすぐにも近い未来のもっとも悲惨な可能性の具体的なあり様を、きみの想像力においてつくりあげてもらいたいのだ。その時、光州で抵抗した民衆の民主主義への渇望と、被爆者の決してヒロシマ・ナガサキを繰りかえさせはすまいとする意志とは、おなじ原理、おなじ論理の側にあることが明瞭に見えるはずのものではないか?

そして反論理に鎧って立ちはだかり、韓国の民主主義者を軍事法廷で死刑にむけて裁く軍人たちに応援し、あるいはまた被爆者の国家責任と核廃絶を主張する声を無化しようとする者らは、やはり同一の側に立って、われわれ日本人の総体に、滅びへの道を準備している者らであることが、いかにも明らかに見えてくるのではないであろうか?

青年へのドストエフスキー
——祝祭的な表現の構造

数年ごとに、ドストエフスキーをかたまりとして読むことをあなたは繰りかえすのらしい。それは短かい文章や対談をつうじて知ることができた。しかし、文学の深いところで、つまりあなたの書き手・読み手としての本質にかかわって、どのような受けとめ方をしているのかを、まとまった文章としてあなたは書いてはこなかったように思う。そこでドストエフスキーの死後百年に際して、ドストエフスキーを読む自分の仕方について語ってくれることを望むと、**君よ、きみの、というのはここでも同じような問いかけの手紙をよこしてくれた、複数のきみらのということだが、その注文に答えたい。確かに僕は、数年ごと『カラマーゾフの兄弟』や『白痴』『悪霊』を、ほとんどそこに逃げこむようにして読みふけることを繰りかえしてきた。僕は、同じようにして読む(といいながら、いわばドストエフスキーを読むほかになくなる数週間とはちがって、いくらか自由に、外に開かれた状態で読むのがつねであるトルストイの作品の、たとえば)『戦争と平和』については、方法的に語ったこともあるのに、ドストエフスキーについては、それを読みふけること自体が目的をなしていたかのように、その読書経験にについて片々たる文章しか書いたことがなかった。なかでもっとも分量にして長いものが、いわゆる日本赤軍の「浅間山荘」事件の直後、わが国においてドストエフスキーの思想的な読みとりを代表する埴谷雄高氏と、『悪霊』について語った記録として残っているだけだ。

＊＊君よ、それはなぜだったのだろうときみに問われて、僕もあらためてそれがなぜだったかと考えはじめた。つまりはそのようにも僕にとって、ドストエフスキーとその研究書を読み、自分にとってこの作家はかけがえなく重要だと考えつつ、しかしまとまった文章を書かないできたことが自然だったわけなのだ。そしてそれはいまふりかえってみると、こういう事情だったのじゃないだろうか？　僕が数年ごとにドストエフスキーのほとんどすべての作品を、書斎のベッド脇に積み、こもりきりになってしまう。外出はしないし、ものを書く仕事をせぬのはもとより、電話に出ることもできぬ具合になる。そのようにドストエフスキーを読みによみ、そしてある日、閉じこもりきりになる原因をなした、おおかれ少なかれ危機的な時期が過ぎ去っているのに気づく。そのようなドストエフスキーの読み方である以上、僕は当の期間に自分を治療しているのであって、その直接の手段としてドストエフスキ

ーがあったのだ。したがって集中的にドストエフスキーを読む体験の後、あらためて僕がドストエフスキーを分析的にとらえなおそうと思いたたぬのも当然ではないか？　その時点で、僕とドストエフスキーとの、もっとも切実な関係は終了しているのであるから。

そこで＊＊君よ、いま僕は、そのような必要に迫られてのドストエフスキー読みというのでなく、いわばまるっきり能動的に、机にドストエフスキーを拡げて坐り、方法的な分析をめざしながら、この作家の仕事を考えようと思うのだ。きみの問いかけの手紙にうながされてではあるが、それをつうじて、さきにのべた危機的な時期を乗りこえるためのドストエフスキー読みの意味を、あきらかにすることができるかもしれぬと思うのでもある。

これから僕が、ドストエフスキーを読むテキストとして用いるのは『罪と罰』だ。そしてこの作品は、僕にとってドストエフスキーの作品のなかで、特殊な位置をしめているものである。さきに僕は、数年ごとに繰りかえす集中的なドストエフスキー読みの時期をいいながら、ベッド脇にほとんどすべてのドストエフスキーの作品を置いて、と書いた。ほとんどすべてと、なぜ条件をつけるかといえば、僕は集中的にドストエフスキーを読むようになった二十代後半から、この『罪と罰』だけは除外して読まなかったのであるから。そしてその理由はいかにも単純なものであった。それをただ僕の個人的な理由づけにすぎぬと、＊＊君よ、きみは思うかもしれないが、しかし人生における読書の時期ということで、この経験については、僕がしばしば考えることでもあるから、ここにそれについても書いておくことにしたい。

僕が四国の森のなかの新制中学に通っていた頃、つまり戦争が終ってまだ二、三年の頃だ。僕ははじめて東京の出版社に郵便為替を送り、直接本をとりよせるということをした。それが岩波文庫版の『罪と罰』だったのだ。僕はいまでも、その新しく固い紙表紙の手ざわりや、印刷のインクのしみこみ具合をはじめ、ものそのものとしてのこの文庫本の個的な思い出を失なうことがない。それから幾たび、幾冊の岩波文庫を手にしたかわからぬにもかかわらず、この第一冊目の岩波文庫は、特別のものとして僕の記憶をかざっているのである。僕はこの『罪と罰』をすぐさま読みとおした。ところがこの記念すべき岩波文庫は、僕をドストエフスキーに入門させるかわりに、むしろかなり永い間、ドストエフスキーから遠ざける役割を果したたのである。そしてとくに『罪と罰』については、十三、四歳ですでにそれを読んだために(あるいは、読んだつもりになったために)、三十年間をこえてそれを再読しない、ということになってしまったのであった。

＊＊君よ、本との出会いというものには、よく選ばねばならぬ時期があると、僕はこの経験に立っていいたい。

実の所、新制中学生の僕が読みとりえたのは、ただラスコーリニコフの犯罪物語にすぎなかった。僕はその殺人場面を記憶にきざんだ。次いで警察でのラスコーリニコフの不安と苦悩、予審判事らとのやりとりが、重苦しく記憶に残っている。つまり犯罪についてと、それが発覚するかせぬかの、それだけが軸の物語として、少年の僕が『罪と罰』を読み進んだことはあきらかだ。それ以上に多様な、豊かなものを読みとることはなかったのである。しかし＊＊君よ、僕はそれから青年へと成長していったのだし、現にこの十五年間ほどはドストエフスキーを耽読するといっていい日々をかさねたのだから、その僕にはいつでも『罪と罰』を再読して、新しく発見しなおす機会があったはずじゃないかと、きみはいうかもしれない。確かにそれはそのとおりなのだ。ところが僕は『カラマーゾフの兄弟』や『悪霊』は幾度も読みかえしながら、『罪と罰』についてのみは、あれは子供の時分に読んだ、そしてもう一度読むのがなんとなくうっとうしいという気分をいだいて、そのうっとうしさの壁を打ち破る努力はしなかったのである。もとよりこれは克己心の問題だといっていいだろう。ためになる読書とはひとつの労作《トラヴァーユ》だと、ルナンにそくしてあらためていうならば、僕は自分に、このうっとうしさを乗り超えしめる努力をしなければならなかった。現に＊＊君よ、きみなどそれをはっきりおこないうる克己心の持主かもしれない。しかし僕としては、三十年にもわたり、具体的にそれをなしえなかったのだから、あまりに早すぎる重要な書物との出会い、こちらの力不足による拒否反応、その後遺症ということは、かならずしも小さな問題でない場合があると思う。＊＊君よ、僕はきみが背伸びするようにして新しい分野の書物にむかうことの、自己教育の労作《トラヴァーユ》を積極的に評価するが、しかしこれまで僕のいってきたような、書物との出会いの、真にふさわしいその時期ということもあるのに注意をうながしたい。

しかし、＊＊君よ、僕もすでに四十代なかばで、ここにのべたうっとうしさを乗り超えるほどの克己心ならば、やはり自分のうちに積みたてている。そこで谷間での出会いから三十年をへだてて、僕は『罪と罰』を読みはじめたわけだ。しかも僕は、ドストエフスキーを読むに際してつねに引きこまれる熱中をすぐさま経験して、あの早すぎた出会いのもたらした不運をつぐなったのだった。

加えてもうひとつ今度『罪と罰』を読んだことの、僕にとっての動機づけがあった。それはドストエフスキーがこの作品を『ロシア報知』に連載した一八六六年、かれが四十五歳であったこと、つまりいま『罪と罰』を読んでいる僕とほぼ同年であるということがあったのだ。＊＊君よ、子規についても同じことをいったが、僕はこの大作家と自分とを、なんらかの積極的な意味で同列に置くのではない。しかし僕にはひとつの固定観念のごときものが、それも経験によってある。それはある作家の作品を、それが書かれたと同年齢に自分が達した時、はじめて充分に理解しはじめるという思いなのだ。すくなくともこの個人的な思いこみに立つかぎり、僕は今度もっとも良い条件で『罪と罰』を読みはじめることになったのであった。

さて僕があらためて『罪と罰』を読もうとして、最初に意外に感じたのは、それが僕の記憶ではいかにも重苦しく始まっていたのに、実際にはコロキアルな軽い書き方で始まることだった。それは＊＊君よ、子供として『罪と罰』を読んだ僕が、小説の言葉自体によりも、その意味内容に影響を受けやすかったことを示している。つまり僕が、そこに描かれている、殺人を決意した青年の心象という内容にひきずられ、その言葉、文章レヴェルでのあらわれ、つまりは小説の具体的な書き方が、コロキアルな軽いスタイルであるのを、意識にきざまなかったことを示している。それは少年時の僕が、ドストエフスキーについての深刻な解説的評論に影響されていたことを意味するかもしれない。つまり『罪と罰』を要約して、超人主義を信じる青年の、その理論に立った殺人と、信仰厚い娼婦の愛による回心、というふうに示す評論。そしてそのような受けとめ方が、あらためて『罪と罰』を読むことへのうっとうしさの思いをもたらしていたのだ。＊＊君よ、しだいにドストエフスキー受容の状況も変化してきたのではあるが、三十年前はまだ、深刻な、あまりにも深刻な評論が一般的であったのだから。
今度僕は、コロキアルで軽いスタイルにみちびかれて、こころよく『罪と罰』の世界に入ってゆきながら、酔っぱらいの退職官吏マルメラードフが、ラスコーリニコフへむけて、家庭の悲惨と娘ソーニャの献身を語る長台詞と、その酒場での出会いの後、ふたりで戻って行ったアパートでの騒ぎにひきつけられた。マルメラードフが、憐れに絶望した妻カテリーナ・イワーノヴナからひどいめにあわされる。ラスコーリニコフまでもが、とばっちりを食ってどなられる始末だ。以下はいまのところもっとも新しい翻訳である、『決定版ドストエフスキー全集』(新潮社刊)から引用する。トルストイとならんでドストエフスキーの、わが国の読者にとって有利な点は、繰りかえしその新しい翻訳が、新しい訳者によって試みられていることだ。

《「飲んじまった！ すっかり、すっかり飲んじまった！」と哀れな女はやけになって叫んだ。「服までなくして！ 食うものもなくて、腹をすかしている子供たちを、どうしてくれるの！（そう言うと、彼女は両手をもみしだきながら、子供たちを指さした。）ああ、地獄の生活だ！ あなたもあなたよ、恥ずかしくないの」突然彼女はラスコーリニコフにつめよった。「酒場から来たのね！ いっしょに飲んだのね？ あんたまでいっしょになって！ 出て行きなさいよ！」
青年は何も言わずに、急いで部屋を出た。それに、奥の戸がすっかり開いて、もの好きそうな顔がいくつかのぞいていた。煙草やパイプをくわえて、まるいトルコ帽をかぶった頭がいくつか、無遠慮ににやにや笑っていた。だらしないガウン姿や、夏ものをはおってみだらに前をあけっぴろげにした者や、トランプを手に持ったままの者もいた。マルメラードフが、髪をつかんでひきまわされ、これがうれしいんだと叫んだとき、彼らの笑いは一段とはげしく爆発した。中には部屋の中へ入りこんでくる者までいた。》

僕がこのシーンにひきつけられつついだいた感想は、これは祝祭のようじゃないか、というものだった。愁嘆場ではあるが、個人の家庭に閉じてのそれではなく、広場のまんなかでのように他人の眼にさらされている。その他人どもの側から見るかぎり、ここにはお祭りの陽気な雰囲気がある。個人の家庭内に他人どもの眼が入りこんでいるのには、この貧しい一家が借りているアパートが、数多くの家庭の群居する場所であるという条件づけがあるのだが。

この祝祭のような雰囲気についての、卓越した文学理論家の分析を介して、僕の感じとり方をドストエフスキーの根本的な作風にむすぶことを、＊＊君よ、僕はしたいと思う。しかしまず『罪と罰』の、いったん気がつけばほとんど随所にといっていいほどに見出される、祝祭のような雰囲気のシーンについて、それもマルメラードフ家に関わる出来事にそくして、例を引いておくことにしたい。それらはおのおの、内容としては悲惨な出来事を語っているシーンであって、しかもなおそれが祝祭的であるのは、＊＊君よ、内容においてではなく、その言葉、文章レヴェルの語られ方、すなわちドストエフスキーの小説の書き方においてであることに注意しよう。

マルメラードフが、馬車馬に蹴られて重傷を負う。それから死にいたるまでのみごとな表現。《みんなうしろへさがった。懺悔はすぐにおわった。いま死のうとする者に何がわかったろう、その口からはとぎれとぎれに、不明瞭な音が出ただけであった。カテリーナ・イワーノヴナはリードチカの手をとり、椅子から男の子を抱きあげると、隅の暖炉のまえへ行って、ひざまずき、子供たちを自分のまえにひざまずかせた。女の子はただふるえているばかりだが、男の子はむきだしの膝こぞうをついて、拍子をとりながら小さな手をさしあげ、大きな十字を切り、おじぎをしておでこをコツンコツン床にぶっつける動作をくりかえしていた。どうやらそれがすっかり気に入ったらしかった。カテリーナ・イワーノヴナは唇をかみしめて、涙をこらえていた。彼女もときどき男の子のシャツを直してやりながら、祈っていた。そしてひざまずいて祈りをあげながら、手をのばしてタンスから三角のショールをとり出し、あまりにむきだしすぎる女の子の肩にそっとかけてやった。そのうちにまた奥のほうの部屋のドアがいくつか、物好きな連中にあけられはじめた。入り口のほうには各階から集まってきた人々が、あとからあとからつめかけて、ひしめきあって中をのぞきこんでいたが、それでもしきいを踏みこえて入ってくる者はなかった。たった一本の燃えのこりのろうそくがそれらの情景を照らしていた。》

＊＊君よ、このもっとも悲劇的なシーンにおいても、死にゆく人間を覗きこむ、他人ども総ぐるみの情景において、祝祭的なものをきみも感じとるはずだと思う。このようにして死んでゆく人間の眼に、《さげすまれ、ふみにじられ、おめかしして、そんな自分を恥じながら、死の床の父と永別の番がくるのをつつましく待っている娘》として映るソーニャを、ラスコーリニコフがはじめて見まもっているのでもある。ついにマルメラードフが息を引きとった後、ラスコーリニコフが部屋を退出しながら感じる昂揚感は、＊＊君よ、この死の部屋での祝祭的な雰囲気と、根本的な関係があると僕は思う。その祝祭は、死の祝祭にほかならなかったのではあるが、むしろそれゆえに、《彼はぞくぞくとするような興奮につつまれながら、ゆっくりした足ど

りでしずかに下りて行った。そして彼は自分ではそれを意識しなかったが、不意におしよせてきたあふれるばかりに力強い生命の触感、ある未知のはてしなく大きな触感にみたされていた。その感じは、死刑を宣告された者が、不意に、まったく思いがけなく特赦を申しわたされたときの感じに似ている、といえるかもしれぬ。》

　このシーンは、あらためていうまでもなく、ラスコーリニコフが殺人を行なって以後のものだ。犯行につづいての、かれの最悪の苦しみの時の後のものだ。それを反映して、ラスコーリニコフはこの場で次のようにひとりごちるのでもある。《幻影、仮想の恐怖、妄想よ、さらばだ！……生命がある！　おれはいま生きていなかったろうか？　おれの生命はあの老婆とともに死にはしなかったのだ！　老婆の霊に冥福あれ――それで十分だ。お婆さん、どうせお迎えがくる頃だったのさ！　さあ、理性と光明の世界にたてこもるぞ……さらに意志と、力の……これからどうなるか！　しのぎをけずってみようじゃないか！》

　つづいてカテリーナ・イワーノヴナが主催するマルメラードフの法事の席の、それこそ祝祭的な大騒ぎは、＊＊君よ、僕のいってきたことをくっきりと裏書きしよう。その機会にソーニャを卑劣な罠におとしいれようとした男が、つまりラスコーリニコフの妹アヴドーチャの旧婚約者ルージンが、正規の客人はじめ集まってきた民衆の眼の前で、完膚なきまでにやっつけられる。作中のどの挿話にも翳りがしのびよらぬことのない『罪と罰』で、この挿話だけはソーニャと民衆の側の完全な勝利である。これはむしろ法事という祝祭における、徹頭徹尾明るい余興の喜劇として、ここに組みこまれている印象すらあたえるものだ。＊＊君よ、きみも登場人物たちの不幸につきあってきながら、この挿話にはひとまず溜飲をさげたのじゃなかっただろうか？

さて最後に引くマルメラードフ家の人びとの祝祭的なシーンは、出来事自体としてまったく悲惨なものだ。数かずの労苦にうちひしがれたカテリーナ・イワーノヴナが、ついに発狂して（と周りの者らには信じられるまま）、手を叩いては子供らに歌い踊らせて、人びとに物乞いするシーンなのだから。しかしその情景は、彼女が歌うフランス語の歌ともども、お祭りの大道芸そのままに、祝祭的な側面をもつ。

《橋からあまり遠くない堀端に、ソーニャの住んでいる家から二軒も行かないところに、たくさんの群衆が群がっていた。特に子供たちが多かった。もう橋のあたりから、カテリーナ・イワーノヴナの引き裂くようなかすれた声が聞えた。たしかにそれは、路上の群衆を喜ばせるような異様な光景だった。くたびれた服を着て、薄い毛織り《ドラ・デ・ダーム》のショールをかけ、やぶれた麦わら帽子がみにくく頭のよこのほうにずりおちているカテリーナ・イワーノヴナは、どう見てもほんものの狂女だった。彼女は疲れはてて、息をきらしていた。弱りきった肺病やみの顔は、いつもより苦しそうに見えた。（それに外の太陽の下では、肺病患者は家の中でよりもいっそう痛々しく、みにくく見えるものだ）。彼女のたかぶった気持はいっこうにしずまらないどころか、ますます苛立ちがはげしくなってきた。彼女は子供たちのまえにかけよって、どなりつけ、さとすように言い聞かせ、見物人たちのまえでどんなふうに踊り、何をうたうかをおしえ、なんのためにそんなことをしなければならないかを、くどくどとさとしはじめたが、子供たちの聞きわけのわるさにかっとなって、なぐりつける……と思うと、急にやめて、見物人たちのほうへかけよる。ちょっとでも見なりのいい人を見ると、すぐにとんで行って、〈素姓のいい、貴族といえるほどの家庭〉に育った子供たちが、どうしてこんなみじめな境遇にまでおちたかを、くどくどと説明する。群衆の中に笑い声か、あるいはひやかすような言葉でも聞きつけようものなら、すぐにそちらへとんで行って、口ぎたなくののしり合いをはじめる。見物人のなかにはほんとうに笑っている者もあったし、首をかしげている者もいた。おびえきった子供たちを連れた狂女を見るのは、誰にでもおもしろいことだった。》

　そしてこの最後の八方破れの大活躍の後、カテリーナ・イワーノヴナは、《もうたくさんだ！……死にどきだよ！……さようなら、かわいそうなソーニャ！……すっかり苦労をかけたねえ！……わたしはもう疲れはてたよ！》と叫んで死ぬのだが、そこにおいて思いがけず彼女の人間的な威厳あるいは魅力と呼びたいものが、前面に押し出されてくるようではないか？

＊＊君よ、カテリーナ・イワーノヴナのような、悲惨と滑稽が極端なかたちで同居している性格づけの女に、このようにも強く感銘させる力を表現としてあたえている、そのドストエフスキーの技法というものは、祝祭的な情景の盛りあげを介して以外に、考えられぬはずなのである。かつてドストエフスキーより他のいかなる作家が、カテリーナ・イワーノヴナのような人物において、その人間的な威厳あるいは魅力を、生きいきと描き出すことがあっただろうか？　しかもここに表現されているものは、まさに作家によって表現されねばならぬ人間的な威厳あるいは魅力だと、深く強く納得されるではないか？

　さきに僕は、ある文学理論家のドストエフスキーにおける祝祭的なものの分析ということをいったが、それはミハイル・バフチンがドストエフスキーの創作方《ポエチ》

法《カ》をあきらかにしている書物を指してのことだった。(『ドストエフスキー論』冬樹社刊)

かつて僕はバフチンのラブレー研究から、グロテスク・リアリズムのイメージ・システムの理論を援用して、詩人金芝河の表現が、アジア人たるわれわれをもそこにふくみこむダイナミズムで、再生の契機を示しているとのべたことがある。＊＊君よ、きみが僕の『小説の方法』(岩波現代選書)を読んでみてくれることを希望する。それというのも、バフチンがドストエフスキーの祝祭的なものの構造を分析する際、それは直接にカーニバル的なジャンルの伝統にむすびなおしているのであり、かれはそのカーニバルの原理をなすものを、ラブレー論でグロテスク・リアリズムのイメージ・システムと呼んだのであるから。

ミハイル・バフチンのドストエフスキー論から、僕はとくに次のふたつの側面において教えられた。その第一は、一般にこれがバフチンの理論の核心とみなされているといってよいはずだが、ドストエフスキーの文学のイデーの、ポリフォニー的な性格の分析である。バフチンは、ドストエフスキーがその小説のイデーを、いかに徹底してポリフォニックに表現するかを、多様な実例について照し出した。その原理を『罪と罰』に見るならば、それはさきのラスコーリニコフとの最初の出会いに、ソーニャの献身を臨場感をこめて語るマルメラードフの長広舌にあきらかだ。この原理をバフチン自身が要約する。《意識し判断する〈我〉とその客体としての世界とはそこでは単数ではなく、複数で与えられているのである。ドストエフスキーは唯我論を超えていた。観念論的意識を彼は自分のためにではなく自分の主人公たちのために、それもひとりではなく、みんなのために残しておいた。意識し判断する〈我〉の世界に対する関係の代わりに、彼の創作の中心ではそ

の意識し判断する〈我〉たち相互のあいだの相関関係の問題が置かれたのである。》

ついでバフチンは、ドストエフスキーの小説のジャンルとしての源に、古典古代末期からの、いわゆる「真面目な冗談」に属するメニッポスの諷刺、かれのいい方での「メニッペア」を置いて、それをカーニバル化された文学として理論化する。それが＊＊君よ、僕をバフチンがもっとも刺戟するもうひとつの論点だった。いうまでもなくそれは、僕がここで問題としている祝祭的なドストエフスキーというテーマに、直接に照明をあたえてくれるものだ。バフチンは、諸民族の、諸時代の多様な祭のカーニバルの、文学言語への移調を文学のカーニバル化と呼ぶのであるが。

ここでは、＊＊君よ、バフチンがカーニバルの特質としてあげるものを、おおざっぱに要約する紙幅しかないが、それでもわれわれが確たる定義なしに、祝祭的と感じとるところに根拠をあたえてくれるだろう。またわれわれはその上で、自分らの祝祭的なものへの感覚が、カーニバルの特質と大幅にはくいちがわぬことを確認もできる。すでに金芝河の詩にカーニバル的な特質を読みとりながら考えてきたが、近代化の過程で日本人の文学言語にカーニバル的な特質は衰弱してしまったが、しかしそれはかならずしも、アジア人としての日本人の、民衆文化のレヴェルにおいて、カーニバル的なものが根こそぎ喪なわれた、ということではないはずだからだ。

バフチンは、カーニバルが演技者と観客の区別のない見世物だとする。カーニバル的生とは常軌を逸した生であり裏返しの、あべこべの生、世界である。人びとはカーニバルの広場で（カーニバルはなによりもまず広場のものだ）互いに自由なあけすけな接触をもつ。そこでは既成の固定したものとはちがった、人と人との相関関係の新しい様相がつくりだされる。カーニバルで上演される劇には、カーニバルの王のおどけた戴冠とそれに続く剝奪が見られる。それはカーニバル的世界感覚の核心としての、転換と交代、死と再生のパトスに立つ。そこでの創造的な背反する二重性を有している笑い、その笑いのなかに融合している愚弄と歓喜、讃美と罵倒……

＊＊君よ、バフチン自身この本のなかで、ラスコーリニコフが見た、笑う老婆の夢を分析して、そのカーニバル化された文学としての特質をあきらかにしているのだが、僕はさらに一般的に開いても、さきにあげたマルメラードフ家に関わる挿話のすべてに、右のカーニバル的な原理を見出しうると思う。個人の住家でありながら、いつも他人どもに侵犯されているマルメラードフの家は、一種の広場だし、そこでの出来事では見る者と見られる者がいれかわりつつ混在する。そこに生きる者らの誰かれが、いかに常軌を逸した情熱のとりことなるか。かれらの人間関係がいかに自由であけすけであるか。それらの人びとの相互関係のなかで、娼婦がもっとも高い品性をそなえた人間だという、あべこべの世界。その娼婦を泥棒だと糾弾することで、いったんは王のように権威をえた男は、すぐさま引っくりかえされ底辺に落ちる。＊＊君よ、僕はこの挿話を祝祭にみちびきこまれた劇のようだ、といったのだったが。笑い笑われる者らの示す、めまぐるしいほどの愚弄と歓喜、讃美と罵倒の発言の交代が、マルメラードフの法事の宴会の大騒ぎだった。この法事で悼まれる、マルメラードフのそもそもの死に際しての、ラスコーリニコフの生命感の昂揚は、死と再生のパトスのからみあった顕現である。

なかば狂気したカテリーナ・イワーノヴナの、常軌を逸した大道での物乞いの情景も、この憐れな女を孤独な密室での死ではなく、民衆的な広場でのカーニバル的な死へとみちびく役割をはたす。そうであるからこそ、カテリーナ・イワーノヴナの葬式をふくめ遺児の面倒までを引きうけると、赤の他人のスヴィドリガイロフが突然に申し出る際も、それが違和感なしに、われわれの胸におさまるのではないだろうか？　かれが当のシーンのしめくくりに、ラスコーリニコフにむけてささやく言葉も、死と微妙にからまりあった生命の、多義性を思わせる言葉だった。《わたしとなら、まだ結構生きていけますよ……》

＊＊君よ、バフチンを介して明瞭にすることのできた、『罪と罰』の祝祭的な特質、そのカーニバル化された文学としての特質を、このように語ってきたのは、僕がいちばんはじめにのべた、少年時のドストエフスキーの読み方との対比の上で、重要なことが浮びあがってくると思うからだ。つまりカーニバル化された文学として『罪と罰』を読みとる仕方とは対極の読み方を、少年時の僕がしたのであり、かならずしもそれが僕ひとりの責任でなく、僕のような読み方を誘うようなドストエフスキー論が、地方の少年にも眼につきやすいところで、しばしばおこなわれていたのだったと思うからだ。

民衆的な基盤から根こそぎにされること、民衆的な結びつきをたち切って、孤独な密室に閉じこもること。そのような生き方は、＊＊君よ、およそカーニバル的な原理とは逆のものだ。バフチンはラブレー論でのグロテスク・リアリズムの定義において、次のようにのべていた。それは世界の物質的、肉体的根源から分離し、孤立して自分の中に閉じこもる一切の動きと対立する。ところが少年時の僕がつくりだし、青年時をずっと持ちこしつづけた、『罪と罰』への固定観念は、それこそ自分の中に孤立して閉じこもり、観念的で、肉体のない夢想を増殖させるという性格のものだった。＊＊君よ、僕はまだ若いきみが『罪と罰』を、またドストエフスキーの作品総体を読むに際して、自分と同じ不毛な袋小路に入らぬよう、中年男のいらざる取越し苦労かもしれないが、ひとつ念を押したかった。それができただけでも、あらためて『罪と罰』を読んで新しく呼び起された思いを、きみへの手紙に書いて意味があったと感じるものだ。

いや、きみへの手紙としてなどというよりも、カーニバル化された文学として開かれている『罪と罰』を読んで、僕が自分の喜びを発見した、もっともドストエフスキー的な魅力はなにだったか？　＊＊君よ、すでに僕はカテリーナ・イワーノヴナの人間的な威厳あるいは魅力についてのべた。つまりそれをいうことでまずそのひとつは、すでにきみへと伝達されたことになる。少年時の僕がおこなったような、観念的で肉体のない読み方では、カテリーナ・イワーノヴナはただ悲惨なだけの、積極的な意義は持たぬ脇役のひとりにすぎなかった。

つづいて僕が同じく魅力にみちた人物として読みとったのが、＊＊君よ、ラスコーリニコフの妹、アヴドーチャ・ロマーノヴナ（ドゥーニャ）である。教育があり、かつ美しいこの娘を、かつて家庭教師として迎えた上、誘惑しようとした地主スヴィドリガイロフ。かれが突然ペテルスブルグにあらわれて、ドアごしに盗み聴いたラスコーリニコフの犯罪告白を武器に、あらためてアヴドーチャ・ロマーノヴナを自分のものにしようとする。娘は犯罪を知らされ、兄と一緒に外国に逃がしてやると持ち出されるが、そのように卑劣で悪辣なスヴィドリガイロフに、鍵をおろした密室で一歩もゆずらぬのである。逆転にみちたこの対話の劇は、

『ロシア報知』の編集部でカットされたというソーニャとラスコーリニコフの重要な対話を偲ばせる、まさにバフチンのいう「メニッペア」的なジャンルの圧巻だが、ついに彼女はポケットから拳銃をとり出して、脅迫する地主に向けるのだ。

《ドゥーニャは拳銃を上げた、そして死人のように真っ蒼な顔をして、血の気のない下唇をひくひくふるわせ、火のようにぎらぎら燃える大きな黒い目で相手をにらみながら、心を沈めて、相手がちょっとでも動くのを待っていた。彼はこれほど美しい彼女を見たことがなかった。彼女が拳銃を上げた瞬間、彼女の目にきらっと燃えた火に、彼は焼かれたような気がして、胸がきゅうッと痛くなった。彼は一歩出た、とたんに拳銃が火をふいた。弾丸は彼の髪をかすめて、うしろの壁にあたった。彼は立ちどまって、しずかににやりと笑った。……………

「どうなさいました、射ち損じですよ！　もう一度射ちなさい、待ってますよ」とスヴィドリガイロフはまだうす笑いをうかべたまま言った、しかし妙に暗い笑いだった。「これじゃ、あなたが撃鉄を上げるまえに、とびかかってつかまえられますよ！」

ドゥーネチカはぎくっとして、急いで撃鉄を上げると、また拳銃を上げた。

「わたしをとめて！」と彼女は絶望的に言った。「きっと、また射ちます……わたしは……殺してしまう！……」……………

彼はドゥーニャの二歩ほどまえに立って、奇怪な決意を顔にうかべて、熱っぽい欲情に光る重苦しい目でじっと彼女を見つめながら、待っていた。彼は彼女を手放すくらいなら、むしろ死のうとしていることを、ドゥーニャはさとった。〈でも……でも、もう今度こそ殺せるだろう、わずか二歩だ！……〉

不意に、彼女は拳銃を投げ出した。
「捨てた！」スヴィドリガイロフはびっくりしたように言うと、ほうッと深い息を吐いた。何かが急に彼の心からとれてしまったようなぐあいだった、そしてそれは、おそらく、死の恐怖の重苦しさだけではなかったろう。彼はいまのような瞬間でも、そんなものはほとんど感じていなかったのだ。それは彼が自分でも完全には定義できないような、もっともっとみじめな暗い感情からの解放だった。》
このように緊迫したシーンのあとで、つまり《人間と人間、意識と意識との決定的出会いはすべてドストエフスキーの小説では常に〈無限のなかで〉〈最後に〉〈危機の最後の瞬間に〉行なわれる、つまりカーニバル的・神秘劇的空間と時間のなかで行なわれる》とバフチンがいう、そのようなシーンのあとで、スヴィドリガイロフは、やはりカーニバル的な夢を見もする奇怪な放浪をへて、自殺する。それは＊＊君よ、およそドストエフスキーでなくては創造しえなかったにちがいない、暗黒の人物スヴィドリガイロフも、アヴドーチャ・ロマーノヴナとの対決には敗北してしまったということであり、かれの醜悪だが大きい個性は、この娘の個性の前で相対化されたということを意味しよう。犯罪を知った後の彼女と、ラスコーリニコフとの、やはり緊迫した対決のシーンでは、彼女の個性が兄の独自さをやはり相対化する。なんとかその勢いを押しかえすように、ラスコーリニコフはまじかな自首にさきだって、最後にもう一度、自分のおかした行為の理論的な正当性を主張し、妹の眼に《彼の身を思いわずらう限りない苦悩を見てとって、はっとわれにかえ》るのである。
このアヴドーチャ・ロマーノヴナに、ソーニャつまりソーフィヤ・セミョーノヴナを加え、さらにさきのカテリーナ・イワーノヴナを加えて、僕は＊＊君よ、ドストエフスキーの小説世界はまことに独特な男性の作中人物群を創造したが、しかし当の作家自身をも相対化するような、絶対的な神秘性の力をそなえている作中人物はやはり女性たちだという、これまでの考えを『罪と罰』においても確認するのだ。それはフォークナーの場合に正確に対応する特徴であろう。

さて＊＊君よ、このように文学のカーニバル化の諸特質を、『罪と罰』に読みとるようにしてゆくうち、三十年前はじめて僕が『罪と罰』を読んだ際の記憶が、もうひとつよみがえってきたのだ。それは少年時の僕が、ラスコーリニコフの自首でこの作品を事実上終ったものとみなし、そのエピローグについては身をいれて読まなかったということである。ソーニャはラスコーリニコフを追ってシベリアに行くことにきまっており、かれの回心を見守るにきまっている。それはもうわかりきった筋書きだと、子供特有の不遜さで……

しかしいまこのエピローグを読みなおして、僕はそれが当然なことながら、単なる筋書きのしめくくりを越えた、複雑な構造をはらむ章だと気がついたのだった。シベリア到着後も、ラスコーリニコフは、依然として自分の理論の実現としての犯罪を、悔いあらためてはいない。ただその理論をかかげておこなった行為に、自分が耐えられないで自首したという、その弱さにおいてのみ罪があったと考えているのだ。自然にかれは囚人仲間から孤立する。ところがその囚人たちからソーニャは敬愛のまとになって、《彼女のところへ病気を治してもらいに行く者さえ》いる始末なのだ。それは彼女が、この段階のラスコーリニコフとなお対極をなす、真に民衆的な基盤に根ざしている人物（つまりカーニバル的な人間）であることを示しているだろう。

ラスコーリニコフはドストエフスキーの文学のカーニバル化の方法のひとつである夢を見る。それはつづけてばかばかしい夢と要約されるとおりに、常軌を逸した、日常的リアリティーからは無縁の、ことがらの本質をまっすぐ呈出しながら意味をさぐろうとすると多義的でもある、いかにもカーニバル的な夢だ。《全世界が、アジアの奥地からヨーロッパにひろがっていくある恐しい、見たことも聞いたこともないような疫病の犠牲になる運命になった。ごく少数のある選ばれた人々を除いては、全部死ななければならなかった。それは人体にとりつく微生物で、新しい旋毛虫のようなものだった。しかもこれらの微生物は知恵と意志をあたえられた魔性だった。これにとりつかれた人々は、たちまち凶暴な狂人になった。しかも感染すると、かつて人々が一度も決して抱いたことがないほどの強烈な自信をもって、自分は聡明で、自分の信念は正しいと思いこむようになるのである。……疫病は成長し、ますますひろがっていった。全世界でこの災厄を逃れることができたのは、わずか数人の人々だった。それは新しい人種と新しい生活を創り、地上を更新し浄化する使命をおびた純粋な選ばれた人々だったが、誰もどこにもそれらの人々を見たことがなかったし、誰もそれらの人々の声や言葉を聞いた者はなかった。》

さてこのような予備的な段階を踏まえ、これもいま分析する余裕はないが重要な要素である、ラスコーリニコフとソーニャのそれぞれの病気という関門をへて、ひとつの章としては充分すぎる構造づけの後に、はじめてラスコーリニコフの回心がおこなわれるのだ。それは＊＊君よ、一挙にやってくるが、深く複雑な奥行きをひかえている瞬間である。そこでついにしめくくりをなすドストエフスキーの言葉、《一人の人間がしだいに更生していくものがたり、その人間がしだいに生れ変り、一つの世界から他の世界へしだいに移って行き、これまでまったく知らなかった新しい現実を知るものがたり》がこれから始まるのだ、という言葉は、孤立して観念的な閉じた人間の世界から、カーニバル的な世界にむけての再生のものがたりだと、われわれには確実に受けとめることができるのだ。そこに新しく展開するカーニバル的な世界で、民衆的な共同の根につながるラスコーリニコフの新生。それをわれわれがリアリティーこめて思い描きうるとして、それはどのような力のたすけによるだろう? これまでのラスコーリニコフに、そのような予兆めいたものはなかったのだから。つまりそれはこのエピローグにいたるまで、孤独なラスコーリニコフの周囲でひしめきあうようであった、カーニバル的な民衆の生活それ自体の表現によって、というほかにはあるまい。＊＊君よ、僕は三十年の時をへだてて、『罪と罰』を、このように新しいものがたりとして自分によみがえらせることができたのだ。

核シェルターの障害児

——青年へ、憲法について

＊＊君よ、僕は昨日、息子が高校生として入る養護学校の入学式に出た。在校生たちが、中学と高校の新入生を待っている講堂に、僕ら父母も先に入って開式を待つ。若い先生が、厚いゴム底の靴をはいて下半身のバネがいかにもよくはずむ人なのだが、痩せた上体をまっすぐ伸ばして指揮棒をふる。それはまるで若い頃の小沢征爾を思わせたがね。音楽を自分の精神と肉体にいかにも生きいきと、ほとんど上機嫌なぐらいにして表現し、伝達する、その仕方が。この先生の指揮にこたえてザイロフォンやアコーディオン、それに各種の打楽器を、子供らが熱中して演奏する。湧きおこる音楽は、陽気で悲しく、励ますようでもあり、なんとも懐かしいものだった。僕はヨーロッパも東の方の、民俗的な活気をなお失なわぬ場所の、サーカスの音楽を聞いているような気がした。それがブラームスのハンガリア舞曲五番であったせいもあるのだが、しかしこの養護学校に学ぶ知恵遅れの生徒らの（そしてそのほとんど誰もが、かれに知恵遅れをもたらしたものによる二重、三重の障害をも持っているのだ。現に僕の息子は、癲癇を発してしまったから、その抑制剤を服用していなければならぬ。つまりはつねに茫然とした具合でいなければならぬ、そのような子供らの）バンドの演奏の仕方自体に、なによりもまず揺さぶりたててやまぬ力があったのだ。

陽気で悲しく、励ますようでもあり、なんとも懐かしい、と僕は書いたが、＊＊君よ、これは障害児とともに生きている人間の大方が、しばしばその子供との関わりで感じとる、ほとんど生活の基本をなす感情のひとつではないだろうか。それを僕は中野重治がもっとも若い日に書いた小説の、次の一節にも感じとるんだが。《それに、おれやこのあいだ伝通院の横を夜通つたら、まつくらで、しかも道路工事をやつてて雨降りときてるんだ。それでゴムの長靴をはいてびしやびしや歩いて行くと、その泥みちがどこまでも続いているような気がしてきて、おれのほうじや、それならどこまででもびしやびしや歩いて行くぞという気になつて、りんりんとして勇気の生じるのを感じたがね。ついそんなような気になつてしやべつたのさ。

が、話をもどそう。おれの言いたいのは、世間にはとめどもない馬鹿な女がいて、その馬鹿さ加減があんまり純粋なために、そのそばへ来るどんなものをもたちまち同じように純粋にしてしまうということなんだ。そして彼女たちは堕落することが決してないということなんだ。神聖な馬鹿女だね。神聖な馬鹿女なら、どんな神様にだつて救つてもらう必要なんかないじゃないか。たまり水は腐る。なら、それを流してポンプでじやあと洗つてしまえばいいんだ。そしてその堰《せき》をはずしてくれるもの、そのポンプになつてくれるものが、じつにこういう馬鹿女のなかにいるということなんだ。》

じつの所は、＊＊君よ、僕のいいたかったことに関わって、この引用は前段だけでよかったのだ。次の段まで書きうつしてしまったのは、中野重治の言葉の使い方において独特な、馬鹿女という言葉が出てき、僕はもとより障害児を馬鹿とは呼ばず、中野の用語法が知恵遅れの人間という意味とは無縁なこともまた明白なんだが、それはそれとして、この一節にひきつけられるのでもあるからだ。つまり僕にとって、知恵遅れの息子が、まさに中野重治の馬鹿女の役割を果たしてくれていることを知っているからなのだ。

　さて僕はこの障害のある子供らの演奏を二度聴いた。新入生が入って来る前の予行練習と、本舞台のそれと。新入生たちのなかには、苦痛か喜びか、ともあれ緊張感にかさなる自己表現ではあるにちがいない、呻くような声をあげつづけている生徒もいた。それを先生たちも生徒らも、父母たちもまた、すくなくとも排除的には気にかけぬ。たとえば林のなかで車座になる時、鳥の声を気にかけぬ、というふうに。そのようななかで、入学式が進行するのだ。校長先生の話のうち、僕には障害を持つ子供らという言葉が、あたかもなんらかの人間的資産のようにして障害を持つのだというように胸にこたえた。それより他のいくつもの感銘については、**君よ、僕はここでこれ以上は書かない。

　桜の花の散りしき、新しく花の木が咲きはじめている校庭をぬけて、僕は帰って来たんだが(妻と息子は、担任の先生方とのこまごました話合いや手続きのために残り、僕はひとりでバス停に歩いて行ったのだ)、たまたま自衛隊中央病院の前を通ったこともあり、僕は自然に考えることがあった。憲法がつくりかえられて、ここがすぐにも陸軍病院ということになるのかもしれぬのだが、そのようにつくりかえられた憲法のもとで、あの子供らの教育はどのようなところへ追いやられるだろうかと。それというのは、さきの入学式の講堂で、**君よ、僕は例の、社会の負担になる先天性の障害を持つかもしれぬ惧れがあれば、その親たちは子供をつくらぬよう自制せよという、「知的」な英語学者の談論を思い出してもいたからだ。この談論が直接に名ざしした相手から、いかにも正当な批判がかえされると、英語学者はおおいに弁解した。そこでそもそもの談論の意味は薄められ、あいまい化され、いったいかれになぜこのような談論をおこなうことが必要だったかと、頭をかしげるむきも多いだろうほどのものになった。

しかし＊＊君よ、この英語学者の文章の、したたかな個性というものは、次のようなところにあるのだった。かれはいったん押し出したタテマエについて、惜しみなく譲歩する。しかしそれも、かれがそのホンネを聞いてもらいたい人びと、そのような勢力には、いかにもあからさまに、かげのホンネがつたわる身ぶりにおいてのことだから、僕は結局自分と無縁な人間の品性についてなにごとかをいう気持はないが、その文章を読むに際して辟易はする。そしてそのホンネというのは、＊＊君よ、「福祉国家より軍事国家へ」というう、いかにも露骨なものなのだ。したがってかれがそのホンネを聞きとどけてもらいたい人びと、そのような勢力と僕のいったところも、誰の眼にもあきらかなはずだ。つまりは僕が辟易するというのもかなり自然な感情じゃないだろうか？

「福祉国家より軍事国家へ」。社会に負担をかける弱者が足手まといになっては国際競争に勝てぬと、こういうかたちでそれは押し出されてくるのだが、こうしたヒステリックなものいいの原型は古くからある。最近も核時代と憲法状況を分析した見事な論文のむすびで、星野安三郎教授がふれていられるとおりに、スパルタで障害をもつ男子は殺された。古代ローマの十二表法では、障害児は五人の証人の前で父親が殺してもよかった。（法学セミナー増刊『日本の防衛と憲法』「核時代の平和と安全」）これはつまり、障害児を持った父親を、五人の健全な市民たちが追いつめて、その子を殺すほかなくしてしまうことがありえた、という話であろう。「知的」な英語学者は、さしずめこの五人の五体健全な（しかし相手の側にたってものを考えるという、想像力の能力には欠けている）市民の役を演じたいのだろう。新しい十二表法が、つまりは「福祉国家より軍事国家へ」とつくりかえられた憲法が、かれのめざすところである。いったん生まれてきた生命の尊厳はとうとぶ、というようなことをいいながら、英語学者は、保育器に入れて育てれば助かる赤んぼうを(実際に病院がこういう嬰児殺しに加担するものかどうか疑いは残るが)、あえて保育器に入れることを拒み、死にいたらしめたという若い母親を、賞賛すべき知人としているのだ。かれの専門の国語でいえば、Sooner murder an infant in its cradle ということか? ＊＊君よ、それも邪悪な意志に育つかわりに、おおいに《そのそばへ来るどんなものをもたちまち同じように純粋にしてしまう》、あまりに純粋な人間として育つのかもしれぬ赤んぼうを。

この英語学者はその大学で「国際競争の戦士たち」を教育しているのである。そして僕の息子の養護学校では、その困難を考えざるをえぬ以上、来賓として祝辞をのべる、それぞれに障害児と関わりのある人びとの語調も暗くなってしまうような、多種多様な困難を経験しつつ(それは現に眼の前の生徒たちのそれぞれのあり様に見てとれる)、やはり来賓のひとりのいった「明るく善良な働き者」として底辺の労働につくことが最上の望みである、そのような教育がおこなわれる。かならずしもかれらが養護学校を出た後、社会のお荷物となるのみだと僕は考えぬが、しかしこれらの「明るく善良な働き者」たちより、「国際競争の戦士たち」を育成することが、より効率の高い教育であるという意見に僕は反対しない。

そこであらためて、僕の息子らの養護学校の教育の根拠はどこにあるか? それを第三者にも明示できるものとして探すならば、僕は憲法に、つまりわれわれの現に持っている(いわゆる憲法改正の促進派たる、旧憲法の支配層の生き残りとその同調者らにとっては、それこそ障害として持っている、しかし僕には人間的資産として持っていると感じられる)憲法にゆく。《すべて国民は、法律の定めるところにより、その能力に応じて、ひとしく教育を受ける権利を有する。》それはそのまま教育基本法につらなってゆくのでもある。《われらは、さきに、日本国憲法を確定し、民主的で文化的な国家を建設して、世界の平和と人類の福祉に貢献しようとする決意を示した。この理想の実現は、根本において教育の力にまつべきものである。

われらは、個人の尊厳を重んじ、真理と平和を希求する人間の育成を期するとともに、普遍的にしてしかも個性ゆたかな文化の創造をめざす教育を普及徹底しなければならない。》

ここにのべられている思想は、障害をしばしば二重三重にも担った子供らの、おなじ重荷を背負ってくる新入生らをむかえる音楽にそれを聴きとるといって、いささかも矛盾をあらわすのでない思想である。このように決意することで、日本人は戦後を生きはじめたのであった。

さきの星野論文は、＊＊君よ、昨年三月、自由民主党の国会議員一三三名が核シェルター建設の推進が目的の、「市民防衛議員連盟」を結成したことについても、われわれに注意を喚起している。＊＊君よ、核シェルターとは現実にどのような効用を持つものか？　それは核武装している国家が、やはり核武装している相手国家との脅迫競争において(それは核武装している国家と同盟関係をむすんでいる第三の国家の、右の脅迫競争に準ずる仕方においてと拡大して、ほかならぬ日米安保条約に縛られているわが国にもあてはまるが、しかしそれこそタテマエとしてではあれ、わが国は非核三原則の国会決議をおこなっている国家として、アメリカの核武装のリンクから自分を切りはなすことを主張しえるものである。また現に、表むきそうしているのでもある。わが国の本土また沖縄の米軍基地から、ソヴィエトあるいは中国へむけて、直接に核攻撃が行なわれぬかぎり、現憲法下でソヴィエトあるいは中国からの、わが国への核攻撃がありうるとは考えられまい。もし日本が核武装するならば、ソヴィエトの核ミサイル基地は日本をもその攻撃目標のひとつにかぞえる、という意味の『プラウダ』報道があったが、それは逆に現状でのソヴィエトの核ミサイル基地の性格を説明するものである。これは誰にも納得できる話だが、＊＊君よ、ひとまずここでそれにつき念をおしておくことはしたい。なぜなら、明日にでもソヴィエトからの核攻撃がありうると、それも核脅迫状況についてはまったくの善玉の日本国、日本人に向けて、というような宣伝もなされうるはずのものであるから（だ）、敵陣営の核脅迫の人質たる自国民の、当然な核への恐怖心を、一時的なりとまぎらすことをめざす効用である。

現にわれわれはアメリカのケネディ時代における、核シェルター・ヒステリアの実態にふれている。それは直接キューバのミサイル基地建設を契機としてのヒステリアであった。核シェルターが、核攻撃の標的となる地域の人間をまもりえるものではないこと、その地域の周辺の人間に、「死の灰」を避けて一定期間そのなかに閉じこもることのみを可能とするだけのものであることは、核シェルターの説明パンフレットを丹念に読めばわかる。いずれにしても人びとは、短期間の猶予をあたえられるのみで、放射能に汚染した地上に出なければならない。しかも今日の核状況では、いったん大国間の核戦争が始まれば、それは地球をいくたびも焼きつくすに足るほどの、厖大な量の核爆弾による全面戦争にちがいない。たとえばアメリカの大都市が核ミサイルの攻撃にさらされるとして、それでも核シェルターによって一瞬の被爆死をまぬがれうる、核攻撃地域の周辺《かいわい》の人びとがいるとして、どのような範囲の住民を考えうるのか？　またかれらが急激ではない（つまりは緩慢な苦しみのなかの死をむかえることができるというのみの）放射能障害を避けて出てゆくべき、再生の可能な地上はどのように残されうるというのか？

　しかも＊＊君よ、核シェルター・ヒステリアは現実にアメリカ中に蔓延して、数多くのシェルターが造られた。それは核時代に生き延びる唯一の道、つまり核廃絶の要求へと人びとをむかわしめるかわりに、あやまった廻り道に人びとを誘導する役割を果たした。それのみならず、片方で核シェルターの本質的な無力をかぎつけざるをえぬ人びとに、かえって核攻撃力によって敵陣営を上まわるようにと、自国の核装備のエスカレーションを待望させる気運さえもつくり出した。

　＊＊君よ、つまりは核シェルター建設の推進運動とは、自国内に、核攻撃にさらされて死ぬことを覚悟した上で、それが避けられえぬ未来像であるならば、なんとかして自分たちよりも先に、相手国の人びとの核攻撃死、核による絶滅がおとずれることを、ヒステリックに期待する国民を育成するための運動なのだ。いいかえれば核兵器に関わって、もっとも攻撃的な人質を自国に養成する、そして国民全体規模で国家の核武装態勢に参加せしめる、国民全体規模での死をかけた棄て身の攻撃態勢に入らせるための運動なのだ。そういう運動が現に非核三原則を議決している国会の、政府与党の議員たちによって推進されはじめたのである。それとあい前後して、社会学者清水幾太郎とかれを支

える学者たちの、日本は核武装しなければならぬ、それもアメリカの核兵器を積極的に持ちこませねばならぬ、という談論も押し出されている。符丁はあいすぎるというほどのものではないか、＊＊君よ。これら一連の動きは、とくに日付けの今日に近いものほど、あからさまなソヴィエト脅威説に根ざしているが、あの広大なシベリアの核ミサイル基地を相手に、狭い日本の国土からの、どのような核戦略、核戦術がありうるとかれらは考えているのだろう？　またこの狭い日本の国土の、大都市に集中した市民たちの誰が、核シェルターを建設しうるというのだろう？　核シェルターの資材を購入したならば、すぐさまそれを運んで、いかなる大都市、中都市からも距離をへだてた山間に疎開して暮しはじめる、そのような生活転換の可能な状態にあるならば、あるいはその個人にとって核シェルターに実際的な意味がありうるかもしれない。しかしそのような少数の隠栖者たちを、どのように放射能に汚染された日本に組織して、わが国を再建しうるというのだろう？

＊＊君よ、この核シェルター推進運動への僕のいまの疑いの声を、さらに確実に、自分らの悲惨な経験とそれに耐えて生きぬいてきた意志と知恵にたって、より綜合的、実践的に発しつづけてきた人びととして、広島、長崎の原爆被災者がある。かれらの組織としての被団協は、地道に根気づよく「被爆者援護法」の制定をもとめて運動してきた。僕もその運動のすすみゆきにそくして、しばしば文章を書いてきたが、したがって＊＊君よ、きみはその経過を知っているはずのものだと思うが、この援護法は原爆被害者の、いかにも特殊な激しさにおいて、綜合的な破壊をこうむった実状について、国家につつましい補償をもとめるものである。もっともその国家補償をもとめるという問題の

たて方自体に、核攻撃をおこなったアメリカと、それにいたる戦争をひきおこした日本への、両政府の責任を問う行為がかさなっているのでもある。それは核廃絶への、日本政府の責任を主張するということにも展開するものだ。つまりは核シェルター・ヒステリアへの非論理的、反想像力的な自己没入のかわりに、より合理的で、未来への洞察に立った、人類を救助するための努力として、そのすくなくとも最初の石をつむための、日本人独自になしうる行動として、「被爆者援護法」を国家に要求する運動がかさねられてきたのだ。

しかし今年はじめになされた、いわゆる学識経験者からなる原爆被爆者対策基本問題懇談会の、厚生大臣への答申は、右に要約したような、被爆者たちの要求の根柢にある思想を、すべてはねつけるものだったのである。それはいかにもさきに僕が書いた、「福祉国家より軍事国家へ」のプログラムに見合う方向づけの、答申であったとすらいえるだろう。つまりは「被爆者援護法」より、核シェルター推進へという、あからさまな意図に立つものであったというほかにあるまい。

＊＊君よ、それは現実に被爆の悲惨を経験して、おなじことを再び人類に繰りかえさせまいと決意した運動より、あえて明日の日本人の被爆を覚悟しても、なおかつ核攻撃の脅迫競争の一陣営に参加しようという運動へ、わが国とわが国びとを動かしてゆこうとする勢力が、いまや政府に関わっては優勢であることを示しているのではないであろうか？　すくなくとも事実として表面にあることとして、政府与党の国会議員と、厚生大臣の諮問機関の学識経験者らが、こぞってそちら側に立っているのである。かれらを背後で支える者らを加え、かれらが総ぐるみで憲法のつくりかえをもくろむ時、その目標が憲法第九条の改廃を実際におこなうことであり、つづいてすすむところが日本の核武

装の道であることを、誰が疑いえようか？　＊＊君よ、核シェルター推進と「被爆者援護法」の運動の根本思想のあからさまな否定とをかさねて、もしきみが右の結論にいたらぬとしたら、僕はきみが想像力を持つ人間だとはいいえまいと思う。いやむしろそのようなきみは、基本的な論理の展開において怠惰だとさえいわねばならぬだろうと僕は思う。

憲法をつくりかえようとする動きの表面化、それは僕などが意識的にそれをとらえるようになる以前からも、またそれ以後も繰りかえしあったのだ。＊＊君よ、それをあらためて正確に頭に入れようとすれば、憲法問題研究会の、憲法の専門家でない一員としてみずからを定義しながらの、しかしいうまでもなく今日にいたっても生きた教示にとんでいる、一九六五年の中国文学者竹内好の文章がある。僕はこの文章をふくむ『憲法読本』（岩波新書）をまだきみが読んでいないとしたら、それを読んでくれることを望む。読んでいるならば、あらためて再読してくれることを望む。僕も十五年ぶりに再読して、新しく様ざまなことを教えられた。竹内好は、《ある意味で改憲論は、それをキッカケにして憲法論議を誘発し、憲法に対する国民的関心を呼びおこした点で、功績があった》とするのだが、確かにいま起ってきている新しい改憲論をきっかけに、僕には現在の憲法の重要さの意味がよくわかったところがあるのだ。そのひとつ、この憲法の制定された時期においての国内的背景、つまり日本の旧支配層に直接つらなる者らが、いったいどのような質の、旧憲法の表層の糊塗によって、マッカーサーの要請をかわそうとしたか（おなじく日本人の進歩的な層の民間憲法草案を無視したか）、その結果、ＧＨＱの英文草案を「押しつけ」られざるをえなかったかについては、英文学者中野好夫の文章を、初読の際よりはるかに切実に受けとめた。それは憲法「押しつけ」説の声高な繰りかえしによって、逆に僕が準備教育をされてきたことによる。また憲法の制定された時期においての国際的背景、その核心にはもとより占領があり、占領軍の司令部命令を頂点とする法体系と、憲法の法体系との相関にまつわっての諸問題があったこと、それは法学者我妻栄の文章によってすっきりと頭に入る。そしてそれは批評家江藤淳がいかにも事大主義的な、感情過多の文章で主張してきたことへの、もとよりそのこまごました細部のすべてについてとはいわぬが、その根幹をなしていることについては、これは早く専門家たちがもっと明快にいい、そしてそれは決して、現在の憲法への否定的見解にはむすびつかなかったことじゃないかという、かねがねいだいてきた疑問によって、やはり逆の方向づけの準備教育を受けてきたからこそ、いまあらためて充分に納得できたことなのである。江藤淳は、憲法論について素人である特権を利用して、専門家レヴェルではすでに論議のつくされたところを、ことあたらしくセンセーショナルにまきかえしては、一連の文章を書いてきた。それは一般ジャーナリズム・レヴェルでの、改憲論の景気づけに大きい役割を果たしたし、のみならずこの秋に中間草案を出すことになった、自民党の憲法問題調査会の参考人に、夫子自身呼ばれるということにもなった。しかし江藤淳のひきおこしたセンセーショナルな波立ちは、あらためてその問題点のいちいちについて、専門家レヴェルの再度の発言をもまねきよせ、ひいてはそれにわれわれ一般の人間の眼を向けさせることにもなったのである。それは長い尺度ではかれば、かならずしも改憲論の側の得点とのみは結果しないであろう。また文学をその専門の仕事とする者らとしては、すくなくとも作家たる僕は、戦後の文学に衰弱があるとして、それを江藤の短絡するように現在の憲法のせいにすることはせず、自分らのやってきたこと、やりうることに責任のある課題として、それを担いなおすことをしたい。その意味でも江藤淳のこのところの活動は、さきの英語学者の言動同様、反面教師の教育性もまたそなえているのだ。

さて、＊＊君よ、話を本筋に戻すとして、竹内好は、憲法施行後しばらくの間、政府が音頭をとって、憲法普及のための祝典はじめ啓蒙活動をおこなったことを思い出させる。その政府側の憲法熱はすぐにも冷却したが、それにつれて民間の憲法熱は高まった。それも野党が三分の一の議席比を占めていなかった時期だけに、憲法を守ろうとする側の努力は集中的に行なわれたのである。それが一九五六年ころを境に、状況が変わった、と竹内はいう。両院ともに野党が三分の一の議席を超え、憲法改正の発議を、与党単独でおこなうことができなくなったからだ。同時に各種の世論調査で、憲法改正に反対する者が、賛成する者を上廻るようになったことも、竹内はいう。そこで選挙戦略上、政府、政府与党は、表むき憲法改正を口にしなくなった。憲法調査会は七年間の作業を終えて、一九六四年に最終報告書を政府に呈出したが、改憲が必要であるという統一見解は出していない、そのような時期に、つまり一九六五年の段階にこの文章が書かれたのであったことは、＊＊君よ、さきにいったとおりだ。右の展望に立って、竹内好はこういっている。

《政府なり政府与党なりが、このまま憲法調査会の答申を睡らせてしまうとは考えられない。時期を待っていると考えた方がいいだろう。

それにしても、憲法調査会がゴリ押しに発足したころにくらべると、ちかごろ改憲派の意気がはなはだあがらないのは、大きな時勢の変化である。官僚の新陳代謝によって、政府の実質部分である中堅官僚が、改憲に熱心でなくなったことが、その大きな理由であろう。自民党議員の間でも、改憲不要論が相対的に比重をましているらしい。

一方、護憲派の方も、この政府の低姿勢に毒気をぬかれたせいか、すこぶる意気あがらない。憲法調査会が活動している間は、散発的に宣言や声明を出したりしたが、その後は鳴かず飛ばずだ。奇妙な両すくみの状態がつづいている。

そして私は、この無風状態がいちばんいけないと思う。》

そしてまた十五年がたったのだ、＊＊君よ。その間におこった三島由紀夫の自衛隊乱入、割腹事件は、かれの残した「檄」のいうところ、いかにもあからさまに、三島が自衛隊のクーデタによる憲法改正を待ちつづけたこと、そして死を賭して、今後にそれを期待することを叫ぶものだった。三島事件を批判する者、あるいはいわゆる三島精神を継承しようという者のいずれもが、あの「檄」をクーデタによる憲法改正の主張としてとらえぬふりをしていることが、＊＊君よ、僕にはむしろ不思議に感じられるほどなのだが。クーデタといえば、韓国では当の期間それがあいついでいた。そしていずれのクーデタ政権とも、わが国の政府は協調してきた。もし朝鮮半島にあらためて戦争が起るというようなことになれば、一挙にわが国の憲法はつくりかえられただろう。今後にむけてはさらに、朝鮮問題はわが国の憲法問題でもありつづけるにちがいない。ほかならぬそのことを竹内好は次のような言葉でいってもいたのであった。

《まったくの想像だが、平常事態での憲法改正の実現は、どんな熱心な改憲派でも、今ではあきらめていると私は思う。しかし、一旦事あれば、という僥倖を望む気持はあるだろうし、むしろ事をおこす気持も皆無ではあるまい。事というのは、いまヴェトナムで進行しているような事態である。
……ある種の国際紛争の下で、既成事実をつくってしまって、その圧力を利用して一気呵成に憲法改正へもっていくというやり方だ。》
ソヴィエトのアフガニスタン武力介入を、それこそ僥倖として、わが国のジャーナリズム・レヴェルでかきたてられたソヴィエト脅威説、アメリカのまさに「押しつけ」としての対日防衛力増強要請。それらに援護されて、＊＊君よ、ここ数年来、竹内好もおそらくは予想しなかったほどの勢いで、あらためて改憲論が浮上し、すくなくともジャーナリズムの表層をそれは席捲している。そしてさきにのべた、自民党の憲法調査会も、一九七二年の報告書以来つづけていた休眠状態を脱して、昨年秋の活動再開から、この秋には中間報告をまとめるという勢いである。そのような状況を今日のものとして見わたしながら、＊＊君よ、ここでもうひとつの文節を、十五年前に竹内好の書いた論文から引いて、次へ進みたい。僕は竹内の言葉が、まったく今日に生きていると思うものだ。
《世に永久不滅のものはない。どんな憲法だって、永久性はもっていない。いつかは変える必要がおこるだろう。しかし、日本国憲法をいま変えるのはまずい。絶対にまずい。日本国憲法には、われわれ国民にとってマイナスの部分もいくつかあるが、それを補って余りあるプラスの方がはるかに多い。もし、いま変えたなら、そのプラスが減りこそすれ、ふえる可能性はほとんど絶対にない。うかつに憲法改正に手を出すと、国民は損をする。だから変えない方がよい。》
竹内好のいい方にならうなら、いま新たに再興した改憲論をきっかけにして、僕があらためて憲法を主題とするいくつかの書物を読み、もっとも胸にこたえるようであったのは、＊＊君よ、憲法前文と第九条にそれは直接反映していることなのだが、憲法制定当時の、つまり太平洋戦争における敗北直後の、日本をめぐる国際環境ということであった。侵略戦争をおこない、連合軍に打ち破られた国としての日本、それがこの時期の国際環境のなかでどのように危険な存在として見られていたか、いかにも当然なそのありさまを、いま改憲論の進め手らはもとより、一般にわれわれみな、よく記憶してはいないのではないか？　すくなくともよく記憶していないふりをしているのではないかと、＊＊君よ、僕には思われたからだ。

さきの『法学セミナー』増刊の「憲法第九条の制定過程とその意味するもの」という論文に、田中英夫教授が連合軍総司令部の記録を引用していられる。それは一九四六年二月の、あのいかにも旧態依然たる憲法私案をまとめた松本烝治に加えて、吉田茂、白洲次郎が、民政局の首脳部と会談したさいのやりとりである。

《松本「戦争の放棄を、独立の一章とする代わりに、前文の中に入れてはどうでしょうか。」

ホイットニ「戦争の放棄を独立の一章としたのはそれだけの考えがあってのことで、この重要な条項を可能な限り最大限に強調するためなのです。私が吉田氏に申しましたように、また昨日最高司令官が幣原氏に申しましたように、この条項は、恒久的平和への動きについて、世界に対し道徳的リーダーシップをとる機会を、日本に提供するものであります。戦争の放棄ということが、他の諸原則の宣明の中に埋没するようなことがあってはならず、その目的に十分添うように、くっきりと際立った形で述べられなければなりません。マッカーサ元帥は、他の何にもまして第一番に、この原則によって、〔日本が〕世界から好意的な眼で注視されるようになるだろうと思っています。そしてまさに現在、日本は世界から好意的な眼で注視される必要があるのです。」》

この連合軍総司令部側の言葉は、太平洋戦争直後の国際環境における日本と日本人に対する、まことに情理をつくした忠告だったというべきではないであろうか？　そうだ、＊＊君よ、確かに日本は、侵略的な軍事国家としての記憶が、現になまなましく生きている状態から、なんとか好意的な眼で注視される国家となりかわらねばならなかったのだ。そうでなければ、理由のある敵意にみちた国際環境のなかで、生き延びてゆく方途はなかったのだ。そのように切実に追いつめられた状況での、新しい憲法の採択だったことを思い出せば、あらためて、第九条はもとよりのこと、憲法前文も、単なる美しい言葉《ボンヌ・パロール》というのではない、緊急な意味の充実を示すものとして読みとられよう。

《日本国民は、恒久の平和を念願し、人間相互の関係を支配する崇高な理想を深く自覚するのであつて、平和を愛する諸国民の公正と信義に信頼して、われらの安全と生存を保持しようと決意した。われらは、平和を維持し、専制と隷従、圧迫と偏狭を地上から永遠に除去しようと努めてゐる国際社会において、名誉ある地位を占めたいと思ふ。われらは、全世界の国民が、ひとしく恐怖と欠乏から免かれ、平和のうちに生存する権利を有することを確認する。

われらは、いづれの国家も、自国のことのみに専念して他国を無視してはならないのであつて、政治道徳の法則は、普遍的なものであり、この法則に従ふことは、自国の主権を維持し、他国と対等関係に立たうとする各国の責務であると信ずる。》

これをマッカーサー司令部に「押しつけ」られた

美しい言葉《ボンヌ・パロール》にすぎぬと、いま憲法をつくりかえようとする勢力がいう。しかしそれをあらためて太平洋戦争直後の、当然な敵意にみちている国際環境において、苦しい再生をめざす日本および日本人の、唯一可能な選択の道を表現した言葉だったのだと、あらためてあれらの日々に身を置きなおすことで、われわれは認めえぬであろうか？　またこれはほかならぬ今日の課題、明日につながる課題として、アメリカからの防衛力強化のあからさまな「押しつけ」に対して、われわれの政府が、自分たちは国際社会において、あなた方のもとめるものとはちがう、しかし結局は世界の平和に貢献する、名誉ある地位を占めたいと誓っているといいかえす、その根拠として、まことにインデペンデントな気力にあふれた文章ではないであろうか？

いやもっと現実主義的なことをいってくれ、青っぽい理想論にいつまでしがみついているのだと、＊＊君よ、僕はそのような声が、この憲法前文に早ばやと見きりをつけている者らから、発せられるのを聞くようにも思う。確かに現実的な、実際的な見方、そのような想像力というものが、とくに憲法についての談論には必要だと、僕も思う。そこでまさに現実的、実際的な想像力を働かせるとして、＊＊君よ、次のようなこれからの状況の進み行きを想定してみようではないか。

もとより僕も、＊＊君よ、いま憲法をつくりかえようとする者らが、あの松本私案《第三条　天皇ハ至尊ニシテ侵スヘカラス　第十一条　天皇ハ軍ヲ統帥ス軍ノ編制及常備兵額ハ法律ヲ以テ之ヲ定ム》というようなところまで後退した計画をいだいているだろうと考えるほどには、つまりそれほどにはペシミスティックな現実家、実際家というのではない。しかし改憲が成立するとすれば、現在の憲法前文の右に引用した部分や、その第九条が、改廃されることはどのようにしても疑いえまい。そして当の第九条のつくりかえは、そのままわが国の核武装にむけてまっすぐ道を開くようにしておこなわれるだろう。核戦争によって大量の死者を出した後のアメリカ社会の復興について、「考えられぬことを考える」専門家の発言をすることからはじめ、いったんは日本の高度成長をめぐる、甘い言葉たっぷりの予言者としてわが国にも迎えられたハーマン・カーンは、すでに近い将来の日本の核武装を、その予言表に書き加えているではないか。

さてそのようにして戦争放棄の原理をかなぐり棄て、平和主義の姿勢をくつがえした日本に対して、今日から明日にむけての新しい国際環境は、それをどのような眼で見ることになるだろうか？　いまヨーロッパで、またそれ以上にアジアの国ぐにで、日本人と日本がこうむっている、攻撃的な国民、侵略的に収奪する国家、自然破壊をものともせぬ国家という評判に、まさに画竜点睛の総仕上げのようにして、ここにわれわれは軍事国家となりかわるという宣言をおこなうのだ。アメリカは、それもアメリカ軍部とそこに近い側でのアメリカ政府は、確かに世界戦略の一環として、日本のそのような軍事化を歓迎するだろう。しかしもうひとつのアメリカの顔としての、世界の民主主義の主たる担い手たるアメリカ政府は、またその側面を支持してきたところのアメリカ人は、それを好意を持って迎えうる新しい国際環境での日本とするだろうか？　太平洋戦争の敗北の経験を生かしての新生の道を、三十数年にして撤回し、再び危険な侵略性を剝き出しにしかねぬ厄介な軍事同盟国として、かれらのなおパール・ハーバーを忘れぬ眼が、その日本および日本人を見つめるのである。ソヴィエトからの眼についてはいうまでもない。中国からの眼についても、僕はかれら中国人に十五年戦争の経験を忘れることがありえぬのである以上、今日の表層の友好の身ぶりのかげに、むしろもっとも恐しい疑惑の眼がひそんでいるのであり、それが改憲を機に押し出されてきうることを予想せぬわけにゆかない。そして朝鮮半島のふたつの国。フィリッピン、そしてさらにアジア全域の国ぐに……

しかも先見の明をあきらかにして、そのような日本向きの、いかにもそのような日本人のタイプが、たとえばさきの「知的」な英語学者や、その仲間たちによって、「国際競争の戦士たち」として教育されてもいるのである。大学や保守ジャーナリズムをつうじて教育にあたるかれらは、そろって国際的に経験豊かであると評価される実学派だが、奇妙なことにかれらはみな、他国の人間の側に立ってものを考える国際人であるかわりに、いかにして他国の人間と競争し、それも相手をうち負かすかの、戦略・戦術の専門家であり、かれらの新しい日本主義の憂国警世の談論は、その線にそって繰りだされるゆえに、わが国の財界にも迎えられているのである。このようなメンタリティー、このような質の情動の人びとが教育する「国際競争の戦士たち」が、世界の各地へ繰り出してゆく。それもかれらの背後には、核戦争をも辞さぬ軍事国家としての日本があるとすれば、そこにあらわれる新たな国際環境は、日本および日本人をどのように見るか、その見るところがどのように積みかさなってゆくことになるのか？　＊＊君よ、僕はまさに現実的、実際的に、このおぞましい未来図を想像することができる。

いうまでもなくこの国際環境への憂鬱な想像は、それにつらなって国内で起ることへの、もっと輪をかけて憂鬱な想像と表裏一体をなすものだ。＊＊君よ、僕はその憲法のつくりかえにつづけて、政府がおこなう宣伝攻勢が、ほかならぬ教育の現場でどういう響きをたてるはずのものか、それを一種嫌悪と恐怖のいりまじる思いで、すでにたとえば次のような文章に聴きとるのである。これは会長岸信介の自主憲法期成議員同盟が出した要請書の一節なのだが。

《憲法は国家のバックボーン（背骨）であり、内外両面から迫りくるわが国の危機を回避するためにも、ここで民族の精神と時代の潮流に即した新憲法を制定し、時代を一新して、民族の新しい活力を呼び起こし、国家の新しい繁栄を考えることが、今こそ必要な時機であります。》

軍事国家の国民総動員の、怒濤のような足音が、すでに響いてくるようではないか、＊＊君よ。右のような声音で呼びかける国会議員たちが、また核シェルター推進運動の担い手ともかさなるにちがいないことは、あらためて名簿をつきあわせてみるまでもあるまい。さきの星野論文は、アメリカで論議された、大学専用の核シェルターから隣人を排除するための機関銃配備や、実際に売り出された核シェルターの備品としての、生きている間は寝袋に使えるビニール製棺桶など、グロテスクな、しかし実際おこりうること、おこっていることについてもつたえているが、これらわが民族の新しい活力をかきたてようとする政治家の核シェルターに、障害児らの居場所はありうるものだろうか？おそらくかれらはその隅っこの、もっとも条件の悪いところに居場所をあたえられることすらもなかろう。まっさきにかれらは、核シェルターで保護される（すくなくともそのつもりの）成員たちから除外されることだろう。核シェルターに閉じこもって、ビニール製棺桶を寝袋として使いながら、選ばれたる者たちは、核攻撃直前の戸外からの、障害児らが演奏する、あの陽気で悲しく、励ますようでもあり、なんとも懐かしい音楽を、かすかに耳にするだろうか？

もとより＊＊君よ、僕は憲法をつくりかえようとする者らの、さらにもさかんとなるべき攻勢に対して、あらかじめ敗北することを予想して、右の想像をしながら、かつ中年のアイデンティティーの危機にある人間らしい、憂鬱な悲鳴をもらしたのではなかった。憲法をつくりかえようとする者らの攻勢に対して、われわれは闘わねばならぬ。いまはそれも護憲運動という守勢でそれを受けとめるより、一歩前へ踏み出して、改憲論の担い手たちの呈出する論点の、いちいちのいかがわしさを打ち砕くようにして、攻勢に立って闘わねばならぬ。確かに竹内好のいうように、憲法については、その論議の無風状態とその影で権力が進行させる、ねじ曲げの既成事実の積み上げこそもっとも悪いものだ。改憲論を担う者らの、日本とアジア、ひいては世界の今日と明日にむけての、われわれが力をつくして打ち倒さねばならぬ危険な構想も、このところの憲法論議のうちに表層へ浮びあがってきた。それらをまるごと批判しつくすことは、民主主義状況と望ましい国際環境のために、かえって生産的な結実をもたらすだろう。

　僕は＊＊君よ、このように呼びかけて青年のきみにあてる架空の手紙として書いた一連の文章を、憲法について書くことでしめくくるなりゆきになったのを喜んでいる。この一連の手紙の主題の中心にあったのは、いうまでもなくアイデンティティーの課題であった。自分の個としてのアイデンティティーと、自分がそのなかで自由に解放されて生きる共同体のアイデンティティー、そのふたつの自己同一性《アイデンティティーズ》の一致《アイデンティティー》をどのようにして実現するか？　このそもそもエリクソンに属する問題の立て方に発して、僕は＊＊君よ、きみにむけて手紙を書きつづけてきたのだった。

　それをいま、憲法をつくりかえようとする諸勢力の策動に抗しつつ、あらためて自分の個の憲法として引きうけなおし、かつこの憲法が、完全にとはいわぬまでも大筋において実現している国家としての日本を、自分が進んでそこに属すべき共同体として、把握することを試みるならば、＊＊君よ、きみは自分の個としてのアイデンティティーと共同体のアイデンティティーとを一致させる自己訓練の、いかにも確実な具体的道すじを見出しうるはずのものではないか？　そして実際に次つぎに繰り出されてくる改憲論と、いちいち格闘してゆくことは、そのまま、このような意味での自己同一性《アイデンティティーズ》の一致《アイデンティティー》を、みずから検証する仕組みとして有効であろう。その経験を生きることで、＊＊君よ、きみがひとりの市民としてのきみの個を確立し、かつそのような自分が自由に解放されて、しかも望んで属してゆくべき共同体をしっかりと把握して、きみの青年のアイデンティティーの危機を乗りこえることを希望する。すくなくとも現在はなおわれわれのものである、憲法の表現しているイメージとしての日本が、まさにそのように実現されるならば、これはいかにも望ましい共同体のひとつではないか？

そして＊＊君よ、韓国に現にあるようなクーデタ状況のもとで、憲法のつくりかえに抵抗しなければならぬという事態が、わが国にも出てきた場合を思うならば、（＊＊君よ、きみがさきの竹内好の言葉を使って、——それこそ小説家らしい、まったくの想像だ、というとして強く反対はせぬつもりだが）僕の考えうるもっとも信頼するにたる市民とは、個の確立した人間として、その個の生命を賭けた抵抗力により、共同体の運命をただしてゆく、そのような市民であるからだ。僕はその市民のありかたを、韓国の民主化運動に学んだのでもあった。ともあれ、われわれがなお民主主義的な談論の自由を持ちえている間に、そのわれわれの力としての自由を、憲法をつくりかえようとする者らの策動に対立して行使することにしよう。憲法の専門家でない僕が、演壇で話すことは原則としてないはずのものではあるが、そのような改憲論と闘って打ち倒す知恵をさぐる集会の、おなじ会場に坐って耳をかたむけ、時には発言もする者ら同士として、＊＊君よ、きみと現実に会うことを期待する。

〔一九七九―八一年〕

II

「ほんとうの自由」

戦後文学者たちは、われわれになにをもたらしたか？　かれらはまず、さまざまな独自の文学的主題を新しくもたらした。そして、かれらの文学者としての、この現実世界での生きかた自体に、みまがいがたい独自さがあった。われわれは、かれらの主題をつうじて、現代に生きる人間について教えられた。それと同時に、われわれは、人間としてのかれらの生きかたをつうじて、現代について教えられることが多かったのである。そしてそれは過ぎさったことではない。それは今なおつづき、かつ未来にむかっている。

椎名麟三氏は、あらゆる意味において、そのような戦後文学者の典型であった。椎名氏の文学的主題における、はじめてわれわれの文学の世界にあたえられた独自なものとは、「自由」ということであった。そして椎名氏の「自由」とは、日本文学において独自であるばかりでなく、世界文学の全体の展望のなかにおいて独特であった。サルトルの小説の人物たちが、その自由をいう。しかし椎名氏の「自由」の、まことに人間の血肉そのものである重さ、やっかいさ、したたかさにくらべれば、その軽さはおそらくあきらかであったろう。すなわち、椎名氏は、フランスの実存主義者の自由の考察とはまったく別の達成を、かれの「自由」に関してなしとげたのである。そして椎名氏の「自由」を表現するためには、小説という方法が、もっともふさわしかった。ドストエフスキーがスタヴローギンの自由を語るためにつかった、小説という方法が。

自由とはなにか？　椎名氏の「自由」とはなんであったか？　それはなによりも椎名氏の小説においてみるにしくはない。そこでは、われわれの血肉よりもなお濃いほどの実在感を身にまとって、この「自由」そのものの存在である人間が、生きて動いている。椎名氏はスタヴローギンの自由についてこのように説明したことがあった。《彼は彼の不可能を超えた。今や彼は自由であるはずである。しかし彼は、自己の不可能を超えた瞬間に、死んだと同然の人間になっているのである。何故そうなったか彼には判らない。全く判らないのだ。そしてそれは彼の自殺までそのような狂気めいた行為がつづくのである。》

椎名氏の小説においては、「自由」をあらわしている人間たちも、「死んだと同然の人間」であり、「死んだように生きる生き方」をおこなうほかにない人間であった。しかも椎名氏は、またキリスト教のうちに「ほんとうの自由」を見いだしている人間であった。そこでわれわれは、椎名氏の小説をつうじて、その身ぢかな体臭をかぐように「死んだと同然の人間」の存在にふれ、しばしばそれは、この現代世界に「死んだと同然の人間」として生きている自分自身を見いだすことですらあったが、それは同時に、「ほんとうの自由」にむけて眼をあけずにはいられない勢いのなかに、ほかならぬ自分の魂をおくことでもあった。椎名氏の文学は、繰りかえしその経験をわれわれにあたえつづけたのである。

個人的なことになるが、僕は戦後文学者たちの文学的主題と、その生きかたそのものをつうじて、この同時代を見つめなおし、かつ黙示録的・終末観的な色彩の濃くなってきた、われわれの未来への手がかりをさぐるねがいをこめて、『同時代としての戦後』という本を書いた。椎名氏は、そこでもっとも重要な作家のひとりであった。僕は椎名氏が新しい仕事をつうじてわれわれにあたえてくれるべき「ほんとうの自由」への、なお強い勢いへの、約束をとりつけるような心において、椎名氏をめぐる章を書いたのであった。

いま椎名氏の死のしらせを受けて、僕は茫然たらざるをえないが、しかし椎名氏がわれわれにあきらかにするはずであった「ほんとうの自由」の、いわば未来からの約束の微光のようなものは、椎名氏の死において、むしろなおさだかとなりつつあると感じられるのに驚くのである。

椎名氏の文学と生とが独自であったように、その死も独自であることが、しだいにわれわれに深く認識されてゆくだろう。あの苦渋と切実なユーモアとを全身にたたえて、人間とはこのように、現実世界と永遠の世界にたいして、赤裸であるほかにないものかと、自然な畏敬の心をいだかせる存在であった椎名氏を記憶する者は、これからいつも椎名氏が「生きているように死ぬ死に方」をとげた人間であって、われわれの魂と肉体のすぐとなりに実在しつづけていることを、認めぬわけにゆかなくなるだろう。しかもその、われわれのだれよりも真に生きている、死んだ椎名氏の、恐ろしい優しさをたたえた悲しげな微笑は、いまや「ほんとうの自由」の光のうちに輝いているのである。……しかしこの魂の奥底まで憐れに冷えてしまう寂しさは、どうすることができるだろう？

〔一九七三年〕

「人間」と滅亡を見つめて

大きい人間がなくなった。この人は「人間」という言葉を、その青春から生涯をつらぬいた中国文学研究の学問に立って、地上の人間世界の全体をさして使うことがあったが、かれの死によってわれわれは、この現実世界にうずめることのできぬ穴ぼこが開いたように感じる。

われわれ、とあいまいないいかたをしたが、具体的にそれは、戦後文学に魂の糧を見出して成長したわれわれの世代の、作家はもとより外国文学者、文化人類学者、建築家、音楽家というような人びとである。武田さんの死のしらせを聞いた日、集ったわれわれはひとりひとりになることを惧れているように永くともに時をすごした。それぞれの「人間」にあいてしまった穴ぼこを見つめつつ。

沈黙した時、われわれの心に湧きおこったものは、あるフランス人の発した次の希求の声にうつしかえることもできただろう。《エラスムス先生、私共の為に祈って下さい。しっかりと私共の味方になって下さい。もしあなたが味方になって下さることを御承諾下されば、それだけでもう判ることなのですが、つまり、私共の主張も全く絶望的でないということになるのです。そして、もしあなたがしっかり私共の味方になって下されば、あなたは私共にとって良い忠言をあたえて下さるでしょうし、私共に成功させて下さるでしょう。あなたは、練達したお方だし、理性の人であるし、文芸にたずさわる者共の賢明な師匠にあたる方であるから！》

われわれが穴ぼこに眼を向ける時、人間の滅亡、「人間」の終末、という想念がそこから照りかえしてきた。中国についての学問とともに武田さんの生涯をつらぬいた、人間、「人間」の滅亡を見すえつづける態度がある以上、それは自然なことだ。

武田さんは、そのもっとも敬愛した中国、中国人を敵として、自分が軽蔑し憎んだ者の側に立ちつつ戦わねばならぬ兵士だった。そのあげく上海で敗戦を経験した武田さんの、戦後への、出発をきざんだ言葉。《滅亡の真の意味は、それが全的滅亡であることに在る。それは黙示録に示された如き、硫黄と火と煙と猛獣毒蛇による徹底的滅亡を本質とする。その大きな滅亡にくらべて現実の滅亡が小規模であること、そのことだけが被滅亡者のなぐさめなのである。日本の国土にアトム弾がただ二発だけしか落されなかったこと、そのために生き残っていること、それが日本人の出発の条件なのである。もし数十発であったとすれば、咏嘆も後悔も、民主化も不必要な、無言の土灰だけが残ったであろう。「世界」の眼から見れば、日本のごく部分的な滅亡、したがってそれをまぬがれた残余の生存は、たとえば消化しきれないで残っている、筋の多い不愉快な食物にあたる物かもしれないのである。しかしこれだけの破滅だけでもそれは日本の歴史、日本人の滅亡に関する感覚の歴史にとって、全く新しい、従来と全く異った全的滅亡の相貌を、滅亡にあたえることに成功している。》

このように苦しい認識に立って、日本の滅亡を見すえた武田さんの表現したものは、まさにまったく新しい、従来とまったく異った日本人の文学となった。しかもその認識と表現は、武田さんの晩年の、それが晩年であってはならなかった、あまりに早すぎるその晩年の、『富士』『目まいのする散歩』にいたるまで、じつに徹底してつらぬかれた。しかもその文学的な道のりから、しだいに《「人間、このいかがわしきもの」「人間、このいやらしきもの」という考えをすっかり棄てしまって、「人間、このけなげなるもの」という感慨》がにじみでてくるのも感じとられた。

そしてわれわれは武田さんの、この感慨に鼓舞されたのである。いまあらたに全的滅亡の危機を前にして、われわれは武田さんのなおさらに鼓舞する声を必要とする。そのような時にわれわれは、あの大きい人間をうしなったのだ。

武田さんは、われわれ後進にたいしてすらシャイな表情をあらわして、対話の際にはいつもうつむいていられた。それはユーモラスな輝やきをたたえた眼と矛盾しなかった。生涯をつうじてあのように立派にシャイでありつづけた人は、内面で思いつめていることの持続(中国と日本人の運命についての)、傷つけずに不要な他人を拒む強さ、そして本当に愛しているものへの本当の愛がうちがわから支えていたにちがいない。滅亡に瀕している人間、「人間」を見つめつつ、いかなる権威にも助けをもとめぬデモクラットの資質をそれにかさねよう。それらのすべてに、いうまでもなく文学的な大きい業績をあわせて、われわれは武田泰淳さんを尊敬し、その死を悲しむ。秋風、秋雨、人を愁殺す。

〔一九七六年〕

発見された者として

一昨年メキシコで暮している時、あまり判然とは聴きとれぬ国際電話で、平野謙氏が癌の手術を受けられるということを聞いた。僕はそれを電話の聴きちがいだと信じたいと思い、そのうち実際にそう信じるようになった。このように書くと不自然だが、実際に僕の心が経験したことを、その後から筋みちだてると、そうなるのである。

帰国してすぐ、お目にかかれるかどうかは別に、ともかくお宅へうかがうと、ブザーにこたえて本人が玄関まで出てこられた。そこでわずかな時間を立ち話のみしたが、平野さんは、僕の記憶にそれまであった偉丈夫の（美丈夫というのは、それはそのとおりだが、僕のように若い者がそれをいえば、やはり礼を欠くように思う）恰幅こそうしなっていられたが、決して衰弱していられるようではなかった。お通夜で話されたところでは、点滴による栄養補給で、入院中・退院直後の方が、かえってその後いったん回復された時期よりも、体重をよく維持していられたとのことである。

ともかくもあまりやつれていられぬ平野さんを見て力をえた僕が、およろしいようですね、というと、

――いや、よくなってはいないんですよ、とかつてのすばらしい声が枯れて痩せたような声でいわれた。

僕はそのままおいとましたが、力をおとした気持とも、憤りとも、悲しみともつかぬものに胸が湧きたって、人の集まる私電駅へむかうことができず、喜多見から、かつては沢であったのであろう畑地を横切り、成城の高台まで歩いて帰った。

僕は二十年前、東京大学新聞に投稿した短篇を、荒

正人氏によって選びだされ、平野謙氏によって毎日新聞の文芸時評にとりあげられたことから、作家の生活を始めた人間である。自分の文学的出発が、『近代文学』のこの二人の批評家に見まもられ、励まされてのことであったということが、他にくらべるものもない幸運であり、誇るべきことであったと思う。それ以後も、平野謙氏の批評に持続的に励まされつづけてきた。あらためて感謝の言葉をのべることが、むしろ白じらしいほどだ。

しかし僕は、『みずから我が涙をぬぐいたまう日』への、平野謙氏の書評に対し、公開で抗議状を出し、それに平野謙氏が答えられるという結果をまねいた。僕の抗議状は、平野謙氏がその書評を集められた晩年の本におさめられている。手続きを丁寧にふまれることがつねであった平野謙氏が、この時だけは僕への交渉ぬきで当の文章をおさめられたことに、氏の腹立ちが反映しているかもしれない。もとより現実にお会いしての平野謙氏は、この「事件」の後、一、二年もすると、まったく公平、寛大に僕を遇してくださったのであったが。

花田清輝氏が亡くなられた後に出た、氏の本に、生前のその匿名批評がおさめられていた。そこにはこの「事件」もあつかわれており、それは僕の甘ったれぶりを叱る、という主旨であった。僕は、きみの好まぬ人間的資質は？　と問われるなら、甘ったれること、と答えるだろうと思う。したがって自分について、甘ったれたやつといわれてみると、僕として考えるところもあり花田清輝氏の匿名の批判は意に介さぬが、この言葉そのものには一撃をうけた。ただこの匿名批評を平野謙氏も読まれただろうと思うと、氏に対する申しわけのなさの気持が、いくぶんなりとつぐなわれるように感じもしたのである。

平野謙氏の文学的な業蹟のことは、その全体について僕はあらためて考えつづけたい。そして僕として長い文章を、できうるならば書きもしたい。さしあたりここに書いておきたいことは、いまの僕の段階なりにいくつも湧きおこってくるが、そして僕はそれを思いつつ、この文章を書きつづけることを中絶して考えこむ時間をすごしもしたが、それらのひとつについてだけは、ノートのように書いておこうと思う。

それは平野謙氏の批評の言葉、文体の、じつに高度なつくられ方に関してである。それは平明、懇切な言葉、文体だが、低姿勢とか下世話にくだけてとかいうのとはちがっていた。古い表現だが、僕には志操、節操の高さということが思われたのである。きわめてはっきりとぬきんでた水準の研究と創意とを、威丈高にならず、アカデミズムにもかたまらず、それが人柄の、上品でかつ人間らしい体臭をにおわせつつ書く。その時点のジャーナリズムに生きた文章として書く。しかしその穏やかなものいいを、いったんくつがえそうと試みてみればわかる、およそ手きびしい反撥力をそれはひめた、まことに厳密なものだった。

けれども近来その批評の言葉、文体の表層の、わけへだてない律義な腰の低さを、額面どおりにうけとった若い研究者や批評家が、およそそこにある反語に気づかぬ応待を示すのを見る。そのような平野謙研究、平野謙論を読むたびに、この姿勢正しい含羞の人の反語すらも読みとれずに、なんの論、なんの批評かと、胸に荆の生ずる思いをするのである。

〔一九七八年〕

その「戦後」のひとつ

敗戦、そして戦後。それを契機にし、そこを生きながら、文学者がどのように表現したか？　完結に近づいた『中野重治全集』第三巻の諸短篇と「著者うしろ書」において、その最上のものに接することができる。そこには前に出た全集の、つまり十九巻本の全集の、それは僕などがもっともよく読んできた版だが、やはり第三巻の「作者あとがき」が引用されている。そしてこの文章は、わが国の敗戦そして戦後と、文学との関係のしかたについて行われた、短いが論理的に周到で、情理をつくした、秀れた論述だと思う。

中野は戦後十年間の文学、文学者の大きい転換、変動につき概観した後でいっている。《つまりこの十年間に、あらゆる種類の文学が一時に咲いて出たことを否定するものはないが、国と人民とが他から占領されているという条件のもとでなぜそれが可能だったか、部分的にはそれが実現しさえしたかということの秘密はまだ明らかにされていない。国と人民とが他から占領されているということは、その国の文学が基本的に窒息させられるための条件でもある。一般的にそう言うことができる。この、一般的には文学が基本的に窒息させられる条件のもとでのわが文学のらんまんとしたいっせい開花という特殊現象、これをどう受けとってどこへこれからの道をつけて行くかがまだ十分明らかにされていない。一つには、これは第二世界大戦の歴史的性格からも来ていよう。つまり『占領』が、日本についていえば、特にそのはじめの時期に『解放』に微妙に結びついていたということにもかかわってい るだろう。しかし第二に、文学というものの本来の性格、すこしひろげて言つて文化、思想というものの特殊性質ということからも来ていようかと思う。しかしやはり第三として、それがどれほどの特殊現象だつたにしろ、その『特殊』が生産的にはたらくと同時にマイナスにはたらいたことも否定することはできまい。らんまんとしたいつせい開花と私は書いたが、そこに黴もまたいつせいに吹いて出たという事実がともなつていた。とにかくに、そこに花も黴も含めてのいつせい開花、いつせい吹き出現象があつた。》

占領軍による検閲についても、「著者うしろ書」で中野は具体的に書いている。《それは日本の、特に戦時の検閲の上を行くものでもあつた》と中野はいって、伏字すらを許されず、削除されたことの明示もまた許されず、作家としてはただそこをとり除いて前後をつなげねばならなかった、そのような検閲の、『五勺の酒』における実例をあげている。《こういう検閲状態がそのまま直線で結びつくわけではないが、あの時期の日本文学に陰に陽に強くひびいていたことを事実として私は疑わぬ。》

同時代の生き証人としての、中野のこのような言葉。これを注意深く、最近の戦後文学否定の談論とひきくらべてみもしつつ、とくに若い人びとが読みつぐことを僕は希望する。日本国が無条件降伏したのではない、日本軍が無条件降伏したのだという思いつき的雄弁を、したがって国の無条件降伏という誤った認識による戦後文学は無価値だと、暴走車式に展開し、それが文学的な論の根拠として弱いとなると、戦後文学が花開いた時期には検閲があった、そのもとでの文学だったゆえに、それらはだめだ、とする談論。じつはなにひとつ論証せず、書き手の品性のこのところの歪みのみが、そのいいぶりと底意にあらわれている、この談論。それを中野重治の、高い水位の文章に、あえてつきあわせてもらいたい。
中野は一九七七年四月七日の日付けのある、この「著者うしろ書」で、《日本は無条件降伏した》とも書いている。それをしも、中野がこの年まで持ちつづけた戦後認識の誤りだと、誰がいうだろうか？　戦前の弾圧、戦後の占領軍によるしめつけを、もっとも尖鋭にそれがあらわれる所で受けとめねばならなかった、生き証人の中野に、どの面さげてそういうことをいいうるものだろうか？　しかも中野はすでに引いたその戦後観、被検閲の経験を語りつつ、あきらかな証拠として、かれ自身の占領下の作品を呈示してもいるのである。われわれはそれがどのように検閲されたかの、当の部分をいま見ることができる。これらの実際の作品に立って、中野の占領下の文学活動を否定しうる者がいようか？
《ただ私は、これらが黴《かび》のほうでなくて花のほうだったことを疑わない》と中野自身もいう、その占領下の短篇は、みごとなものが多いが、もっとも美しい花のひとつに『軍楽』がある。《一九四五年九月すえのある日、ひとりの兵隊服をきた男が渋谷から日比谷の方へあるいていた。》かれは軍隊から帰ってきたばかりで、留守宅には住宅事情の困難もある。しかしかれがそのように歩いているのは、《食う仕事をどこに見つけるか、社会主義者としての仕事をどう組みたてはじめるか、そのメドをつけるために訪ねるのであったが、それよりも、メドをつけようという気を自分のなかに起させるために訪ねるというほうが正確であった。》
その男が、占領軍の音楽隊に行きあう。かれは三つの隊によるその奏楽を立ちどまって聴く。《もう一度あたらしい音楽がおこつた。第一音楽隊、第二音楽隊、銃隊とも静止した形でそれがひびいた。それは、さつきまでの、それとても静かであつたのよりいつそう静かなものであつた。曲が或るところまで進んだとき、男は、旋律が万力のような力で彼をつかむのを知つた。音楽を知らぬ男は、それをどう自分にすら言いきかせていいか知らなかつた。男はふるえあがるような、痛いようなものを感じた。それは、男に西洋的なものでも東洋的なものでもなかつた。民族的なものでさえなかつた。それは、人のたましいを水のようなもので浄めて、諸国家・諸民族にかかわりなく、何ひとつ容赦せず、しかし非常にいたわりぶかく整理するような性質のものに見えた。……

殺しあつたもの、殺されあつたものたち、ゆるせよ。殺されあうものを持たねばならなかつた生き残つたものたち、ゆるせよ……はじめて血のなかから、あれだけの血をながして、ただそのことで曲のこの静かさが生まれたかのようであつた。二度とそれはないであろう……諸国家・諸民族にかかわりなく、何ひとつ容赦せず、しかし非常にいたわりぶかく……》

どのように卑しい心の廻し方をする者も、これを占領軍の検閲を考慮した追従《ついしょう》だとはいわぬだろう。それでもなお、この敗戦直後の占領軍の役割についての認識の誤り、戦後の国際情勢の進みゆきについての展望の誤り、などということに関して、自分のヤワな誤りは棚にあげる厚顔さで、雄弁な談論を繰りだすのであるかもしれぬ。

しかしまともに文学の言葉を読みとりうる者ならば、この短篇に感銘しての深い息をつくようにしたあと、こういうだろう。――ここには人間的にいかなる誤りもふくまれない、と。人間はしばしば誤りをおかす。文学に関わる人間は、状況にそくしても個に発しても、むしろもっとも誤りやすい者らであるだろう。しかもなお人間として正しい、という評価の仕方は、なによりも根本にある。倫理の課題というのとも別に、その人間としての正しさを、政治をふくめ他のあらゆる正しさのカノンに抗して、文学は表現することをめざすのである。

中野重治はその人間としての正しさを、ひとつの文化にまでつくりあげえた文学者であった。氏の死の後、その全集をあらためて読みとりつつ、僕は美しい音楽を聴くように感じる。《それは、人のたましいを水のようなもので浄めて、諸国家・諸民族にかかわりなく、何ひとつ容赦せず、しかし非常にいたわりぶかく整理するような性質の》音楽である。

〔一九七九年〕

ペシミズムの問題
――中野重治と渡辺一夫

山口瞳がこう書いている。《中野重治と渡辺一夫の往復書簡についても書いたことがあるような気がする。昭和二十三、四年のことで、『展望』に掲載されたのではないかと思う。

渡辺一夫が、柿の実が赤くなり熟れてゆくように、中野さんに説得されて、共産党に入党するのではないかと、雑誌を見るたびに、毎月、ハラハラしていた。渡辺一夫が入党するならば、俺も入党しようと思った人は、私のほかにも何人もいたはずである。この場合、渡辺さんよりも中野さんの説得力のほうに意味があった。なにしろ、かなりの知識人が、何も知らずに、つ

いウカウカと入党してしまったと、いまになって告白するような時代であったのである。》

山口が、若年の自分は実際このようにハラハラした、そのつながりで入党のことを考えもしたというなら、それは山口としての事実だろう。それを反駁することはできない。しかし客観に立って見るかぎり中野重治が、渡辺一夫を日本共産党に入党させようとして、説得したことはなかった。中野が渡辺に書いた手紙は、確かに渡辺にむけて、ある実行をもとめている。しかしそれは入党などという性格あるいはレヴェルの実行についてではなかった。中野の手紙に見られる、渡辺への敬愛のこもった呼びかけ、それと矛盾せぬ渡辺の書きものへの批判、そして中野がそう数多くの人には示さなかったはずの、そのような渡辺へこその内面の吐露。それらすべてを僕は大切なことに思う。筑摩版二十八巻全集の第十二巻、もとの版を持っている人なら第十一巻の、中野の手紙そのものを、とくに若い人たちが読むことを希望する。

ここで僕としても、その手紙における中野の人間と思想、そこに反映してくる渡辺の人間と思想について書くことをしたい。一九四九年の正月の二日、中野が銭湯に行って来る。そこでの見聞からある暗い気持をあらわして始められる中野の最初の手紙。それは、前年に渡辺の書いた二つの文章について中野が考えたことをいう。そしてこの往復書簡のそもそもの企画のきっかけが、渡辺の文章への中野の共感と、一部へのある根本的な批判にあったことを書いてゆく。

《しかしわたしは、あなたの書かれた二つの文章、「文法学者も戦争を呪詛し得ることについて」と「人間が機械になることは避けられないものであろうか?」とについて書きましょう。

わたしはあの二つを、わけても「人間が機械になることは」を、感動をもって読みました。わたしはあなたあてに文章を書こうと思いました。それがわたしの義務であるようにひとり合点で感じたのです。しかしわたしは、ついうっかりして、そのことを誰かにしゃべったのかとも思います。それがまわりまわって、これを書かねばならぬことになったのかとも思います。わたしは後悔しはしませんが、あれについて書くとすれば論文を書かねばなりませんから、それはまたのこととして、ここでは一部分のことだけを書きます。「文法的」とでもいえるようなことから書きたいと思います。》

この「文法的」という表現自体に、中野らしい羞じらいとユーモアがあるが、それはまた中野らしく正確な批判の論点をここから出すのであることもあきらかになる。渡辺の二つの文章は、筑摩版著作集の第十巻でそれを見ることができる。二種のそれの後者において、渡辺は『フランス語文典』のクリストフ・ニーロップの戦争呪詛の談論を紹介する。そこにモーパッサンの反戦の文章が引かれていることを示しもする。それに対して中野が書く。

《「我々は、ニーロップとモーパッサンとの握手に更に手を重ねねばなりますまい。それ以外に、学芸に携わる者の倫理はないのであります。」

わたしはあなたの手にわたしの手を重ねます。そこでわたしは、あなたの文章のなかの仮定法について書きたいと思います。あなたのなかで、ペシミスムスが仮定法に結びついていはせぬかということについてです。わたしは、それならばそれは文法的でなかろうと考えるのです。》

中野はその「文法的」なところでの、つまり論理の展開の前に、これも渡辺が羞じらいにみちた性格によって置く「仮定法」の、それ自体とその後の展開の、中野として承服しがたい論点を示してゆく。それらは、次の例を引くことで、どのような方向づけの論証であるかが明瞭であろう。

《あなたは、「人間が機械や制度やイデオロジーや或は神の奴隷となり道具となつて、死闘して、必然性に即した人々が生き残るというのが、ルネサンス以後人間の獲得した人間解放の結末ならば、またそれがまた歴史的必然であるならば、私の主張の如きは、正に甘いも甘い大甘な反動的言辞となるであろう。」と書いています。しかしそれならば、それは、「ヒューマニズムとは……ルネサンス期の宗教改革、十八世紀のフランス革命、産業革命、十九世紀の共産党宣言をも一貫して流れている人間の最も人間らしい懸命な努力である。」としたことと文法的に食いちがつてこぬでしようか。「前にも言つたように、機械となるのが近代人の結末であるならば、瞑目し観念するより外にない。」というこの「ならば」にわたしは無理があると思うのです。》

中野はこのように鋭く正確に渡辺を批判するが、つづいて次の言葉が出てくるところに、僕はこの往復書簡の本質的に美しい性格があると思う。人はいったい次のような手紙の書き手に、「入党勧告」の隠された意志を感じとるものだろうか?

《わたし自身はペシミスティックな人間の一人です。こう書くわたしをあなたが笑わぬだろうとわたしは思います。しかしわたしは、「懸命な努力」は根本的にオプティミスティックなものだと思います。ただわたしがおききしたいのは、あなたにああいう「ならば」を書かせたようなことが、あなたの日常の見聞としてたくさんあるのではないか、ことに日本の共産主義者の言動にあるのではないかということです。あるならばそれを聞かせてほしいと思います。》

もっとも中野は第二の手紙で、《そこで次手《ついで》に、わたし自身もペシミストだと言つたところをわたしとして撤回します。》と書くのではあるが、しかもなおその撤回とかならずしも矛盾せずに、さきの手紙の結びの文章が、僕などを永く影響づけてきたのであった。

《わたしは、あなたの文章の力点が、文法的にあのへん、ペシミスティックなあたりへ行くことを恐れたのです。とかくペシミスティックなところへ引かれるのは、これは年齢、あるいはわたしたちの年齢のものの経験でしょうか。しかしくどくもいえば、最も浅はかなオプティミストたちが戦争をしかけたがつている以上、わたしたちペシミストは断乎として進まねばならぬと思います。》

さて中野が第二の手紙において(すなわちこの往復書簡の、中野としての最後の手紙で、つまり毎月ハラハラしていたという山口の記憶が正しいものであるなら、中野の渡辺説得は、さらにエスカレートしていたことになろう。しかし)、渡辺に実行をもとめるのは、渡辺の専門のフランス文学研究に関わってのことである。中野は書く。

《これは希望です。あるいは願望です。欲望といってもいいでしょう。それは、フランス文学の日本への入れ方を、このへんで引きあげる方法はないものだろうかという問題です。

……フランス文学とさえいえば、なにがなし一種の雰囲気がついてきて、フランス文学はいいが「フランス文学、フランス文学」と言うやつはごめんだという気が今までしてきました。そういう気のする方にも責任はあります。しかしフランス文学の日本への入れ方全体を、もう少し、そのことで日本人の精神のやしないになるような仕方に移してほしい、そういう仕事をあなたなどにやつていただきたい、これがわたしの願いです。フランス文学というだけでなく、たとえばあなたが、われわれ日本人のために一冊のフランス歴史を書いてくださるとすれば、それは非常に非常にありがたいと思うのです。》

その後渡辺は、フランス歴史を通史として一冊書くことはなかった。しかしかれはその専門の核心に立って、フランス・ユマニスムの歴史的な成立過程について、古文献を訳出・注釈する方法により、幾冊もの本を書いた。宗教戦争の悲惨をのりこえる方向に、一歩踏みだしたアンリ四世に、ユマニストたちの希求の実現を見た渡辺の、生涯最後の仕事、『世間噺・後宮異聞』。それは渡辺が、歴史家でもなく作家でもない、学者としての自恃と遠慮深さにおいて発明した、その評伝の方法の、文体的にももっとも秀れた達成である。それは著作集の第十四巻に見ることができる。

この評伝の表題が示すとおり、それは直接にはアンリ四世の寵姫ガブリエル・デストレの生涯を描いた。そこにユマニストたちの理想の、政治の現場での実現を見るわれわれは、王の寵姫の死の異様な暗さをも見る。そこには渡辺の晩年にさらに深まった人間認識の、まことに重いペシミズムをも読みとるほかないのでもあろう。しかし一方にそのペシミズムを置き、むしろそのペシミズムの錘りと対抗するようにして、渡辺は歴史をつらぬくユマニスムを見つめつづけることを止めなかった。それは中野が「文法的」にそこをついて、渡辺をして、その人間としてのありようのシンタクスを、構成しなおさしめる、そのような浅いところに起源のある問題ではなかった。中野は敏感にそれを認めて、第二の手紙では話題を転じたのだったと思う。かれらふたりには、中野の訂正をあわせ考えてもなお、断乎として進むペシミスト相互の、深い信頼があったのだと僕は思う。

山口瞳は、その書くところを見るかぎり含羞の人のようだが、それとはまたちがった性質の、いわば厳正な含羞の人たちであった、中野重治と渡辺一夫。かれらが公開の場で「入党勧告」のやりとりをする、そのようなことがありえたはずはないし、実際にあったのでもなかった。

〔一九七九年〕

宇宙のへ、りの鷲

――書かれなかった小説を批評する

一年前、僕の学生の時分からの友人が急逝した。かれは文芸誌の編集者で、また国際的なジャーナリストともいいうる人物であったが(近刊の『ヌーヴェル・オプセルヴァトゥール』誌の日本特集は、かれの思い出にささげられている)、大きい長篇小説を書く計画をいだいていたのであったらしい。かれには様ざまな分野で多くの友人がいたが、その誰ひとり、この野心を知らなかった。未亡人に聞くと、かれはずいぶん前から、時に思い出したようにそのプランを話していたというのだが、友人の知的生活には立ち入らなかった模様の未亡人自身は、本気でその小説の構想を受けとめたのでなかったらしい。したがってこの小説の構想については、かれがその妻に冗談のように話したものが、わずかな断片として手がかりをなすのみだ。宇宙のへりに巨大な鷲がいる。その羽ばたきが、地球上の都市に住む、それもおそらくは東京の市井に住む、主人公の魂のまぎわにまでバサバサと響く瞬間があり、それがかれの情念と思考はもとより、行為までも根本的に動機づける。片方に俗世間でのかれの生があり、かつ片方で、この巨大な鷲との、宇宙的な規模の交感があるのだ。そしてそれらは時に交錯しあう。

　友人の死後、研究者のものらしくよく整理された書棚のある書斎で、なにやら場ちがいな木彫りの鷲を見た。鷲の頭から肩にかけては、幾たびも幾たびも掌でなでさすられた艶があって、それが僕に未亡人の話を一挙に現実感のあるものとした。見舞いに行った病院のベッドの上で友人が身動きする。そのように荒あらしい身ぶりをすると、頭のなかの血管が切れてしまうと、かれの妻が叱るようにいう。事実、かれは蜘蛛膜の内側を血だらけにして、また肺を血のかたまりのようにして死んだ。そのように危険きわまりない日々をなんとかかさねるようにして、かれは不治の難病を生きた後、急激に死をむかえたのである。かれがその妻の注意を聞き流すようにして、病室の高い天井を見あげつつ、僕にむけて語るべき次の言葉を舌にころがすようにして、なんとなく微笑している。内部から自発する光に、すみからすみまで照し出されているような、不思議な澄明さのかれの眼を見て僕も微笑するが、しかしいまこの友人との間には、このような会話ではない、もっと切実な、つまりはわれわれの生き死ににかさねて切実な話柄《わへい》があるはずだし、いったん口火を切りさえすれば、それは自然に進行するはずのものなのだがとも、僕は感じていた。

あの最後の病床でも、それが不治の病患であることに気がついていたにちがいない友人は、宇宙のへりの巨大な鷲と、その羽ばたきの小説を頭に浮べていただろうか？　いまにも血管が破けて、それも破けてしまえばもうとりかえしのつかぬ、危険な均衡をやっとたもっている頭に。僕はあれらの日々を思いだすたびに、いいようのない痛恨にとりつかれる。そしてそれと同時に、書かれなかった小説の構想としての、宇宙のへりの巨大な鷲、その羽ばたきと交感する現代人というイメージには、あらためて友人を、文学をつうじて本当に同時代に生きた、そのような人間として再認識する思いがある。端的にいえば、ほかならぬ僕にとっても、小説の構想とは、まずそのようなかたちのものであったからだ。しかも僕として、憧憬と嫉妬をこもごも感じざるをえぬほどに、それは僕が夢見つつ決してそこに到りえぬ、はっきりした高さを持っている小説の構想であるからだ。宇宙のへりの巨大な鷲、その羽ばたきと交感する現代の人間、おそらくは友人自身……

友人は、生前とくに語ることをしなかったのであるが、かれの祖先は鹿島神宮の神裔であって、維新後の神仏分離の際、鹿島を離れたが、なお神職にある家系である。友人は文化人類学に深い関心を示して、この分野の秀れた学者を、ジャーナリズムに登場させる産婆役でもあった。かれ自身、若い頃にレヴィ＝ストロースの論文を訳出したこともある。そのかれがオランダの文化人類学者アウエハントの、構造主義的な「鯰絵」解釈に関心をひかれなかったはずはない。安政震災を機におびただしく流布した「鯰絵」の主題を、雷神＝水神としての鹿島の神と、幾重にも両義的な鯰との闘いに見てゆくアウエハントは、友人にその家系が古代からよりそってきた鹿島の神を、新しく意識化させるものであっただろう。

そのように考えると、宇宙のへりで羽ばたく巨大な鷲という普遍的なイメージが、神道と深くかかわる家系という、友人の個人的な環境のうちに、根をおろすさまが想像される。空間的には宇宙のへりまで拡大し、時間的には神道の、あるいはその向うまで民俗的に延びる、雷神＝水神の古代にまで延長して、その空間・時間の大きい構造を覆うように、巨大な鷲の羽ばたきが、現代の都市に生きる男を鼓舞する。これはすでにいかにも明瞭な、小説の構想ではないであろうか？

われわれが小説を構想する。それを僕の小説論にそくしていえば(そのようでない小説にひきつけられぬというのではないが、読み手としても書き手としても、僕はこれから定義しようとするような小説に、やはりもっとも動かされるのであるから)、その構想のきっかけは、どのように些細なものでも良い。友人の小説の構想についていえば、その端緒はおおいに、あの民芸品とも美術的創作ともつかぬ、不恰好な鷲の木彫りだったかもしれぬのだが、あるいはそれは鷲という言葉のみでもよいわけだ。友人の好んだスタンダール、あるいはソール・ベローから、鷲のイメージがやってきたということであったかもしれない。それとも羽ばたきという喚起的な言葉、鳥の肢体の運動の呼び名でもあれば、それがひきおこす空気の振動そのものでもある、ダイナミックな言葉の印象が、まず友人を動かしたのかもしれぬ。つまりはそのように、小説の構想へのきっかけは微細なものだ。または微細なものの積みかさねでありうるのだ。

その微細なものを、全体的な構造のうちに位置づけて行く。微細なものの、それも方向性のことなったふたつ、あるいはふたつ以上のものを組みあわせてユニットとする。そのユニットが、全体的な構造の、確固とした一部となる。そしてその増幅。そのような手つづきによる小説を読む時、それを僕は書き手としての自分と小説観を共有するタイプの小説だと見なす。しかもその全体的な構造が、ついには宇宙的なひろがりを内包する方向へと拡大される時、そこにもっとも望ましい小説の構想を見出す。友人の構想が、その窮極のところに宇宙的なもの、宇宙論的なイメージを置くものであったことは、宇宙のへりでの巨大な鷲の羽ばたきという、その核心のイメージが、端的にあかしだてているだろう。

　しかし宇宙的なものを小説の構想の窮極に置くという考え方、宇宙論的なイメージをもって小説の全体を覆うという小説観は(それは小説の実際に書かれたものが、その構造の根本的な方向づけとしての全体の一部分、しかし構造的な骨組の一部分である時にも、読み手にありうべき全体を思い描かせることで、全体を覆うことになる)、かならずしもわが国の文学的状況になじみやすい考え方ではないであろう。友人が小説の構想を早くから練りながら、実際に着手することをためらっていたのは、そこに原因のひとつを見出しうるのであったかもしれない。

　かれはついに書きあげることのなかった小説の構想の、宇宙的なもの、宇宙論的なイメージへの契機を、さきに見たように、その家系の古代的な神とのつながりを幼時から実感しつづけたことに負うだろうし(戦争末期には、いまその家系の長が宮司をつとめている笠間稲荷で、疎開生活をおくりもしたのだから)、身近に置いていた木彫りの鷲に触発されることもまたあったにちがいない。

　しかし文学の領域のこととして、あらためてかれが意識的に、宇宙的なもの、宇宙論的なイメージの、小説における意味を考えはじめたのには、かれ自身早くからフランス語への翻訳を介して読者であった、ラテン・アメリカ文学が直接の契機をなしていよう。ラテン・アメリカ文学は、いかにもそのラテン・アメリカ的な風土と状況に根ざしながら、普遍性をもつ宇宙的、宇宙論的な構想とイメージにみちみちている文学だから。それは現実的な風土の観察のこまかな細部に、宇宙的、宇宙論的なユニットをひとつずつ見つけだしては、それを限りない自己増殖の場に移して、ついには小説全体を、作家の宇宙観のモデルとするような文学だから。

しかしラテン・アメリカ文学によるヒントが強ければ強いほど、なおさら友人にとって、この日本の風土と今日の状況のなかで、そこに具体的に根ざすものとして、かれ固有の宇宙的なものへの見方、宇宙論的なイメージの感じ方を、小説に実現することは難かしく感じられたにちがいない。僕もまた友人と同じように、強く喚起するものをラテン・アメリカ文学に見出す。それに励まされて、日本の風土と状況に立つ小説に、自分の宇宙観のモデルをつくりだそうとする試みを、(それはそのようにして自分の宇宙観をさぐりつづけ、かたちのあるものにまとめあげてゆくということでもあるが、その)試みをおこなっては、苦しい困難を経験する。そのような同時代の作家として、友人の苦渋を実際的に想像することができるのである。

宇宙的なものの表現、宇宙論的なイメージの表現を、構想のレヴェルから小説の細部のレヴェルに押し出して、さてどのように達成するか？　そのために民俗的な伝承のイメージ・システムを借りること、それはラテン・アメリカの作家たちが効果的にやりとげた手法だった。われわれの民俗的伝承にも、宇宙的なものを表現する契機となるものを見ることは難かしくない。われわれの神話は、そのまま宇宙論的なイメージとなしうるものを多くはらんでいる。しかも柳田国男を介して、われわれには、天皇制文化＝神道世界の単一な流れの外に、多様な民俗的伝承の系列を掘りおこし、それをわれわれの文学の、宇宙論的な源泉とする道が開かれている。また文化人類学者が、様ざまな国の文化のうちに発見して綜合する、神話的な人物像や事物を、われわれの神話、民俗的伝承につきあわせて、新たに自国の文学のものとしての、宇宙論的な原型をみがきあげることもできよう。さきのアウエハントがトリックスターの一典型としたスサノオや、民話のうちにしばしば探りだすことのできる宇宙樹。友人はかれの宇宙のへりの鷲を、天皇制文化系の神話のなかの、黄金の鳶に対比して、神話的想像力における両者のむすびつけをはかり、そして結局は、黄金の鳶に打ち克つ鷲を表現することもできたのではなかっただろうか？

宇宙的なものの表現、宇宙論的なイメージの表現のために、言葉によって原理的な空間の構成づけをおこない、宇宙的な空間のモデルにかさねる方法もありえただろう。われわれにとって宇宙のイメージは、まず巨大な空間のイメージであって、その超越的な空間に、個の生の息づきのまま属しているという仕方で、われわれは自己にとっての宇宙を思いえがくのではないだろうか？　したがって基本的な空間の構造をみがきあげて、それにシンボルの役割をあたえうる時、その過程をつうじて、自分の宇宙的な空間をよく把握し、かつそれを表現しうる筋みちを獲得することはできるはずだ。たとえばフォークナーが生涯の最後に到達した、宇宙観のモデルといっていい表現は、スノープス三部作のしめくくりの巻にあらわれる。ひとりの無知な犯罪者が、一生をかけて報復をなしとげた後、かれの把握する空間のかたちにおいて。それは水平軸としての地面と(そこにかれとおなじく現世の労苦をなめた人びとすべてがひそんでいるとかれには感じられているのだが)、幼年期の至福の思い出がまつわっているヒッコリーの樹が(それは一種の宇宙樹である)媒介する、天上の星にむけての垂直軸でなりたつ空間である。それは当の地面に横たわって星を見あげつつ死にいたろうとしている、報復をなしとげた老人の、宇宙観の実体として表現されており、かつフォークナー晩年の宇宙モデルとして伝達されてもくるのである。

友人においても、しかしこの空間としての宇宙モデルは、よく把握されていたのではなかったかと僕は想像する。それというのも、宇宙のへりに巨大な鷲がいて、その羽ばたきが、現世の人間に聞きとられるという構想自体に、ある空間の構成要素を、宇宙規模で考える態度がよく反映しているからだ。しかもこの巨大な鷲が住む宇宙のへりが、羽ばたきを聞く人間の内部の暗がりに実在して、しかもそれが、かれの外部のわれわれみなをふくみこむ、宇宙そのものと照応するという構図も、自然に思い描きうるからだ。内なる宇宙と外なる宇宙とを、鷲の羽ばたきが媒介するのである。それは友人の宇宙モデルの、小説におけるダイナミックな表現のために、実際的な手つづきとなりえたのではないであろうか？

もっとも小説を書く作業においては、この大きいレヴェルの宇宙論的な構想を、つづいていちいちの言葉のレヴェル、暗喩やイメージのレヴェルで具体化してゆくことこそ困難なのだ。友人が幾度も草稿を書きはじめては、それを廃棄してしまった模様であることは、かれがその妻に小説の構想を語りつづけた日々の永さと、彼女が見てきた深夜の書斎でのかれの仕事ぶりとをつきあわせて、おしはかることができる。そこで実際にその過程において、友人がおなじく小説を書く者としての僕に助言をもとめたとして、僕には具体的な方法についての答がありえたろうか？　むしろそれは僕自身が新しい小説にとりかかろうとしては、いつもあらためて経験しなおすことになる困難についてではないか？

　そうだとすれば、僕は武満徹の作曲した雅楽『秋庭歌一具』を友人とともに聴き、そこに達成されている宇宙的なもの、宇宙論的なイメージの表現が、つまり武満徹の宇宙モデルが、この作曲家自身の言葉では、どのように構想されたものだったか、そしてそれがどのように音楽として実現されているかということを、二人で検討してみただろうと思う。ちなみにこのレコードは、友人の死の後、もっとも根本的なところで僕を慰撫してくれ、かつ奮起させてくれる音楽であったのだが。

　そのジャケットに武満は書いている。《この雅楽のように特殊な形態のオーケストラは世に類例を見ない。それはかならずしも特殊な生を永らえたと謂うことに由来するばかりではない。純粋に物理的な見地において特殊であり、寧ろそれは奇異ですらある。だがそれがあの非現世的な魅惑に満ちた音響世界を創出しているのだ。凡そ高音に偏った楽器群、その極度に制限された機能、異質の音色の集合。雅楽は、西洋の調和《アンサンブル》の概念からは遠く隔たっている。だが、あの永遠や無限と謂うものを暗示する形而上的な笙の持続——それが人間《ひと》の呼吸と結びついていることの偉大さ——に対して、楔のように打ちこまれる箏や琵琶の乾いた響き——それは笙や篳篥等とは全く異る時間圏を形成する——。そして、管楽器の、殊に篳篥の浮游する異質《ヘテロジエニ》性《ティ》は、私たち(人類)にとってはけっして古びた問題ではない。》

　武満徹が、ひとつの平面の上に注意深く配置した雅楽のオーケストラ員たちを、演奏会場の舞台に広く見わたしながら（それはヨーロッパ的なオーケストラよりも、お互いの距離をあけて位置し、はっきりした指向性にのっとって舞台の両翼にまでひろがり、それらの楽器と楽人のいちいちの位置が、これからはじまる音楽の空間構成の骨組の、平面への投影図をまず呈示するようだったのだが）、冒頭、お互いに離れた位置にいる複数の鞨鼓奏者の打つ木鉦の、鋭く硬く澄みわたった音色を聴き、そして武満自身のいう、笙の永遠のまた無限の持続の音が、この平面の配置から垂直に立ちのぼってゆくのを聴く時、たちまち僕は、武満の宇宙モデルがそこに現出するのを見たのだった。しかもそれは小宇宙《ミクロコスムム》としての人間たる僕の、有機的な肉体の構造の全体と、呼吸に媒介されて照しあうようでもあったのだ……

すなわち友人の小説も、具体的な細部の展開について、散文のつくり方やイメージのとらえ方、暗喩の選び方のいちいちに、言葉としての箏、言葉としての篳《ひち》篥《りき》の役割をはたす確実な要素をつくりだし、それらを自由に組みあわせながら、ついにはその綜合体が、宇宙のへりの巨大な鷲を現出して、その羽ばたきにより読み手の魂を震撼するところまで、工夫をこらすべきだっただろう。もとよりこれは僕自身が、自分の小説について、それもすでに書かれたものより、これから書くべきものについて、自己検討する際の指針とすべき着想なのではあるが。

さて宇宙的なもの、宇宙論的なイメージを小説において実現しようとする時、それが充分なしとげられるだけの、具体的な細部にわたる仕組みが発明された段階で、現代の小説としての、もうひとつの条件づけがあらわれてくると僕は思う。友人は僕の現代の小説としての条件づけという考えに、文学をめぐる会話をつうじて同意をあらわしてきたのでもあったから、もしかれがその小説の第一稿を新たに始める際、僕に激励をもとめるということがあったとして、次のような忠告に反撥することはなかったのではないかと思うのである。――きみの出発点の構想、宇宙のへりの巨大な鷲の羽ばたきというイメージは、申し分なく宇宙論的だし、その羽ばたきに鼓舞される現代のひとりの人間を考えて、かれを媒介に小説を進展させる仕組みもまたすぐれている。つくづく僕はそう思うよ。しかしこの小説が、いま現にきみによって書かれねばならぬ必然性を考えよう。それはこの小説の言葉を、現にきみの手が書きつけてゆく。そのきみの肉体の熱と重みが読み手に感じとられ、呼吸の気配までつたわってくるということで、はじめて納得されるものだと思うね。私小説とそれにつらなる書き方の小説において、これはもっともやさしく呈示されうるものだ。しかし宇宙論的な構想というように、極大のところから出発して架空の物語をつくり出そうとする場合(それがきみ自身の家系とおおいにからみあっているにしてもさ)、いったいその小説は、現にいまこの時代を生きている書き手の、状況にかかわっても、本質にさかのぼっても、決して他の人間といれかえ可能でない、その肉声をどうすれば響かせることができるのか？　それが一番の問題点だと思うね。きみ自身それが乗りこえがたい問題点だと感じるからこそ、この小説を実際に書き出すまで、永くためらってきたのじゃないか？　さて、この宇宙論的な構想と、現実のきみ自身のいまのありようとを、どのようにして読み手の眼に、一挙に呈示するように書き出すことができるか？　それを考えて見ようじゃないか。

　友人が脳のなかを血だらけにし、肺もまた空気よりは血でみたすようにして昏睡状態に入って以後、僕はまったく役に立たぬ人間の辛い心で、幾たびも病室のすみに立ったものだ。人格としての友人が生きているというより、その有機体としてのメカニズムのみが生きているようであり、いまとなってはすみやかな死こそ望ましいことなのに、そのメカニズムを死にむけて沈黙させるためには、具体的な大きい暴力が必要だと感じられる。そこで僕は、やがてくるものとしてあらがいがたい僕自身の死の時の、恐怖の叫び声を肉体に予行演習するようにして、病室のなかでもっとも確実に生きている、無益な呼吸を援助する空気ポンプを見つめていた。

しかし、あらためてその病室での経験を思いかえすうちに、じつはあの時、ついに書かれなかった友人の小説を、かれの肉体の上に読んでいたのだという気がしてきたのだ。空気ポンプに強制されるまま、あわただしく苦しい呼吸をする友人の、その頭脳がなお生きていたとするならば、恐しい発熱にうかされるようにしてであれ、それならばむしろさらに濃密に、かれは宇宙のへりで巨大な鷲がおこなう羽ばたきを聞いていただろう。そして鹿島の雷神＝水神につらなる家系について、おそらくは幼年から少年にかけてのかれがおこなった、様ざまな夢想を思い出してもいただろう。われわれは自分の幼・少年時をくぐりぬけて、自分の属する血の古代を訪れることがあるのだから。そしてまたフランスでの青春時に経験した愛や、そのほか帰国して編集者として働きながら、その胸のうちに花ひらかせ、あるいはわだかまらせたことにいたるまで、さらに明日にたくした思いについてもまた、それを宇宙のへりの巨大な鷲の羽ばたきごとに、ひとつひとつ明確なシーンとして思いえがいたことだったろう。そしてしだいに加速しつつ近づく死に対峙している、ベッドの上の男、そのようなあり様の友人そのものに、かれの小説は実現していたはずではないか？　その時たれが、この宇宙論的な構想に立つ小説は、確かに規模として壮大だが、きみ自身の肉体の熱と重さ、息づかい、また現にきみが生きてきた運命と状況に密着していないと、友人にむけて否定しえただろうか？

……僕が死んだ友人の小説について、それもついに書かれなかった小説について、批評としての文章を書くこと、それはもとよりゲームとしての試みにすぎない。しかしその僕は、なお生き延びて小説を書きつづける人間である以上、このゲームのような試みが、自分として新しくとりかかるべき小説のための、宇宙的なもの、宇宙論的なイメージの構想を整備するために、有効な試みであるとも感じているのである。すなわち僕は、死んだ友人がついに書かなかった小説について、もうこれ以上、幻を追いもとめるようなことはしないはずだと思うのだが、しかし自分の小説にむけて永くつづく仕事の、その一夜ごとをすごすたびに、おそらくそのいちいちの夜一度ずつは、宇宙のへりからの巨大な鷲の羽ばたきを聞くはずだろうとも思うのだ。当の巨大な鷲の背には、高校でフットボール選手だった面影をなおのこしている、若かった時分の友人が、宇宙のへりの暗黒からくっきりと浮びあがる、たくましい肩つきをあらわして微笑しながら乗っていよう。

〔一九八一年〕

III

読書家ドン・キホーテ

僕の家の、物置みたいな書庫の隅に三五〇冊ちかい書物がひとまとめに置いてある。それらはまことに雑然として、横のつながりのない、しかし僕にとってはそれぞれに記憶のあきらかな書物群である。それらの一冊、一冊について僕は四百字詰原稿用紙にして三枚半ほどにまとめた要約と、ちょっとした感想を、すぐさま話すことができるだろう。それらは、この四月にその役割を返上するまで、七年間にわたって、僕がほとんど毎週、『週刊朝日』の書評欄に紹介してきたところの書物群なのだから。

僕は作家の仕事をはじめてから、自分の書いたもののうち、本にすることを望むものをすべて単行本のかたちで刊行することができた。しかし、僕はこれら三五〇冊の書物について書いた、千枚をこえる批評の文章を本にすることはないだろうと思う。僕はまずそれらの書物のいちいちについて、それを紹介することにもっとも注意をかたむけ、僕自身の感想はごくわずかしか書きとめなかったから。それでも僕にとってこれらの書物の批評・紹介は七年間にわたって、自分自身の内的なるものにも大切な仕事だった。週一回、水曜日に有楽町に集って、テーブルにならべられた、その週のおもな新刊書の相当な数のなかから、自分が書評したいものを、他の書評委員たちとの話合いもいれて選びだす。そして食事をしながらの歓談は、結局、その中心となるものが、本についての噂なのだった。僕はもし自分が新たに書評欄を主宰することがあれば、その欄を「本の噂」と名づけて、外国語のたとえば book review と照応させるだろう。七年間、水曜日ごとに、ということは一年間毎日ずっと本の噂をしつづけていた、ということになる。そこで僕は、書評委員の役割を返上した後、水曜日になるとおちつかなくなって夕方から体育クラブのプールに泳ぎにでかける習慣になったほどだ。

僕はこの七年間に、政治学者、哲学者、経済学者、教育学者、科学史家、気象学者、文芸批評家、大衆文学研究家、そして国際問題の専門家といった様ざまな分野の玄人たちと一緒に、書評委員のテーブルに坐っていたわけだが、僕ひとりは、素人の読書家としてそこに参加していたのである。

なぜなら僕は作家であるが、日本の現代作家の仕事については、自分でそれを書評の対象に選ぶということをしなかったからだ。ひとりの一般的な読書好きの人間が、整理のゆきとどいた大きな書店に、楽しい期待の心をいだいて入って行く。かれはまったく自由な自分の好みにしたがって、一、二冊の本を選ぶ。そしてそれを自分のやりかたで楽しんで読む。僕はそのような自由な読書家の眼で、書評の本を選び、自分はそれをいかなるおのれの専門とも無関係にこれらの本を読みました、このように、という会話をかわす……

そうしたかたちの書評をしたいとねがったからであった。まことに贅沢なわがままを七年間もよく許容してもらったものだ。僕はほかならぬ『週刊朝日』の独自な書評欄にたいして感謝の心をいだいている、それは永く消えぬだろう。

結果からいえば僕の選んだ三百冊は、おおよそ次のような種類のものだった。外国文学の翻訳、小説よりほかの実録や評論の翻訳。動物や植物の本。人類学、民俗学、歴史や地理の本。憲法や沖縄や、様ざまな今日の現実にかかわる啓蒙書。あらゆる職業の人間の自伝、伝記。ただユーモラスなだけが目的で、実質はなにもない本。子供の本。料理や食べものの本。少年のための年鑑。音楽や絵画の本。冒険旅行記、そしてありとある状況のなかの人びとの書いた手記、手紙。すなわち、繰りかえしていうが、現代日本の作家の小説をのぞけば、僕は現に実在するすべての本を、まず自分の書評の候補としたのであった。

具体的にあとづけてみると、やはり外国文学の翻訳がもっとも多い。僕はヴィエトナムや朝鮮や、また東欧やアフリカの、とくに広く流布するというのではない翻訳書には注意をおこたらないでいた。しかし、フランス語や英語であらかじめ読んでおり、その翻訳を待ちのぞんでいた、自分の愛する作家たちの本がでると、それを無視することはできなかった。ルクレジオの『調書』が出た時、僕はここに天才の仕事が翻訳されたと書いて、石原慎太郎氏から、新しもの好きの田舎者と嘲笑されたが、この五、六年のルクレジオの成長、発展は誰もがすでに知っている。ギュンター・グラスの諸作品も、それらが訳出されるたびに、すべてについてまっさきに書評が載ったのも、わが書評欄だったはずである。アメリカの現代文学の新しい巨人たちの仕事の数かずも、僕は繰りかえし紹介した。

そのうち、この七年間のあいだにしだいにあきらかとなる徴候があった。それは最近の『ゴッドファーザー』におけるような、大規模にありとある情報をつめこんだアメリカ的通俗小説のしだいにたかまる流行である。かつてはこの種の作家たちの名を、僕はアメリカの週刊誌のベスト・セラー欄に毎週見かけながら、それらが邦訳されることはほとんどないのに気づいていたことを思いだすのだが、やがてこの種の作家たちが、翻訳の主流をしめるのではないかと疑うのである。

もともとアメリカにはある特別な人間の伝記的細部をまことに詳細にしらべあげて、細大もらさずそれを書きあげ、大部の、しかし退屈ではない書物にして、それが広く読まれるという、ベスト・セラー界の伝統とでもいうものがある。ヨーロッパの国ぐにでもアンドレ・モーロアやシュテファン・ツヴァイクの仕事などに似たようなものはある。しかしアメリカではもっと作家(むしろ記述者)が影にひっこんで、伝記すべき対象に献身しつくしているのだ。アーヴィング・ストーンの諸作、たとえばジャック・ロンドンの生涯をえがいた『馬に乗った水夫』などは、それらのうちの古典的といってもよい作品だった。リンドバーグの英雄的な、悲劇的な、そして危険きわまりない生涯を、結局は悲しい穏和な晩年にむけて描いた『英雄』のケニス・デーヴィスは、興味にみちたひとりの人間の生涯をつうじて、アメリカ現代史のひそめているファシズムへの契機というものを力強く呈示しすらするものだった。おなじ方法が、ぐっとくだけてボストンの絞殺魔を全体的にとらえたり、学問的な周到さで、サパタとかれをその推進者のひとりとするメキシコの農業革命をあとづけた本なども、その大部のページを、かならずしも上等ではない翻訳で追いながら感じた昂揚を忘れがたい。わが国でこのような性格の書物が書かれることすくなく、読まれることもまたすくないのはなぜだろうか? それはわが国の読書人口の年齢の低さをそのまま反映してもいるように思われるし、まともなサラリーマンならドラッカーか『徳川家康』かという風潮にも、関係があるだろうと思う。最近、わが国で書かれたこのような性格のまことに秀れた作品として、中野好夫氏の『蘆花徳冨健次郎』があるけれども、このひとりの独特な(独特すぎるほどな)精神と肉体をすかしてあらわれる日本近代史、いや世界の近代史の全体像を、ベスト・セラー規模の読者が喜びとともに受けとめるような、良き読書の時代はくるだろうか?

さてアメリカの大衆小説の大物群の、根本の方法は右にあげたような、おおいに知的な評伝の伝統に根ざしているように思う。ひとりのヒーローを追うかわりに、空港なら空港、ホテルならホテルの、いかにもありそうな個人個人のケースをそれぞれに徹底して書きこみ、いくつものタテのプロットを同時的に綯《な》いあわすのが、その方法の実践段階である。できあがったものは、そこで複雑豊富だが、もともとは単純な仕組みでなりたっているのであり、それがこうした小説の大衆性の理由でもあろう。そしておなじく大衆性をますために疑似フロイト主義とでもいうか、おもに異常な性的ケースを臨床的に書き、それを荒唐無稽なほどの心理趣味とつきまぜる技術が加わる。小説全体の進行のコロ役はサスペンスである。はじめ個々のばらばらのものに見えた出来事が、ひとつひとつ綯いあわさって、巨大なカタストロフにみちびかれる、という構造である。

実の所はこの種の小説のにせの巨大さと、アメリカ文学でいえば『白鯨《モオビイ・ディック》』の巨大さとはまったく異質のものだ。この種の小説の複雑な全体を通過しても、小説のヒーローも、現実生活のわれわれも、いささかもかわりはしない。ひところスクリーンで猖獗《しょうけつ》をきわめた超大作ものの、空疎な大騒ぎと同じ精神によって、これらはつくられている。ただわが国の週刊誌小説のように手がぬかれていないところが、おなじ映画の筆法でいえばロマン・ポルノと『ゴッドファーザー』映画版ほどのちがいをなしているというのみである。

ところが、この種のアメリカ大衆小説の翻訳が、たとえばスタイロンやマラムッドの秀作の翻訳を凌駕して、わが国の読書人口を吸収する時がきつつあるのではないか、というのが僕のしばしば憂える徴候である。それはこういう種類の読者層と照応するだろうか？　僕はひとつのあまり愉快ではない体験を思いだすのである。もっともその不愉快さより興味深さのほうがずっと大きかったのであるから、ここに紹介しておきたい。

ある時、僕は新劇の女優さんのおともをしてアメリカ大使館員の家のパーティに行った。日本人の女性は、その女優さんと、同時通訳のベテランの、奥さんで看護婦でもあるという人物だった。日本の学校では教師のいうことなど本気で聞きもしなかったが、アメリカの大学では死にものぐるいで勉強した、と話すような、この種の平均的な女性だったというべきであろう。ただ、もうひとりの日本人女性客が、あまりにも魅力的だったのが不幸のもとだったのである。それこそアメリカの通俗心理学風に、不適応を自覚した彼女は攻撃的になった。彼女は執拗に小田実氏について攻撃し、僕は結局、その場の体制的アメリカ人みなを相手にまわして、この反ヴィエトナム戦争運動家の散文がいかに戦後日本独特の秀れたものであるかを、やはり執拗に主張せざるをえず、しだいに僕は敵にかこまれたのであった。そのうち、彼女は突然に話柄を転じて、「日本にアーサー・ヘイリーのような作家はいるかしら？」といったのである。

僕はそれが、アーサー・ヘイリーのように大規模な構造をもった筋立ての疑似心理学的サスペンスの作家は、日本なら誰にあたるか、という質問であるのかと誤解して、考えこんでしまった。ところがそれは、敷《ふ》衍《えん》すれば、「アーサー・ヘイリーのように偉大な作家が日本にいるか？」という、当の日本の作家のひとりである僕への攻撃の新段階なのであった。彼女はおそらくフォークナーを読まぬだろう。文学ならばヘイリーなのだろう。そして文字どおり文学ならばヘイリーと信じて、ずっと疑うことなくその教養の世界を完結させて生きてゆくのだろう。

僕にはヘイリーはじめアメリカの大規模な通俗小説の翻訳が、とくにそれらがたとえばマフィアについての「情報」をもりこんで読者になんとなく実効性のある読書経験を感じとらせる、ということなどもあって、しだいにわが国の読書人口をとらえるのではないかと観測するものである。文学ならばヘイリー、という知的大衆はふえるだろう。いや、私は英語で読んだので、とあのアメリカ仕込みのエリート看護婦である女史は不服にちがいない。しかしヘイリーの英語の文体の、なんと人工的で貧しいことか。それはもっとも効率の良い翻訳を準備するたぐいの、やがて翻訳機械でも発明されればそれに最適の文体であって、それはついに文学ではないのであると、どうこの女性を説得しえよう？　真の文学とは生涯無縁であるところの「アメリカ文学通」のこの女性を……

『トム・ソウヤーの冒険』を読んだ子供は、高等学校で『ハックルベリイ・フィンの冒険』を、その若い魂の糧としうるだろう。そしてそこでつちかわれた文学への感覚は、メルヴィルをフォークナーを発見してゆくだろう。しかしアメリカのベスト・セラー型通俗小説を文学だと思いこめば、それはもうそこで行きどまりなのである。ここ過ぎて文学に到る道なし。『徳川家康』を全巻読んだ経営者が、だからといって次に鷗外の史伝にとりかかるということがないのと同じである。真の文学的な経験へ向けて自己を解放してゆくのでない小説読書は、およそ最悪の読書である。

僕が書評を担当しているあいだに、誤訳についてと、誤訳とはいわぬまでも悪訳についてと、一度ずつ、はっきり言及したことがあった。そしてそれは当然のことながらトラブルをひきおこした。僕は、とくに後者の場合、受けて立たないわけにはゆかなかった。それをつうじて、わが国の翻訳の仕事がおこなわれている世界の歪み、ひずみについて考えることがあった。それはおそらく誰もが感じていることであろうが、正面きってはあまり人のいうことのない問題点であるから、ここにいくらか詳しく書いておくことにしよう。

まずひとつは英語からの翻訳で、原著はサリー・ベルフレージの"Freedom Summer"である。それは高名な翻訳者の名で出版された。ミシシッピー流域の南部で、ストークリー・カーマイケルたちがやった黒人解放のための「夏期計画」に参加した、若い白人女性の記録である。原著は生きいきした具体性のある文章で書かれた良いものであるが、翻訳ではまず、いかなる断り書きもなしに、ほとんど恣意的な削除がおこなわれて、作品そのものを薄っぺらにしている。それにたいする苛立ちから、僕はVIKING・PRESS版の原著と対照して読みなおしはじめたのであった。毎週水曜に書評の本の選択のために有楽町へ行く。地下鉄をおりて、なお時間があると、僕は銀座のイエナ書房によって、書評をしようと考えている本の原著を買うことにしていたのである。それはあくまでも僕個人の趣味にとどまるが……

そして、この翻訳が驚くべきものであることに僕は、まったく嘆声をあげつづける思いで気がついていったのである。「二十四人の武装した護衛」が、実は二十四時間の護衛だったり、スワヒリ語というくだりに原著にはない「東アフリカのザンジバル地方の方言」と、わざわざ注釈がいれてあったり、「あれを蜂蜜スタイルっていうのよ」という、頭をひねってもわからぬ会話が、ただそこにスタイルズという名前の郡治安官補のいることをつげるものであったりするのは、罪のないほうだった。語学力の基本的な不足のために、ひとつあやまりをおかす。次に当然、つじつまのあわぬところがでてくる。すると、そこからさきのあやまりにむけて引返すということはしないで、翻訳者は、なんとかつじつまをあわせるべく原文をねじ曲げ、いいかげんなものをつけくわえ(!)そのまま驀進して恥じるところがないのである。そしてそれは、ついにはこの翻訳者が、黒人の解放運動など、じつはどうでもいいのであり、黒人にたいして偏見すらもっているのだということのあらわれる誤訳、ねじ曲げに発展するのであった。そういう人物が、このような、黒人の解放運動に参加することで自己改造をおこなった経験を、熱情をこめて告白した書物を翻訳するのは、道義的に正しくない、と僕は考えるものである。次に引く一節は、それをもっとも端的にあらわしている部分として、ここだけ読むものにも、それ自体で説得力をもつのではないだろうか？

《ある夏の日、ＳＮＣＣのある現場指導員を白人警官が街で捕えて取調べた。警官の親類にはニグロの血がはいっている、とかれはいろいろ説明した。『つまりわたしの父の父は白人であった』といった。

白人警官、名はカーティス・ラリー、すでに私とローナおばさんが教会で牧師と会ったとき部下をつれてとび出してきて私とローナの腕をとらえたあの白人警官、すなわち署長ラリーである。署長は、クビをかしげた。

『つまりわたしの父の父は白人でした』。かれのおばあさんが警察署長ラリーを産んだのである。かれは取調室で署長にむかっていった。『つまりぼくのおばあちゃんがスケベなあんたのおじいさんのアレをシャブったんだ』と。かれは兄弟達のなかでいちばん黒か

ったが、他の者は白っぽかったのである。》

SNCC、学生非暴力委員会、すなわちこの著者の参加した「夏期計画」のまともな活動家と、南部の小さな町の白人警官とのあいだにおこった出来事を語っているのだが、次に、僕自身が原著から同じ一節を訳してみることにしよう。逐語的に、なにもつけくわえずに、また原文のなにもそこなわず取りさらずに。

《この州の別の場所で仕事をしている、ひとりのSNCC現場指導員が夏の集りにこの町へやってきて『調査』名目で逮捕されたが、逮捕したグリンウッドの町の警官は、かれの親戚なのだった。この警官の父親は、当の黒人の祖父の兄弟だったのだと、かれは骨をおって説明してくれた。別のいいかたをすれば『自分の父の父親は白人だったわけなんです』と。かれの祖母が署長のラリーを育てたのでもある、『祖母は、署長のお尻をたびたびピシリとぶったものですよ。』この青年の皮膚は一般より黒いほどであった。他の者たちはそれらの血のつながりについて正確に知っていることが、単に、よりすくない、ということにすぎぬのである。》

小さな南部の町、そこで弾圧する白人警官と黒人たちとのあいだに、じつは血のつながりがある。そのこと自体を決して誇りとはせぬが、事実として、まともな黒人運動家が、白人の協力者に説明している。皮膚の色がより黒い者たちに、はっきりした白人との血統のつながりがある以上、より白い皮膚の黒人についてはいうまでもない。署長自体、幼時は黒人家庭とすっかり切りはなされたところに育ったのではないが、いまは黒人弾圧のもとじめである。そうしたことを切々と語っている部分なのである。それを勝手な文章をつけくわえては誤訳のつじつまをあわせるばかりか、「つまりぼくのおばあちゃんがスケベなあんたのおじいさんのアレをシャブったんだ」などとでっちあげるのは、生真面目な新しいアメリカ女性の原著者にたいして、ほとんど犯罪的な無礼ではないであろうか？　念のために、いま括弧のうちに引いた訳文にでっちあげられてしまったところの原文は、次のとおりであることを示しておこう。

She whupped his ass many a time. この黒人青年の言葉のうちの whup は whop のなまりであろうと思う。すなわちそれはピシリとぶつことなのである。どうしてまともな人間が自分の祖母について「つまりぼくのおばあちゃんがスケベなあんたのおじいさんのアレをシャブったんだ」などといおうか？　黒人ならそんなこともいいそうだというのか？　僕が、この恐るべきヨタ翻訳を、道義的にも非難されるべきだというのは、右のような理由に立ってのことにほかならない。

なお翻訳者は前書でこういっているのである。《彼女はそこに何を見、肌で何を感じたか。彼女がからだごと感じた怒り、悲しみ、よろこびは何であったか。その率直な手記が本書である。これはまた真実を告げる貴重な告発状でもある。……》

僕の読んだかぎりでは、この翻訳にたいする批判というものは、他の書評にはでなかった。あらためて翻訳者が訂正し刷りなおして新しく出版しなおしたという話も聞かぬ。思えばサリー・ベルフレージは不幸な登場をした日本出版界で、自己弁明の機会をもってはいないのである。

さて野間宏氏の『サルトル論』を僕は書評した。そのさいに、野間宏氏のサルトルへの批判が、じつはサルトルの“L'imaginaire”の誤読によるものであって、真のサルトルを撃っていない部分があることを指摘した。そして野間宏氏をそのような誤った批判にみちびいたのは、この本の邦訳が「悪訳」だからだと書いたのであった。すぐに編集部あて、この翻訳をおこなった高名な仏文学者から抗議がきた。それは高飛車なものであったが「匿名で」批評をしていると非難してあるので、僕自身は年末に名前を発表する、この略号による書評を、およそ匿名に反対する人間として、なおかつ引受けてきたのではあるが、ともかく僕は自分の名をあきらかにした。そして今度は直接に「東大の＊＊ですが」と自分を紹介する、当の翻訳者からの抗議電話がきたのであった。

この抗議で僕に忘れられないのは次の諸点である。まず翻訳者は僕が具体的に指摘した(というのも、そこに野間宏氏がつまずいたからで、とくに鵜の目鷹の目アラさがしをしたのではない。またその必要もないことは、この翻訳を汗を流して読んだ人びとは先刻御承知であろう)箇所について、それはきみが正しいと認めたのである。しかし翻訳者は、あれ全体を「悪訳」とはいえぬといい、学校でフランス語を学んだとはいえ無知な素人の僕を威圧するためであろう、あの翻訳が良いと認めてくれた専門家として、三人のサルトル学者の名をあげた。

そのひとりは、サルトルの戦闘的な側面をよく紹介論評し、かつ当時ピークをむかえつつあった大学闘争の学生の側に立つ理解者としてよく知られている少壮学者であった。ところがこの学者は、その数日前、念のために僕が、この翻訳の質についてたずねると、まったく鼻でせせら笑う様子であったのである。質問者たる僕を、でなく、翻訳そのものを。しかもこれら二人の仏文学者たちは、しばしば会って話をかわす親しい間柄なのであって、遠い以前の翻訳をその時分たまたま賞めた、というのではない模様なのであった。念のためにいえば、サルトルのこの本の邦訳は十数年前に出版され、十年をへだてて、そのままのかたちで再版されているのである。

ところで、もうひとりのサルトル学者は、これも“Qu'est-ce que la littérature?”のきわめて不正確な翻訳を出版している仏文学者である。そこで僕は抗議者に、あなたはあの翻訳をどう思うか、とたずねた。あれはよくない、という答えである。そこで僕は、そのよくないということを当の翻訳者にいったか、とたずねた。いわない、という答え。それでは、あなたの“L'imaginaire”の翻訳がよくない、とあの仏文学者がいわないとして、それを客観的に信じられますか？というのが、僕の、この電話論争でのしめくくりの言葉であった。

僕はじつはこの戦中派仏文学者の授業も受けて、大学の仏文科を卒業したのであるが、あらためていうまでもなく、語学について専門的なことは知らぬ素人の、一読書家にすぎない。それゆえにこそ翻訳を大切にしている。仏文学界についていえば、いま三十代の学者たちは、実力においておよそわが国の仏文学研究の歴史にもっとも秀れた水準をあたえている人びとであり、またその数も多いのである。かれらの一部が実際によく働いて作った『スタンダード和仏辞典』などは端的にそれをあらわしている。かれらが、その先輩たちが戦後すぐ、様ざまな不利な条件をこえておこなった翻訳の不正確を指摘するのは、決してその先達的努力への敬意と矛盾せぬであろう。

ところがサルトルの翻訳ならば十年以上も以前のものがそのまま再版されるのみであり、その翻訳の不備をつく者すら、フランス文学界にあらわれぬのはなぜだろうか。アンチ・ロマンのある翻訳で、毎ページひとつの誤訳は指摘できると、個人的には話しながら公的にはそれにふれない若い学者も、僕は知っている。それはフランスの原著者と、邦訳のまともな読者への裏切りではないのか？　おなじ仏文学界の専門家同士の、翻訳批判もしないまま大学の教職についていて、学生の、内ゲバ擁護の文章を書いたりしても、それは大学闘争で学生たちの提起した問いかけを、専門家の仕事・学問の現場で受けとめることにどうしてなろう？　これは基本的な、かつ本質的な課題である。

僕はさきに完結した『林達夫著作集』における、ブリュンティエール『フランス文学史序説』の悪訳にたいする苛烈かつ周到な批判を、今日の若い仏文学者たちが読むことを望んでいる。すでに遠い以前にわが国の仏文学界を根底から揺りうごかすにたる批判は発せられていたのだ。

どうしてそれを今日の仏文学者たちがお上品に見て見ぬふりをして、教職を守りあっていられるのだろう？　学生たちが大学闘争をつうじて提起した問いかけは、知識人たちがそれぞれの専門の現場で、自分の仕事につきあわせて引受けてはじめて、「開かれた言葉」の、その意味を完結するのではなかったであろうか？　まず隗《かい》より始めよ。

なんとも高姿勢な具合になったが、いうまでもなく僕のような素人の書評家には、いま思いかえして臍を嚙むたぐいのあやまちはたびたびあった。専門家でないことの、書評家としての妥当さは確かにあるが、おなじく、専門家でないための不都合はそれを見のがしえないのである。現実にはそれぞれの分野とそれを越えたところでの専門家でありながら、決して専門家であろうとしない本の読み方をつづけている秀れた読書家がいる。たとえば、『河岸の古本屋』における河盛好蔵氏や、レーニンの著作を『素人の読み方』で、読みつづけている中野重治氏がそうであって、こちらはまったくの素人としてこれらの書物のうちにみちびかれながら、専門家とはこういうものかという、重い手ごたえのある実質的感銘をあたえられるのである。

さてそのような秀れた素人の立場でなく、そうあるよりほかない状態で、素人の立場にたって様ざまな書物の紹介をした僕の、あやまちを具体的にあげようと思う。僕はもともと動物についての本のファンである。ジェラルド・ダレルの動物採集旅行記はロンドンに旅行した時あるかぎり買いあつめて読んだし、印度に行った時は、そこで滅びつつある動物の記録に、印度で読んだいかなる他の書物にもまして感銘を受けたものだった。僕が新しい都市に行くたびにそこの動物園を訪ね、一日か二日はホテルに閉じこもって、その地方の動物の記録を読んでいるのを見て、なんともぜいたくな旅行だと堀田善衛氏から、からかわれたくらいである。

その動物の本のひとつとしてコンラートの『人イヌにあう』を僕は愛読し、その紹介をまことに熱情をこめて書いた。その後おなじ著者の『攻撃』も、紹介こそしなかったが待ちうけていて読んだものだ。そしてしばらくたってコンラートがナチス擁護の立場にたったことのある学者だということを専門家から教えられたのである。そこが素人の迂遠なところだが、それを教えられて、そしてあらためてかれの著作を読みかえすと、その動物を人間におきかえれば、まったく非人間的な思想の展開になる、ということに繰りかえしつきあたるのであった。僕はあの好ましい抒情とユーモアにあふれた『人イヌにあう』についても、その紹介においてコンラート博士の前歴にふれるべきであった。無知からそれをできなかったのは、すでに書評家の資格を疑われてしかるべきなのである。

ついでにいえば僕は永年動物の本を読んできて、時どき奇妙な困惑におちいることがあったのをおぼえている。動物の専門家たちはしばしば「人間離れ」した独自の人間性の魅力をそなえておられ、愛らしくユーモラスな動物にたくしてその思想を語られるから、それぞれの著者たちが好ましい学者の最たるものにつねに感じられる。そして事実それはそうなのであろう。しかし、動物に向けられている学者の眼を、そのまま人間に向けて転位するようにすると、思いがけない欠落があらわれてくることもしばしばのように感じられることがあったのである。

たとえば子供たちのために書かれた『生物学者の旅——わたしの野生動物記』はじつに好ましい本だが、朝鮮、中国東北への侵略軍としての日本軍隊と行をともにしての生物学者の旅の、朝鮮、中国東北の民衆への責任感はいっさい欠落している。魚について書かれた啓蒙書で僕が最上の一冊にあげたい『稚魚をもとめて』の著者も、いったい朝鮮での研究生活の全体において、朝鮮の民衆にたいして自己をかえりみることはないかという、微細なものであれ確固とした疑いが湧くが、そうしたことへの反省はいっさい語られぬというふうにである。これらの篤実な老学者たちは、ほとんど自然にそうしたものにふれないでものを書いていくことができるという様子であるが、これが若い学者の仕事になると、時どき動物の世界から人間の世界への、強引なうつしかえが、およそ非人間的なひずみ、歪みを生じていると思われることもしばしばあった。デカルトは動物機械としての人間を考えたようであるけれども、動物のかわりに機械というものをもってくれば、機械の世界から人間の世界への強引なうつしかえが、奇妙な反人間的ひずみをもたらすのを見ることが、いわゆる未来学者、あるいは未来学ジャーナリストの仕事のうちに繰りかえしあった。万国博の時分の未来学ジャーナリストから、今日このごろの生態学ジャーナリストに、とくに大旋回する意識もないままに

「転進」した才人たちの本を、この七年間の書評用図書の載ったテーブルの眺めの変遷にオーバーラップさせて考えてみる時、この感慨はひとしおである。

動物についても機械あるいは科学的認識についても、それらの専門家でありながら、その学問の根底に人間的なるものが確固としてあり、つねにその専門について「それが人間であることと何の関係があるか」と自省しつづけるダイナミズムを内部にそなえている人びととの啓蒙的労作こそが、われわれを真にみちびくのであろう。僕は科学者たちから直接さまざまな分野での仕事の経験にたった話を聴き、また素人の読み方で近づくことのできる書物によってその思想にふれる時、それらの科学者たちに、渡辺一夫氏が永年ひかえめにではあるが表現しつづけてこられた、ユマニスムの思想・感受性・行動への親近を見出すと、もっとも深い安堵のごときものをあじわったものである。そのような人びとが「気違い科学者」になりえぬであろうことは確実であると信じられたから。そしてわれわれの近い未来は、それらの科学者たちの肩にささえられているのだということも否定しがたく思われたから。

僕は書評会の席で様ざまな専門家たちの話を素人の立場で聞かしていただく、幸運を経験してきたのでもあったが、とくに科学者、科学史家の話から鋭く強い喚起力を感じることが多かった。そしてそれは、いまふりかえってみると科学の言葉を、あいまいなまま自分の文学の言葉にとりこむことをせず、むしろ文学の言葉を拒む厳密さをあらわにしている科学の言葉に、それこそ素人としてなんとか近づこうとする時、はじめて有効な喚起力だったと思うのである。しばしば科学者と文学者との話合いの場所で、文学者側があまりに柔軟に素早く、科学の言葉を自分流にシュガー・コートをかぶせてのみこんでしまう時、科学者の表情に苛だたしい断念のごとき色あいが浮ぶのを見ることがあった。それは科学者が素人向きに書いた啓蒙書の読まれ方においても、おなじ現象がおこるように思う。科学者が真につたえたいことよりほかのことを、やすやすとあいまいにのみこまれてしまう困惑。

　それがそのままで終ればよいが、たとえばにせ科学主義の早のみこみが、為政者の企画と癒着して、しかもその早のみこみしたやつが強権のための宣伝係をつとめるということになれば、歴史の法廷でかれは無罪ではありえぬだろう。それぞれの専門分野の科学者が、為政者の意を体して、わざわざ、にせ科学主義の早のみこみを誘導するようなことをする時はなおさらである。僕はこの七年間、そのたぐいの誘導をおこなう科学者と（それは社会科学者もふくんでいる。なにかといえば数字を濫発して、亜学問的でかつ俗耳にこびりつきやすい雄弁を、活字から電波メディアにふりまく経済学者など枚挙にいとまもない）、早のみこみして宣伝係を買って出た人びとの本をいかに多く見てきたことかと思う。

　それらの書物にたいする抵抗力をやしなうためには、やはり素人は素人ながらに、科学の言葉は科学の言葉として、それをまるめたり砂糖をまぶしたりしないで受けとめる訓練を自分に課せねばならぬだろう。僕は自戒の心をこめてそう考えるものだ。そのような訓練は子供の読書において始めうるものであり、かつそこにおいて、効果もまたもっともいちじるしいのではないであろうか？

　書物の流行といえば、書店に入る際自分のめざす分野の本棚にまっすぐ近づいて行く本の選び方とちがって、その週に出た本のほとんどすべてのめぼしいものが載せられているテーブルを毎週見ている者には、その流行の移り変りは、ほとんど浅ましいくらいにありありと見えたものである。ある成功した企画があり、特徴的なタイトルがわれわれの記憶にきざまれる。三箇月たてば、僕はそのタイトルの涙ぐましいような数かずの変奏にとりかこまれることになって、そのいくつかを友人に紹介しても、たいてい質の低い冗談だという、気の無い笑いによってしかむくいられなかったものである。早い話が、僕はこの秋のうちに『骨董の人』という、老人問題をあつかった新刊書が出ることを疑わない！

さきにもすこしだけそれにふれたが、いわゆる大学闘争のあいだに、この主題について書かれた書物の数も非常なものだった。書物にならないで、すなわちビラや立看板に書かれたのみでそっくり消えてしまった文字をふくめれば、それは厖大な量になるだろう。言葉ではだめだ、行動を、という根本的な発想が繰りかえし呈示された闘争であったが、おそらくそれは戦後最大の「言葉の闘争」でもあったであろうと思う。

大学を卒業してからそこに戻ることのなかった人間、大学闘争にたいしても素人の立場の者として（その外部にあった人間だとはいわない。大学闘争はいわゆる知識人みなを対象とする運動でもあったことが、たとえば八・一五国民集会や、個人的な電話攻勢において僕にも経験されたからである）、僕は毎週のように、それも数冊ずつ出る、大学闘争関係の本を読みながら様ざまなことを息苦しい心で考えた。その様ざまなことどものうち、それは僕に送られた督促状のようなものもふくんでいるのであって、僕は自分なりにある無限定の他人からつきつけられた約束を果してゆこうと思ってもいるが、ひとつとくにここに書いておきたいことがある。

それは大学闘争の内部のとくに若い研究者たちの発言のうちに頻繁にもちいられた、「実存的用語」のことである。僕は自分自身が、いわゆる実存主義の漠然たる大きい雲の翳《かげ》のようなもののなかから出発し、なおそこから出ていないことを自覚しているものである。そして実存的な言葉は、それがひとりの個人のうちに閉じこもるかたちで発せられはじめると、限りなく尖鋭になりつづけるのだということを、結局は自殺にいたるまで歯どめのつきさしようがないような性格のものだということを、なかば体験的に知っているように思う。

「連帯をもとめて孤立をおそれず」だったかのいいまわしも、大学闘争のあいだに流行したが、実際に、実存的な言葉は、「連帯」のなかにある人間にたいしては、かれを深め重くする効果をはたすけれども、「孤立」してしまった人間には、かれを自閉的な沼に沈みこませつづけるための、自分自身による鬨《とき》の声になってしまうことがしばしばである。行動は機動隊の巨大な国家的暴力によって外縁を制されており、言葉はほとんど雪だるま式に深刻化する性格をもともとそなえている、実存的な言葉であるとすれば、その行動と言葉によってその存在をつくりあげている学生たちの先行きはどうなのか？　それが書評用の書物を並べたテーブルの前で繰りかえし頭に浮ぶ惧れなのであった。

その先行きを、いくらかでも明るいものに切りひらくためには、実存的なものを社会化してゆくほかにはないであろう。実存的な言葉を社会的なひろがり、社会的な輪にうちあてて、社会的な言葉にしてゆくこと。僕は自分自身にたいしてそれをいうとともに、あの大学闘争のあいだに多く発言し、いま苦しく暗い沈黙を余儀なくされているのであろう若い研究者たちが、かれらの実存的な言葉を、社会的な言葉にかえつつあるのであることを熱望するのである。いったん実存的なところをくぐりぬけた社会的な言葉は力をもつにちがいないのであるし、そのような言葉こそは、すでに行動そのものでもあろうから。僕はそのような言葉によって書物があらわれて、それを紹介しえるまえに、書評委員の席を去った人間として、とくにそれをのべたいとねがったのである。

さて死に瀕したドン・キホーテはまったく正気に戻った寝床で、哀切な、しかしこの上なく信心深い言葉の数かずを発したが、そのなかには次のような一節があった。《いまではもう、少しはあれらの書物の馬鹿馬鹿しさやまやかしが分っている。ただわしが残念でならないのは、このめざめがあまりにも遅く来すぎて、わしが魂の光となるような他の書物を読んでいくらかでもつぐないをする時間が残されていないということじゃ。》あれらの書物とは、いうまでもなくドン・キホーテをその冒険へとかりたてた騎士道物語のことである。

この壮絶な行動家が、まず異様な熱心さの読書家であったことは、様ざまな感慨をさそう事実として、いくたび思いおこされてもそれがすぎるということはないであろう。

《しかし事ここに至っても彼は、魂の光となるような他の書物を読めないことを嘆いている。書物だと？しかし気高い郷士よ、汝は書物の迷いからすでに覚めているのではないか？　書物が汝を遍歴の騎士道に引き入れ、書物が羊飼いになることを汝にすすめたのだ。そしてその魂の光となるような書物も、新しいとはいえ他の騎士道に汝を引き入れるのではなかろうか。》

このように書くのはウナムーノである。ドン・キホーテの晩年についての考え方はまったくちがうが、オルテガも、この憂い顔の騎士について美しい文章を書いた。若いころから、かれら二人の哲学者にとって母国語で書かれたこの小説は「魂の光」であった。僕は七年間に紹介しつづけたあれらの雑然たるとりあわせの書物群によって、「魂の光」になる書物へのめざめが遅くなったというつもりはまったくない。しかし僕もまた、どんな状況にのめりこむにしても結局は「書物の迷い」から覚めぬタイプの人間であると自覚されるし、いつまでも「魂の光」となるような書物をさがしもとめることであろう。自分にとっての「魂の光」となる書物が、たとえばウナムーノ、オルテガのセルバンテスであり、メルロ・ポンティのモンテーニュであるような、自国語の古典であり、それをつうじて自国語を支える民衆のひとりであることが深く納得されるような心で、死の床に横たわることができるようであったなら、僕は自分の素人の読書家としての、また作家としての生涯に満足することであろう。

〔一九七二年〕

『海上の道』解説

1

柳田国男の、また沖縄学の研究家でない僕が、語の一般的な意味で、この重要な本の「解説」をおこなうことはできない。そこで専門家がこの柳田の仕事およびそこにあつかわれた「おもろにみる沖縄の原思想」について、今日の学問の水準でのべていることを、まずひとつずつ引きたい。その後で、僕は文学表現の言葉としての、柳田のとくにこの本での書き方の特質を、作家の一読後感としてのみ書くことにしたい。それをする動機の、柳田の仕事の性格にかかわっての（つまりかならずしも僕一個の思いこみとは考えぬ）根拠は、その段階にいたっていいたいと思う。

『海上の道』が、柳田国男の生涯においてもつ特別の意味あいについて、中村哲氏は次のように書いていられる。《稲作文化を伴う弥生式土器の南限は沖縄の先島には及ばないために、考古学の領域では、北方からの文化南下説を有力にしているが、柳田もそれに正面から反対しているわけではない。しかし黒潮の流れにそった『海上の道』を終世の課題とした彼は、この最後の遺書ともいえる問題の書のなかで、原日本人の渡来については、沖縄の人と文化が南方とつながりをもつことに注目して、その論理の延長の上に考えようとする思考がある。それを自分の仮説であるといいながら、晩年に至るまでいささかもゆるめようとはしていない。それは北方からの文化南下説を正面から否定しているわけではないが、あたかもそれは有史以後のことで、原日本人そのものが始源の時代においては南から島づたいに漂いついたもので、その際、途中で離島に残ったものが原沖縄人であるというもののようである。これは柳田にとっては、学問以前の、椰子の実に仮託する初心の夢であり、彼自身がこの世に生をうけたことの意味であるかのように問題をなげかけている。それは詩であり文学であって、彼にとっての一つの神話でさえある。》(『新版柳田国男の思想』法政大学出版局刊)

もとより僕は原日本人の渡来について、また文化の伝播の経路について、柳田の呈出した仮説を検討する立場にはいない。考古学あるいは文化人類学の今日の達成からの、柳田の仮説への(といってもそれは大きく広いふくらみを読みとりさえすれば、かならずしも単一でない方向に展開しうるものであると思われるが)批判を整理し、あらためて柳田の仮説によりそって自分の考えをのべる、というような資格がないことはなおさらである。したがって僕はここで、《それは詩であり文学であって、彼にとっての一つの神話でさえある》という評価・性格づけを、あらためて文学の側から積極的に読みとればどういう問題があきらかになってくるかを、一作家として考えようとするのであることをいっておきたい。

さて柳田国男は、この本におさめられた諸文章を、ことごとく民俗学とその多様な関連科学の後進の研究者たちへの呼びかけとして書いている。ある民俗的な長い時代の、その総体の同時代者として語る文体のつくり手であった柳田は、またその域を超えての、古代人への呼びかけの文体を現実化することのできる書き手でもあった。その文章のいう「本居先生」「本居氏」と肩をならべてそうである、という自信には深いものがあった。そして『海上の道』では、柳田はほとんど未来の人びとともに語る文体で、その考えを展開した。

そして未来に属する研究者の仕事として、いま現実に柳田がそれを見ることができたとしたら、はっきりその業績の展開を認めるであろう分野は、まず沖縄学、とくに南島歌謡の研究にも裏うちされた(その方向づけにおいて明瞭に柳田の要請にこたえた)『おもろさうし』の研究であろう。柳田が『海上の道』で示している『おもろさうし』の読みとりへの疑義は、ほとんどすべていまや日本思想大系本『おもろさうし』(岩波書店刊)で、柳田にとっての未来の研究者から明確な解答があたえられている。柳田がその生涯にわたって、南のもうひとりの大きい学者の生涯に対してそうしたといえば、事はまったくの反対になるが、『海上の道』の段階では、柳田はしばしば伊波普猷《いはふゆう》の『おもろさうし』読みとりに異議をあらわす。それに対して伊波を真につぐ『おもろさうし』研究者の名にふさわしい外間守善《ほかましゅぜん》氏の、この大系本の註釈は、柳田、伊波との対比の場にそれをおくことでさらに密度を増すものだ。

その外間氏が、あくまでも『おもろさうし』の言葉の読みとりの科学的な根拠に立ちながら、ニライ・カナイ(海の彼方の楽土)につうじる水平的世界観にかさねて、オボツ・カグラ(天上)の神々が垂直構造の世界観を確立する転換期を、尚真王時代(一四七七―一五二六年)の前後におかれた。

『海上の道』において、様ざまなかたちで語られていながら、それを読む僕に整理のついた理解のむつかしい所、このニライ・カナイとオボツ・カグラをそれぞれに極点のひとつとする、水平・垂直の世界観の、その神話の領域から歴史の時代にかさなってくる関係のしかたを、僕は外間氏の文章を引くことでまず理解したい。

《尚真は、部落単位における司祭者の根神《ねがみ》やノロを、集約的に職制化した聞得大君という司祭者を王府に作り、政治的支配者国王と対応する宗教的権威として位置づけ、祭政一致の新体制を確立した人でもある。しかも、根神から聞得大君への職制化過程に密着させて、部落における素朴な日神信仰を、権力者と結びつく日神崇拝という信仰体制に集中、集約化させていったことは注目しなければならない。

古来、王権のあるところに太陽神崇拝の育ってきた歴史を省みるとき、沖縄における太陽神崇拝と王権の成立および強化の問題が、このような形で尚真王の周辺に集まってくる事実を見落すことができないのである。

しかも、地上における地方の根人《ねひと》と根神《ねがみ》、中央の国王と聞得大君の対応関係は、地上社会の総体として構造化されるとともに、概念的に構造化された天上社会(オボツ・カグラ)に対応するという、より大きな枠組み(世界観)も新しく作られており、その中で、地上の最高権者国王と天上の最高神日神との結びつきが、歴史的必然であるという形で論理化されているのである。

そういう見方をすることで、王と日神と聞得大君の宗教的機能、おもろに現われる日神崇拝、国王の日子思想などの意味がほどけてくるし、尚真の頃に垂直構造の世界観が組み上げられたということがよりはっきりしてくる。

そして、それがまた古い型の信仰としてあるニライ・カナイの神々を拒否するということにまでは進んでいないところに、もう一つの問題が顔をのぞかせている。拒否するどころか、ニライ・カナイからやってくるセヂ(霊力)はもっとも根源的なものとして、オボツ・カグラから降りてくるセヂより有力であるとする考え方も残照しているのである。

ニライ・カナイの水平軸とオボツ・カグラの垂直軸の世界は、地上社会における祭政一致の組織構造と、それに乗っかる王権を基軸にしてバランスがとられるという複眼的な世界観が、ここには存在しているわけである。

古代沖縄における世界観の問題を考える場合、水平的であったものがしだいに垂直化したのだとする一元論的な考え方と、水平的なものと垂直的なものを対立対応する世界観として二元論的に考える考え方があるが、尚真王時代には、そのいずれとも定め難い現実的な祭政一致の新体制がとられており、さらに、それらを底辺の広い固有信仰としながら、イデオロギーの違う仏教、神道、儒教なども寛容に受け入れているという点、まさに多元論的な受容体制であり、シャーマニズムのもっとも特徴的な姿が顕現されているとみることができるようである。》(『うりずんの島』沖縄タイムス社刊)

僕があえてした長い引用が、柳田国男のニライ・カナイ、あるいはテダとオボツ・カグラの民俗の古層にあるイメージを介した、想像力の喚起作業に対して、どのような援護的役割をはたすかと、不審に思われるだろうか？　そこであらためて、この外間氏による大きい研究の手みじかな要約が、僕には『海上の道』理解にとって有効であるゆえんをいいたい。それは僕にとって、すでにその言葉をもちいてきたが、ほかならぬ想像力の活性化の手続きに関わるのである。

古代と民俗の古層にむけて想像力を働かせる。それを漫然たる空想におちいらせぬためには、想像力にダイナミックな力と指向性をあたえる基盤がなければならない。そのような基盤として誰の眼もそれをとらえるのは、あらためていうまでもなく、神話と歴史のあいかさなる転換期の、それも歴史の側から科学的な確かめをおこなうことが可能な時期、わが国では天皇制国家の支配体制の確立期におけるあり様であろう。柳田がたとえば次のように書く、それはこの微妙な時期についての、科学性をもつ表現というにふさわしいものだ。《皇祖天皇が始めて中《なか》つ国《くに》に御遷《おう》りなされた時には、すでにそれ以前からの来住者の、邑里《ゆうり》を成《な》し各々首長を戴いている者が少なくなかった。国津神の文化のやや低級であったことは、大祓《おおはらい》の祝詞《のりと》からでも窺《うかが》われるが、おそらくは語言はほぼ通じ、したがって相互の信仰は理解し得られ、烈《はげ》しい闘諍《とうそう》をもって統一を期するまでの、必要はなかったかと思われる。》このような基盤をまず置いて、そこからわれわれの想像力が、古代と民俗の古層にむかう時、そのようにつくられる思考の「仕組み」は、想像力に指向性とダイナミズムをもたらすだろう。

琉球・沖縄の古代と民俗の古層にむけて想像力を働かせるためにも、僕はこの「仕組み」をつくりだす基盤として、その神話と歴史のかさなりあった局面の、それも歴史の側からする把握が可能であるものを見たい。そしてそのようなものとして、外間氏のさきの要約を有効だとするのである。僕は外間氏の考え方を共通の認識として起点をそこにすえ、そこからは柳田国男にみちびかれて、ニライ・カナイ、テダ、オボツ・カグラへとむけての、古代と民俗の古層にはいりこむ想像力の運動を経験したい。そのような段階で、わが国と、琉球・沖縄のあいだの境を超えた、その向うのものをかいま見ることができれば、それ以上のことはない。しかしその前に、この境そのものの、歴史にたつ強固さをとらえているのでなければ、そのような想像力のよってたつ地面は軟弱なものだ。

2

中村哲氏が『海上の道』の根幹にあるものを、《それは詩であり文学であって、彼にとっての一つの神話でさえある》と呼んでいる一節はすでに引用した。故石田英一郎も、《とくにそのエッセイをどれかヨーロッパの言葉に訳そうとすると、詩を翻訳する場合と同じ様な困難にぶつかる》といった。この言葉を紹介しつつ、翻訳の困難ということを、橋川文三氏は柳田の学問の根本的性格という側面からとらえた。それはインターナショナルな基盤に立つ柳田学が、その域を独自に超えてもいるところを示す、政治思想史家の考え方であった。

　文学の領域にいる人間として、しかしここで僕は、中村氏の文章からも故石田の文章からも、詩という言葉をそのまま受けとめて考えたいと思う。異分野の専門家たちが、ある特質をさして詩と呼ぶ。それは詩の、つまり詩的言語の（僕はそこに小説をもふくめて、文学表現の言葉と呼ぶが、その）側からいって、すなわち文学にたずさわる者の側からいって、意味のある評価だろうか？　積極的に、柳田の文章から、詩的言語・文学表現の言葉としての、柳田独自の達成を読みとることはできるものだろうか？

もとよりそれはできると、僕ならずしも誰もが認めるにちがいない。柳田国男と折口信夫《おりくちしのぶ》の仕事を、日本の近代文学のなしとげたもっとも大きい成果の列から、どうして切り離しえるだろう。詩的言語・文学表現の言葉の特質を見る仕方のひとつは、それがどのように想像力を活性化するか、それが言葉のどのような「仕組み」から来ているかを読みとることである。

柳田国男の文章を、詩的言語・文学表現の言葉として読む時、右の意味あいであきらかになる性格は（この巨人の仕事の性格をこうして単一化するのでないことはもとよりであって、一作家としての自分がそこに興味深く読みとる性格は、ということにそれはすぎぬが）、個の経験に縛られているわれわれを解き放って、民族を構成する大きい集団の経験へと参加せしめることであろう。そしてつづいてさらに、集団としてのその存在を歴史の限界のなかではすでに確かめられぬ、そのような集団である古代の人びとおよび民俗の古層へと、われわれの想像力を発動せしめる、その挑発性にあるであろう。

個の経験から、集団の経験へと人を向かわしめる段階で、すでにそれは想像力を活性化させる力をあらわしている。柳田の文章の書き方は、それを書いている・そのように語っている柳田が、われわれの民族の人間集団の、民俗的に深い奥行きのある一時代を、その全域にわたって経験した人間として、その経験を書き・語る、という印象をきざむものだ。それはいかに片々たる柳田の文章にも読みとることのできる性格であった。さきにのべた意味での大きい時代の、その全体によりそって存在している、時間・空間にまたがっての巨人が、「私は」と一人称でその経験を、時代の発語を代行するように語る書き方。

そしてなおその巨人にも、自分の経験としては語りつくせぬ、民俗の古層の方向へさらにはいりこんだことどもを、やはり受け手の想像力を喚起しつつ呈示するにあたって、柳田は「懐かしさ」という言葉を、独自の強さ(懐かしい対象への意識の指向性の独自の強さ)をこめてもちいることで、表現を確かなものとするのがつねであった。この本におさめられた文章のうちにそれを見れば次のようだ。《私などの殊になつかしく思うことは、与那国島《よなぐにじま》でいうビギリヤダマ、または黒島などのアンビターという貝のように、干瀬《ひせ》に産する美しい小貝を、いろいろの木の実草の実と一つ置きに、糸に通して首に掛け、もしくは思う男に贈っていたことで、是がおそらくは『万葉集』に、「わたつみのたまきの玉」もしくは「妹《いも》がため我《わが》玉ひろふ沖《おき》べなる玉よせもちこ」と歌われたあの時代の玉であって、そういう偶然に海からゆり上げられるものが、珊瑚《さんご》や真珠である場合は稀《まれ》にもなく、ましてや山々の奥から運び出される硬玉《こうぎょく》でなかったのは、言うまでもないことであろう。》

この一節からだけでも柳田のいう「懐かしさ」が、民俗の古層を指向して強く跳ぶ、心のあり様を示す言葉なのがあきらかだが、現在、自分がいる時間・空間の場所、その限界に閉じこめられている現状から、それを超えるところへ向けて跳ぶ、そのような指向性をそなえた心の働きが、想像力の根本の特性である。柳田の文章はそれを読むわれわれを、その指向性をそなえた心の動きに誘うことにおいて独特である。そのようにしてわれわれを民俗の古層へと、われわれの閉じこめられている時・空の限界を超えてゆかしめる勢いにおいて、独特に想像力的である。

しかも柳田の文章においてつねに見られることであるが、そこに記されている「私」という言葉も、単なるひとりの個に閉じこもっている者の謂ではない。それは一つの民族の大きい集団としての主格を、一人称代名詞でいいあらわしたものである。そしてそのように記述された「私」が、やはりわれわれをその大きい集団に、主体的に参加させる働きをする。個の限界を超えた、大きい集団のなかの有機的な一部(であり、かつ全体でもある)という自覚をもちながら、そのような「私」に自分を同一化する、その乗り超え作業もまた、想像力の活性化にほかならない。

個から、われわれの民族の、時間・空間にわたるひろがりをふくむ集団にむけて、閉じられていた自分を解きはなつこと、この想像力的な行為を、読み手に喚起する。つづいてそのような「私」を、歴史の域を超えた、民俗の古層への乗り超え作業にみちびく。そのもうひとつ層をかさねた想像力的な喚起作用。これらの二重になった想像力への「仕組み」が、自然な息づかいのこもった、大きい「老人」の個人的な語り口でくりだされる。その「私」の文体は、柳田国男がわれわれの詩的言語・文学表現の言葉の世界にもたらした巨大な達成であって、その側面で柳田に並ぶ存在は他にはなかったし、今後も新しくあらわれて来るはずはないものであろう。われわれ今日の作家や詩人にとっては、柳田の文体を、いわば「引用」による再度の活性化をすることによってのみ、われわれの文学をその方向にさらに深めることができる。

『海上の道』は、その語りかたの「仕組み」において、右の柳田的な詩的言語・文学表現の言葉の特質が、かれの厖大な仕事のうち、もっとも際立ってあらわれた作品である。ここでの「私」が本土の日本民族を超えて琉球・沖縄の民族をふくみこみ、その上でなお古代の海上の道をつたわって来る民族の祖型に向う、はてしない大きさを持っていることについてはあらためていうまでもない。戦後の沖縄における異民族支配下に育った、そして日本本土への「異族」の意識も強い研究者たちが、伊波ら沖縄学の先達の、日本・中心文化にまきこまれた側面を批判し、周辺文化としての琉球・沖縄の独自性を押し出す。それはそれとして鋭い成果を生んだが、僕はいま柳田の「私」のひそめている多様性が、かならずしもかれらの視点と排除しあわぬところをそなえているようにも思う。

『海上の道』におさめられた作品すべては、それぞれがわれわれの民俗の古層の、これよりほかの方法ではそこに向けて超えることのできぬ、海上の道をつたって来た人びとへ向けての、その想像力的な乗り超えの助走とジャンプを繰りかえしている。その助走、つまり書き手と読み手ともども、その想像力に指向性をあたえ・活性化させるための「仕組み」をつくるべく、柳田は永年にわたってたくわえられたその宝の箱をぶちまけて見せる。それが幼年時の思い出につながるズダマや、青春の終りの、いわば柳田の「歌のわかれ」と表裏一体をなす椰子の実とのめぐりあいまでもふくむところに、《それは詩であり文学であって、彼にとっての一つの神話でさえある》という、柳田に親身によりそいながら適切に批判的でもある評言もおこなわれるのであろう。しかしその箱からとり出された宝の実質は、その全体を見れば柳田の終生の学問をおおうしかたで選ばれていることがわかる。しかもそれらのいちいちに立っての諸篇がみな、あきらかにひとつの指向性へと想像力に個からの乗り超えの力をあたえ、かつはるかな民俗の古層の、海上の道をつたって来た民族の祖型へ乗り超えさせてゆく「仕組み」に統一される。そこにこの本の、大学者の「遺書」として徹底した訴えかけは発する。

『海上の道』に喚起される想像力の勢い、その指向性に立つ後進の研究者が、柳田が実際それを期待したように、かれの仮説を科学的にうちくずすとする。その時むしろさらにあきらかに、柳田がその詩的言語・文学表現の言葉で喚起した想像力の質が、科学的な作業仮説そのものであったと証明されよう。

〔一九七八年〕

『思想の運命』解説

林達夫の著作をあらためて読むたびに、生涯の経験のそれとして感じとる喜び。それは、またいくらか年齢をかさねて、この思想家の全体像を、より明瞭にとらえられるようになった、自分は進んだ、という喜びである。そのように読みとりの深まりがあれば、自然の勢いとして、林の文体からあたえられる幸福感はそれだけ高まっているのであるから、実際に、その本を読んでいる自分の、内面ともども姿勢や顔つきまで、あたかも上質になったかのように感じる……

しかし思ってみればそれは不思議なことだ。林の著作を読むことに、確かにかれがルナンをみごとに移した、《読書は、それが為になるには、何らかの労作《トラヴァイユ》を包含するひとつの修練《エグゼルシス》でなくてはならぬ》という原理が働かぬというのではないが、それにしても林の、必要にして充分な言葉かずだけの、美しいパーフォマンスたる論述は、その理解に難渋をきたらしめるというものではないから。

したがって現に僕は、もう十年ほども前から、林の著作について、ああ、自分はとうとうこれをあきらかに読みとりえたと、そのように机の前にいる自分の、肉体と精神の愉快な調和をあじわうようにして(煙草をのまぬ僕としては、一服する、というふうにはいえぬが)空間に眼をあそばせることを繰りかえしたのだ。

それにまた林の著作は、時の進行にしたがってはじめて、その主張がくっきりと浮びあがるというような性格のものではなかった。確かに林は、その文章を書くに際して、同時代から先行し、予見的ですらあるように、われわれ読み手の側からは見える。時をへだててはじめて、われわれは林のかつて書いたことが、予言のように成就されるのを見とどけたとも感じる。

しかし林は、かれの精神のありようにそくしてよく見れば、つねにその同時代にはっきりシンクロナイズしていることをしか書かなかったのである。その同時代に、林のところに情報のとどきうるかぎりの、この世界のあらゆる知の場所への同時性にたち、もっとも必要であることについて充分に書く。それは中野重治が、おもに国内の状況について、必要な問題点を解決するために書いた、時事的文章と似たところをもつ。それはまさにその時に書かれねばならず、いったん書かれてしまうと、誰もがそれを必要なことだったと納得する。

もっとも林の文章の場合、同時代に、しかも世界の全体にまたがる視野でシンクロナイズしているものではあるが、同時代人がその明快でうわついたところのない、必要かつ充分な文体にたすけられながらも、そこに微妙に表現されている(イロニーや闕語《けつご》法を柔軟につかいこなしての)情報量をすべて受けとめうるためには、いわば知的な情操の大きさと高さが必要であった。それでも林の書いたところのことを、十全に受けとめた同時代人たちは少くなかったにちがいない。たとえばこの本の様ざまな場所にほのあかりのように見える、林のラブレーまたその人物パニュルジュへの関心、それを仏文学者渡辺一夫は、どのように確実に読みとって、同時代に孤立した魂をなぐさめられたことであっただろうか？

林の文章が、同時代にむけて高く広いところでシンクロナイズする。しかもそれは時代の進行にしたがって、その時点から後方に遅れてゆくことがない。それは僕のように、林の先行したそのはるか後の知の世界を生きている読み手には、とくにくっきりと見てとれることであるが、林の文章は、時事に深く根ざしながら、いったんそのように書かれてしまうと、原理・公理のような性格をあらわして、けっして古びてしまうことがないのである。その性格と、林がヴァレリーについていう、原素的《エレマンテール》なものに還ること、そこから出なおすこととは関わりがあるかもしれない。

ルソーの『エミール』の、すばらしい精読の報告を書きもした林の、子供の教育についての文章が、あの比較するものが思いうかばぬ独自な美しさで書かれた、家と庭園のつくり手としての文章とともに、この本におさめられている。そのひとつ『子供はなぜ自殺するか』を、子供の自殺の「流行」がいわれる今日の風潮のなかで、もし人がよく読めば、この課題についての答がいかにも早く、しかも原理的に呈示されていたことに、驚かないでいられるだろうか？　およそ私的なことを語らぬ、語ることを好まぬ林の、子供についての文章は、それを書いているかれの自然な年齢のあり様を反映していよう。一九三四年から三九年にかけて書かれた文章をおさめてこの本が刊行された際、林は、四十三歳であったから。しかしそれにしてもこの思想家は、その年齢でこれほどの成熟に達して、ひとり野の樫のように屹立していたのであった。カシのなかでももっとも魅力的なカシの種類を思いえがくことにして。

林の文章の基調に対して、およそ似つかわしくない用語法にはなるが、この壮年の林の論集の、論としての特徴は、読むものをしてギョッとさせるところではあるまいか？　そして林が、その生涯の全域において人を新鮮で深い驚きにいざなってきたのであれ、ここにあるとくに戦闘的な強さ・鋭さのそれは、林自身の次の言葉によって説明されるであろう。

《しかも思想家や歴史家は案外自分で考えたり調べたりすることを億劫がり、たいがいは通説に安易に従おうとする習性を持っているところから、事はいよいよ面倒になるのだ。通説の打破というつまらぬ仕事をしなければならず、それが中々生易しいわざではないのである。私もこの現行例は尊重したいのは山々だが、この頃少しく思うところあって、出来るだけ現行例には逆わねばならぬということを建前としているから、そう易々とは妥協したくない。私は世の思想仲買人の仕事を甚だ有益なものと認めるのに敢て人後に落ちるものではないが、何々主義という兌換紙幣のインフレーションには少々食傷している。贋礼だと言う気は毛頭ないが、私はやはり実物にぶつかってみぬことには、それを頭から信用してかかるわけにも行かぬ。苦《にが》い過去の経験が私を懐疑的にしているのである。》

林がわれわれをギョッとさせるところ、しかもそれが表層にあらわれているところを選ぶ「語録」とでもいうものは、容易につくることができる。『吉利支丹運動の物質的基礎』というタイトル自体から、《神と共にただ独りいることの危険》というモオリヤックの引用、そしてまた今日のわが国のカトリック文学の隆盛を思いつつ読んでの次の一句、《それにしても西半球の知性はイエス・キリストのために何と莫大な浪費をしていることだろう。》

キリスト教についてもっとも注意深い眼をそそぎつづけた歴史家林の、その側面での秀れた文章がここには集められている。すなわち右のような、キリスト教についてのギョッとさせる「語録」として僕の選んだものは、林の大きく持続的な営為のわずかな露頭にすぎない。そのような仕方が林の書き方の、総体としての文体である。たとえば本書にはめずらしく新聞に書かれた時評的なコラムも集められているが、「虎の巻」を全廃せよというような提言すらが、林において「提要」風なものへの、永い経験にたつ否定の心に根ざすことを、人はもっと大きく重い論文のうちに見てとるであろう。《或る学問的部門に対して簡単明瞭な(実は大抵は簡単不明瞭なものだが)一般的概観を与えてはくれても、しかし人々を駆って彼自らをその学問へ労作づけてゆくような訓練的刺戟には全く欠如しているというようなものが多い。》

右にその一節をひいた『文芸の社会的基礎』にはじまって、『芸術政策論』『言語の問題』へと、この本は林が同時代の世界に対していだいた根本的な危機感に発して(片やソヴィエト・ロシアにおける政治と文学、片やファシズム的あらわれを先端に置いての、資本主義社会のそれ)、文学の領域に深く立ちいりつつ論じている書物である。この歴史家をして同時代がそのように「労作づけて」いったこと、それを文学の仕事をする者として僕は幸運に思う。しかしそれはまた、文学のジャンルの内在的な力による発展という神話をうちくだきつつ、「言語革命」を見すえる林には、おそらくはその時点でのソヴィエト・ロシアに関わって、もっとも知的なスリルにとむ勉強の成果だったのだ。僕はそこにも林の、個としての精神史の豊かさを見ぬわけにはゆかない。

　林がヴァレリーについていった(そして同時代のフランス文学者たちの、誰もそのようにはいわなかったと僕には思われる)次の言葉。《彼の基本問題は「作《ポイエ》る《シス》」ことの秘密を探ることであり、その作る道具としての知性をその全ひろがりにおいて究め尽すということであった。知性を認識の道具としてのみ見ずに、創造の道具として見ている点が――否、見るばかりでなく、錬磨してゆく点が、そして何より大事なことだがそれを使ってゆく点が――若し主知主義という言葉に固執したいとならば、ヴァレリーの「主知主義」の本体だと言われ得るであろう。だが、この「主知主義」は「人間は何を為し得るか！」というテスト氏の沈痛な叫びをその基調に有していることを忘れてはならない。さて、人間――為す――を戯れに組み合わせてみるとHomo faber になる。或は行動的ヒューマニズムにもなる。Homo faber と Homo sapiens との関聯、ヒューマニズム的行動――現代の偉大なる思想家たちの問題はみんなそこらあたりを旋回しているらしいことを注意する必要があるであろうか。》

　僕はあらためて林自身にこの言葉を冠するようにして、われわれの国の同時代最上の思想家のひとり林が、歴史家としての本来の労作に立ち、文学という「作る《ポイエシス》」ことの場に歩みでてくれたこの本を、自分を励ますためのひとつの源泉とする。

〔一九七九年〕

〃知の世界の涯を旅する者〃

僕は山口昌男著『文化と両義性』（岩波書店刊）に豊かな刺戟をあたえられた。読みすすめながらしばしば茫然として、この書物こそがこの十年近い間、はっきりそうと対象化してではないが、それゆえにより根柢から待ち望み、必要としていたものだと感じた。それは十年来、僕が関心をよせてきたところの（専門家でない作家の関心である以上、アナーキーに多様な）知的領域の問題点が、僕の到達していた射程よりはるか遠方まで掘りすすめられ、かつそれらの多様な方向性にあるものが、確かな一個の人間によって、劇的にといってもいいほどに、ひとつの世界構造へと綜合されていたからである。

このような経験をしては、その著者のすべての著作を読むまでは、息をつくこともできぬ、というように、もとより比喩的にであるが僕は思う。その読書の熱病のひとつのサイクルの後、僕はとくに『道化の民俗学』（新潮社刊）によって、自分の文学の全域にわたる活性化の契機をあたえられていた。しかもこの著者が、書物の次元においてはもとより、人間と事物に出会う旅の次元においても、僕とは比較にならぬ広がりを踏破したヴェテランでありながら、いかにも自分の同時代人だと感じとられること、それがなんと幸福な発見に思えたことだろう。

僕自身は、おおく自閉的な生活をしている人間であるが、文学の領域、また様ざまな異領域の、同時代人たちとの交流を、いうまでもなく好む。そのように積極的に希望もする。しかし、むしろそれらの同時代人たちへの敬意にたって、僕はかれらの仕事の中心的な業績にふれた後でなくては、かれらとの真の出会いの印象を持たないのである。逆にいえば、私生活的な親《しん》炙《しゃ》があっても、当の人物の仕事の本質をなす部分に疑いをいだく時、ついにはそのにせの出会いは消滅して、ただ憎悪あるいは軽蔑が、顕在化してか隠密裡にか残るのみであるから、いまの僕には、それは誰であれ中年過ぎになれば当然であるように、新しい人間関係の開拓にためらわれるのである。

いま思い出してみれば、具体的な山口昌男の存在に接したのは、かなり以前のことだ。それは林達夫先生を囲む会においてであった。僕はそこで山口昌男から、いかにもかれの好みの小新聞に、いまとなってはかれの厖大な収集から提供されたものだとわかる、パンチとジュディ劇の漫画を挿画にした切りぬきをもらった。おなじ時に『ルル』の話もしたことは、この切りぬきの隅に、それが日本ではじめて上演された際に関する、僕の偶然の小知識について、後日かれに手紙を書く約束のメモがあってあきらかである。そしてこの会は、山口昌男がすでに、北部ナイジェリア調査、南西エチオピア調査をなしとげたあとのことなのでもあった。

このようにいくつか事実をあげるだけでも、僕はいまあの会で、林達夫先生の仲だちにより、山口昌男の前に立っていた自分が、当のその眼の前にいる人物が抱懐しているものについて、いかに無知であったかと、あらためて怯みこむようにして思うのである。ちなみに、『本の神話学』の冒頭の章は、《二十世紀後半における人間科学の知的起源を探り当てるという期待》を、ワイマールのワールブルク研究所・文庫にたくして、実際にそこから限りなく拡がってゆくのだが、林達夫という名前こそ出てこないものの、そこにはワールブルクと対比されるような存在として、つねにこのわが国の人文学者への意識があると解読される。また、ここで言及されているような人間科学の、綜合的かつ部分において生きいきした、すばらしい展開を思いつつでなければ、林達夫先生がよく引用される、《神は細部に宿り給う》という言葉の意味あいも、十全には受けとめられうるものではなかったと、遅まきながら気づくのである。

あの会での立話のうちに、山口昌男はパンチとジュディ劇の流れをさかのぼって、かれ自身の生涯の主題であるコンメディア・デラルテの世界、アルレッキーノ型道化について、僕に啓示をあたえることもできただろう。また『ルル』をそうした源流に据えた上で、ヨーロッパの神話世界を、まだ無声映画の残像がわれわれの眼にきらめいている近さにまでひきよせてくれることもできた。そしてかれはナイジェリアのイバダン大学の、人類学教授としての経験をもとに、ジュクン族のドラムと、モーツァルト・オペラのオーケストラとを対比して、次のように話してくれることもできたはずなのである。ああ、僕がかれの仕事の総体について、あのように無知でなかったとしたら。

《このような、アフリカの昔話の世界の中心は、兎をはじめとするいたずら者であるが、世界を自由に飛び廻り、ときには法や秩序をたたきこわし、ときには偶然性の中から新しい文化を狩り出し、自由に歌い、遊び廻り、何者をもおそれず、奇計で力を制し、ときにはひどい失敗をやらかしてしょげ返るかと思うと、聖なる世界と日常世界の使い走りであるという変幻極まりない相貌を示すトリックスターである。そして、それは神話的想像力の源泉を通して、モーツァルトの作品に、アルレッキーノ的劇環境を媒介として姿を現わしたものなのである。》

出会いとは、プラスの意味でもマイナスの意味でも、このように恐しい契機をはらんでいるものだ。しかし出会う相手が著作家である場合、あらためて恥の思いを克服しつつ、かれの著作を読みなおせば、すくなくとも一方的には、あやまりであった現実の出会いをつくりなおすことができる。僕が書物を愛する人間であることの、根柢の切実な理由としてそれがある。

したがってこの場合も、現実に会ったあの際すでに山口昌男の刊行していた、『本の神話学』を新しい心で読むことが、自分のなかになにものか蘇生する喜びである。それを大仰だといわれるならば、山口昌男が新しくその言葉の意味を洗い出した、知的に活性化される喜びといいかえることをためらわないが。そしてこのようにいえば、これまでのべてきた山口昌男の多面的・多層的な諸著作を、本を読むという行為をなかだちに統合した、この『本の神話学』について、(すくなくともあたえられた紙幅では)僕の書きうるところはつきるのである。

そこで、作家としての自分に生きいきした関心を誘う、山口昌男の精神の動き方の、特徴的な、そして僕にはそれこそ根本的に思える一側面を、この巨大な情報量をそなえた書物の、その全体を眺めつつスケッチするように描いて、残りの作業としよう。さきにあげたワイマールのワールブルク研究所をめぐる記述は、様ざまなかたちでそこに関わった、《驚くべき同時代的符合》を示すところの、二十世紀の人間科学の開拓者たちを描きだすためにあった。それはつづいて《知のユダヤ的形態の、ワイマール・ドイツにおける同時代的こだま》を語り、《ワイマール文化の精髄ともいうべき部分がユダヤ人の知的熱情を媒介とせずには開花しえなかったこと》に注意をうながす章にいたる。つづいて構造分析とフォルマリスムについて、それがもともと《革命初期ロシアとワイマール文化の知的達成で、このように、幸運にも大西洋を渡った》、同時代的な奇蹟によってこそ準備されたことをいうのでもある。

もとよりかれの《「同時代的」符合というのは恐しいものである》という、いかにもしばしば発せられる嘆息は、この同時代という言葉を通時的にも拡大して、受けとめねばならない。たとえばかれは《もう一つのルネサンス》を語りながらいう。《理性の限界領域にこそ時代の〈知〉が最も根元的な姿を現わすという真の明確な認識において、クザーヌスは「われらの同時代人」である。》

山口昌男という人間の魂の、不思議な懐かしさ。すなわち様ざまな領域の知性が、その領域の限界へと自由にいたり、同時代的な出会いをうちたてる景観への、あくことなく激しい感情移入。山口昌男はその感動を繰りかえし新しく準備するために、自分の愛するアルレッキーノのように、《いつ何時でも日常世界から飛び出せるような想像力の筋肉をたえず鍛練しておかなければならない》としているのではないであろうか?

そのようにしてかれは、現実においても繰りかえし旅に出かけてゆく。《旅、何処へ? 自分が属する日常生活的現実のルールが通用しない世界へ、自ら一つ一つ道標を打ち樹てて地図を作成しつつ進まなければ迷いのうちに果ててしまう知の未踏の地《ノーマンズ・ランド》へ、書の世界へ、自らを隠すことに知の技術の大半を投じている秘教の世界へ、己れが継承した知的技術を破産させるような知識で満ちているような知の領域へ。》

現にいま閉ざされた書斎で、僕がこの文章を書いている九月の日曜、山口昌男はメキシコへ旅立っているはずである。メキシコ・シティから、メキシコというこの周縁の国の、そのまた周縁へと、トリックスターさながらへめぐりつつ、書物の旅においても長い道のりを旅行して、生命の力を更新したかれが帰国する、一年後を僕は待ち望む。僕のみならず同時代のもっとも生きいきした《知の世界の涯を旅する者》のつたえてくれる物語を、いまから期待する者は数多いにちがいない。困難な、しかしその困難自体が、つきざる良さのみなもとでもあるような良き旅を、山口昌男の上に、

Vale！

〔一九七七年〕

悲劇の表現者

ぼくはオペラの録音を聴くことを、日常生活のおそらくもっともおおきい喜びとしている。あの、いつも荒野を餓えて走るジャッカルのような、コリン・ウィルソンが、ほとんど偏執的なほどに、大量のオペラの全曲レコードの蒐集について語るのを読んで、ひそかにそれに共感したこともあった。ぼくがオペラにひきつけられる理由は、ほぼふたつにわけることができるだろう。ひとつは歌い手の肉体性ということであるし、もうひとつは、オペラ全体の、悲劇性ということである。このようにいうと、およそ身も蓋もないが、それはぼくがオペラを聴きながらすごした、じつに永い時間の、自然な結論にほかならないのである。

肉体性ということについて、具体的に語れば、マリア・カラスという人間の名があらわれないわけにはゆかない。ぼくはマリア・カラスをつうじて、いかに多くのことを経験してきたことだったろうか。ぼくはマリア・カラスについて、かなりの量の文章を読んだが、たいていは忘れてしまった。それは、ぼく自身の心おぼえのようにしていうのであって、第三者に、ひとつの論として示すのではないが、マリア・カラスについての文章は、その録音にくらべて、まったくなにほどのものでもなかった。ただひとつ、心にのこり、マリア・カラスの歌声を(というと単純化にすぎる。それは、あるいは叫び声であり、苦悶の呻き声であり、話し声であり、そしてつねに、人間の人間的な達成の最上のものと思われるほどに、高度にコントロールされた、人間の声の全体である)聞くたびに、思いうかべるのは、マリア・カラスの誕生伝説とでもいうような、およそ信憑性のうすい、通俗的な読み物の一節である。

それによると、マリア・カラスはギリシア移民の家庭の、いかにもみにくく肥満した娘、しかし美しい声にめぐまれた娘として、最初の庇護者に発見されたのだ。彼女はまったく肥っていた。考えてみれば、あのマリア・カラスほどの人間が、なおマリア・カラスとしての彼女自身を発見していないとすれば、つまらぬものを喰いに喰って、不健康に肥満でもするほかになかったろう。

庇護者は、肥った娘を節制させ、訓練し、ついに、あのマリア・カラスをつくりだした。その後、このふたりは訣別した、というのであったが、ぼくはその時ひとりマリア・カラスから去っていった、なにがし博士という庇護者は、おそらく、この世界を創造した「神」のようにも、満足であったろうと思うのである。

また、すくなくとも、録音におけるマリア・カラスの、つねに彼女から消えさることのない、激しい緊張の印象は、かつての肥りに肥った、また、いつそのように躰が崩れてしまうやもしれぬギリシア系の娘、という面影につきあわせつつ想像するとき、彼女にもっともぴったりするようにも、感じられるのである。

もっともこうした、あいまいな根拠にたった夢想のごときものは、マリア・カラスの音楽の、肉体性に、頭から足さきまで、すっぽりとつかってしまったような経験を繰りかえしてきた、ぼくひとりにこそ意味があれ、一般的な説得力のあるものではないであろう。そこで、より普遍的な喚起力、ということを考えつつ、マリア・カラスをめぐって語ることにしよう。

ぼくは数多くのマリア・カラスを聴いた。それらのなかには、ぼくがもっとも美しい音楽をもった黒人だと思う、レオンタイン・プライスとくらべて、どちらをとるべきかにまようものがある。また、モンセラ・キャバルレや、ヴィクトリア・デ・ロス・アンヘルスにくらべて、とくにマリア・カラスを、という心がおこらないものもある。とくにヴェルディの『シモン・ボカネグラ』という、一時代のジェノアの政治体制について、まことに実感をそそるすぐれたオペラにおいて、これはぼくの感想では、ふたりのバスのあいだに、エロティシズムとしかいいようのない、しかし壮厳な、共感関係のかもしだされるオペラであるが、ぼくはロス・アンヘルスに満足しており、もしマリア・カラスの録音が売りだされても、それを買いたいとは思わない。マリア・カラスをこのオペラのなかに置き、彼女と均衡をたもち、むしろそれより大きめに現前する、そういうふたりのバスを、選びだすことは、およそ不可能に思えるのであって、したがってそれは想像力を喚起しないのである。

ぼくはまた、マリア・カラスが、フランス語で歌った『カルメン』のような録音も、楽しんで聴いた。語学的なことをいう資格はないが、マリア・カラスは、ぼくなどにも、外国人が歌っていると感じられるようにして、フランス語を歌う。しかし、ぼくはかつて、マリア・カラスの歌うように、「ハバネラ」が抵抗感をあたえることなしに歌われるのを聴いたことはなかったように思う。

さて、そのようにして聴いてきた、マリア・カラスの録音のうち、もっとも秀れていると、あるいは、かけがえのないマリア・カラスの個性を、もっともよくあらわしていると思われるのは、それぞれに録音の年度はことなるし、ふたつのオペラが、内容においておなじ特質をそなえているというのでもないが、それらは次の二作品である。

第一は、一九五三年にフロレンスの五月フェスティバルで、ジュゼッペ・ディ・ステファノやテイト・ゴッビとともに録音された、『ランマムーアのルチア』、第二は、一九五七年に、ミラノ・スカラ座で、ミルト・ピッキや、レナータ・スコットとともに録音された、『メデア』、ぼくの持っているレコードは、前者がモノラル、後者はステレオである。

とくにマリア・カラスが、狂気におちいったルチアのアリアを唱うとき、ぼくはそれを聴くうちに、およそこのようにも多様な綜合性をそなえた女性のイメージを、それもきわめて肉体的に、かつて自分が把握しえたことはなかったという、身震いするような感銘におそわれた。しかもこの感銘は、いくたびも繰りかえしあじわうことの可能なものである。そしてその感銘を分析するうちに、ぼくは、肉体性ということについて、また、ひいては、悲劇を人間が表現するということについて、いくつもの真実を、まなんだように思う。

いわゆる、ルチアの狂乱のアリアを、ほかにもぼくは幾たびか聴いてきた。こういうアリアの通称が、まず示すように、このオペラの頂点にあるアリアは、文字で解説される時、いかにも概念化される。そして様ざまなソプラノ歌手たちの歌も、その概念化にそって演出されているように感じられる。兄と情人とをまきこむ政治状況のなかで、もうひとりの政治勢力と結婚せざるをえず、婚礼の床で、夫を殺害してしまわねばならなかった、美しいスコットランドの娘という、痩せて突飛な概念。この概念にそくしてルチアの狂気したアリアが歌われる時、十七世紀末を舞台に、スコットの小説を、ドニゼッティがオペラ化したこの作品は、およそ大時代な、しかも様ざまな部分で必然性を欠く、安手な「政治」と「誤解」の恋愛悲劇とでもいうべき様相を呈してこないわけにはゆかない。ルチアよ、あなたには、そのように狂気して嘆き歌うことになってしまうよりほかに、いくらでも選択の余地はあったではないか、という疑いが湧きおこり、ひいては、このオペラの悲劇性そのものの根底まで、疑わしく思えてくるのである。

悲劇？　いうまでもなく、それはつくりものだ、しかもそれを演じている人間は、あと一時間たてば、化粧を洗いおとして、遅い夕食をとったり、酒を飲んだり、寝たりするのだ、それが不満なら、オペラを聴きにくるな、というような、おそらくは指揮者の開きなおりの声が、聞こえてくるようですらもあった。ぼくはそのような声を想像しては、子供の時分いらい、自分をとらえている、悲劇への疑惑を、あらためて思い出さないわけにはゆかなかったのである。いったい、ほんとうに悲劇というものは、劇場において、その日、その時刻に、舞台の上と客席とを、疑いえない同一の本質において、今日なお表現され・とらえられうるのか？　われわれは、今日、劇場において、現実生活においてとまさにおなじような悲劇を経験しうるのか？　あの、超現代的に照明された舞台の上で、悲劇の主人公を演じている人間にとって、悲劇とはなにか？　それはまた、われわれにとってなにか？

　ぼくは今日の演劇について、木下順二氏のつぎのような言葉を、理論として、もっとも信頼するものである。《……ぼくの信じるドラマ概念は、自己否定というものを含んでいなければならない。自分が正しいと思うものを追求して行く行為が、結果としては自分を否定する行為でしかないということを発見する、それがドラマだとぼくは信じているんです。》

　ぼくはこの考え方に眼をひらかれながら、しかもその眼をひらいた自分が一瞬にして充電されるような経験をもとめており、それまでは、この考え方についても、それを一個の知識として持っているにすぎぬ、ということを念頭におきつづけていよう、とも思ってきたのであった。

　そしてぼくは劇場で、なかなかその充電の一瞬に出会うことがなかった。ここ数年、ぼくはほとんど劇場にゆかなくなったが、その理由のひとつはそこにある。ひとつの新作の劇を見ながら、自分がいま、この「悲劇」を信じ、それを演じている人間の「悲劇の表現者」としての実在性を信じているかのごとくに、ここに坐って熱心に舞台を見まもっていることには、そもそもの出発点に、はっきりした無理がある。自分は、わざわざ、その約束を自分に課して、長くもない自分の人生の時を、むだづかいしているのだ、と気がつくとうすら寒かったし、その後で、作者や俳優や演出家たちをかこむパーティにも出なければならぬ、ということになると、それこそ暗澹たるものだったからだ。あなたがたは本当にあれを信じていられたのですか、いっさいの約束事ぬきに？　もし、約束事が欠かせぬとして、それはあなたにとって、現実の経験ほどにも、ゆるがしがたい約束事なのでしょうか？ という素人の質問は、決して賞め言葉よりほかのもののためには開かれていない、かれらの耳にむけて、いくたびぼくが、苦い舌の上におしころしたものであったろうか。まことに、ごく希な、例外の時をのぞいては……

ところがぼくに、そのドラマ的なるものの、真実の充電を、マリア・カラスのルチアのアリアこそがあたえてくれたのであった。そしてそれは、レコードを繰りかえしかけるたびに、つねに新しく経験しうるところのことなのだ。それはぼくの再生装置が、マリア・カラスのアリアをレコードの溝から、現実化《レアリゼ》しはじめるたびに、このようにやってくる。

それはまず、マリア・カラスの歌声について、ぼくに、これは人間の、もっとも美しく、もっとも訓練されつくしていながら、しかも、ひとりの人間の個性をはっきりになっている、いかにも人間的な声だ、という感銘をあたえる。その時、ぼくの想像力の前面にはっきり押しだされてくるのは、ルチアという役柄より、マリア・カラスという人間そのものの肉体である。

それにしても、よく訓練された声というものは、なんとよく人間の肉体の、全体性と、その一瞬、一瞬にしか実在せぬ、いわば実存的な本質とを、的確に表現するものだろうか。声はそのまま肉体ではないのだから、声によってぼくに喚起される、肉体の全体性、実存的な本質とは、ものごとの根本に根ざして、想像力的である。しかも声ほど、想像力の世界に、肉体性そのものを、よく実現しうる素材、契機が、ほかにありうるであろうか？

それにまたマリア・カラスの声は、ドニゼッティの作曲した楽譜にしたがって歌っていながら、あたかもマリア・カラスという人間が、いまこのように肉体の全体性、実存的な本質をそなえて、ここに現実化されるためには、ドニゼッティの音楽が、絶対に必要なのだ、と感銘させる点において、ただちにマリア・カラスは、ぼくをして、つくられたドラマの、現実世界における一回性、真の経験としての性格をたちまち理解させてもいるのである。

　そのうちにぼくはマリア・カラスが、彼女自身を現実化することによって、またルチアという十七世紀末のスコットランドの、一封建貴族の妹を、現実化しながら、しかもそれを、いわゆる「狂乱のルチア」というような概念化の範囲をこえて、ひとりの人間として可能なかぎり、具体化し、全体化してゆく道すじにひきこまれてゆく。そのアリアには、ルチアの苦悩のみならず、愛や喜びや、失望や悲しみや、およそ人間的なすべてのものの、いちいち微細なひだひだにいたるまで、具体的な、こちらのルチアへの想像力の幅をぐんぐんおしひろげるところの、全体性がある。われわれはそこに、なんとも豊かで、せんさいな、真の女性の肉体による《自分が正しいと思うものを追求して行く行為が、結果としては自分を否定する行為でしかないということを発見する》ドラマを、経験することになるのである。

　そしてオペラが終った時、この、およそ脱出口のない悲劇を、マリア・カラスによって現実化され、それに全身をあげて参加してしまったぼくは、（参加する？　しかし、きみは指一本うごかさず、息をつめて耳をすましていただけじゃないか？　といわれるとすると、ぼくはまったく鋭い喜びとともに、ぼくの想像力の世界を宰領しているのはぼくだ、そのぼくの参加がなければ、マリア・カラスは、ぼくの想像力の世界に、現実化されることもなかったのだ、とこたえるだろう）この恣意的な条件づけにみちた、悲劇の約束事についての疑いをまったくとおりぬけてしまっている自分を発見するのである。いまマリア・カラスによって、ぼくは人間としてこの世界に実在していることの全体的、具体的な意味あいを、まことにぼく自身の現実生活における真の経験のようにあたえられた。しかもそれが悲劇をオペラの作品において経験することの必要性をもなすのであるが、ぼくはじつは現実生活において、このように濃密な経験をおこなうことはないであろう、じつにそのような経験こそ、ぼくがいまとおりぬけたところのものなのだ、とぼくは了解しているのである。

その時、ぼくには、なぜ人間は舞台の上に悲劇をつくりだし、そしてそれを表現することをし、それをまた享受することをするのかという、子供の時分からの疑いから解放され、かつ単に解放されるのみでなく、悲劇に集中された、人間世界のエーテルのごときものに、全身をみたされてもまたいるのであった。

それにしてもオペラのリブレット作者たちは、なんと急速に、核心めがけて直滑降するようなかたちで、「悲劇」の仕組みを実現することだろうか。ぼくはヴェルディのオペラをすべて愛しているが、かれのリブレット作者が、おもに十八世紀文学から鋳なおす「悲劇」というものは、それを小説のかたちに置きかえるとすると、今世紀はもとより、十九世紀においてすら、およそ瀕死の状態であるようなたぐいのものである。しかし、いったんそれがオペラ化されたものを、マリア・カラスが現実化してしまうと、われわれには、二十世紀文学に欠けてしまったたぐいの悲劇性というものの、文学的状況における大きく黒い穴ぼこが、くっきりと見えてくるようではないか?

『メデア』の場合、さきにあげた木下順二氏の《自分が正しいと思うものを追求して行く行為が、結果としては自分を否定する行為でしかないということを発見する》という、ドラマの「自己否定」のかたちは、まったく算数の公式のようにもあきらかである。このオペラの背後につらなるものとして、ギリシア神話の、すなわちアルゴナウタイの遠征譚があるのだと、したがってメデアの怒りも報復も、それなりの充分な根拠があるのであって、オペラは、その長い物語の突出部のひとつにあたるにすぎないと、レコードの解説書は説明するかもしれない。実際それはまったくそのとおりであるだろう。

しかし、いったんマリア・カラスが歌いはじめる時、メデアは、まさにその歌声のかたるところのことだけを表現する存在として、むしろギリシア神話の世界からぬけだし、われわれの生をふくみこむ現実世界の一環として、すっぽりと、こちら側の世界にはいりこむのである。

マリア・カラスは魔力をもったメデアとしてあらわれるが、この憎悪に燃え、怒りくるい、うしなわれた愛を悲嘆し、軽蔑に、なお怒りたける女は、それこそ人間の域をこえた威厳をあらわしながら、しかもきわめて人間的である。マリア・カラスは、ここでもメデアに、人間としての全体性、実存としての本質をそなえた肉体をあたえる。その肉体が、彼女の正しさを追求して、ついに彼女を侮辱した夫とのあいだの、血をわけた子供らを殺し、恋敵を殺し、城を焼く。神話のメデアは、報復のあと、竜の引く車で空をかけって逃がれさるが、マリア・カラスによって現実化されたメデアの肉体は、オペラの終局において、それこそもっとも苦渋と悲劇的昂揚にみちた「自己否定」をとげるかのようである。すくなくともマリア・カラスによって、そこにひとつの悲劇を経験しているぼくは、それをおこなう。

E che? Io son Medea! Io son Medea! ナニ? ワタシハめでぁデハナイカ、ワタシハめでぁデハナイノカ! という暗い怒りと嘆きの叫び声を、ほかならぬマリア・カラスがあげる時、ぼくの肉体と魂は、まことにそれに引き裂かれるようだ。そのとき、ぼくのうちなる「人間」も、Io son Medea! と叫んでいるのであり、メデアとしてのぼく自身を経験しているのである。じつにそのように簡単明瞭に、しかし激甚な充電のごとき感覚をもって、ぼくが「悲劇」というものとの関係をはっきり回復する(あるいは、はじめて実現する)ことができたのは、オペラをつうじてであり、それも悲劇の表現者としてのマリア・カラスをつうじてなのであった。

ぼくは幾たびその悲劇の表現者の声のなかにはいりこむようにして真夜中から夜明けにいたる、自分にとって最上の時をすごしたろう? しかしぼくはいつまでも、再生装置にむかって坐りこんでいるわけにゆかない。ぼくは頭をたれて机のまえに戻る。野生の犬や鼠にも比すべき生命力の、オナガやスズメが啼きしきりはじめるのを、閉ざしたカーテンを透す陽の光とともに発見しながら、ぼくはあらためて自分の散文に、独自の悲劇の表現者のかたちをさぐりはじめる。十九世紀のオペラをつうじてのみ、十八世紀の「悲劇的」なる小説群は生きのこったが、それはほとんど小説としてはすでに死んだ、ということであろう。しかし、いったんマリア・カラスの声が、任意の空間に響きはじめるやいなや、悲劇の核心が、われわれをこの現実世界のただなかに突き刺す以上、ぼくも自分の散文の世界に、もっとも悲劇的なるものを具体化し、全体化する希望を、まったく持ちえぬ、というわけでないはずではないか? もっとも小説の散文は、いかなるマリア・カラスの肉体による現実化の救助も、あてにするわけにはゆかない。それはその散文のイメージのなかに、ぼく自身と、他人とを想像力のきずなによってむすぶ、ほかならぬ悲劇の表現者を、自力で確保しなければならぬ、ということである。今日なお生きている悲劇とは、あらためてなにか？　表現する肉体、表現者とはなにか？　当のそれ自身についてすらもまた、散文をつうじて考えなおし、考えつづけねばならないであろう。しかしぼくはたとえば Io son Medea！ というマリア・カラスの暗い叫び声について、それを、自分の経験のなかに肉体化しえているのだから、すでに手がかりはあたえられたのである。

〔一九七二年〕

独裁者という鏡

ガブリエル・ガルシア・マルケスの『族長の秋』El Otoño del Patriarca については、その各章ごとに繰りかえされる、一般的な語り口の導入部から、しだいにその語り口そのものが複雑な層をなして迷路のようにつづく、記述の「かたち」こそを分析しなければならぬだろう。原文を読めぬ僕にはそれをすることができない。英訳(ハーパー・アンド・ロウ版)から想像を働かせるのみだが、しかし僕がもっとも深くこの小説によってひきつけられる、魅惑の中心にはそれがある。スペイン語の専門家たちに、この隔靴掻痒の思いを解消してもらうことを望んでいる。

そこでその次に位置するというか、英訳でもかなりはっきりとらえられる問題点から、あらためてこの小説を読みとろうとすると、わずかながらラテン・アメリカの世界のなかで暮していた日々の、生活の細部にまつわる思い出とそれがむすびつく。僕はそのメキシコ滞在中に、ガルシア・マルケスと会ったのでもあるし、アパートの兵隊ベッドでは、様ざまな翻訳の『百年の孤独』を繰りかえし読んでは、英語であれ仏語であれ、孤独という意味の言葉に出くわすたびに(マルケスは音楽において主題の音の組合せをもちいるような仕方で、この言葉を有効・確実に使うが、それも手さぐりするようにいえば soledad というもともとの言葉で書きつけられているのを読む時、もっともその衝撃力は強いであろうと思われたが)、子供のころよく感じた、氷の切れはしかなにかのように消えてしまいたいような、圧倒的な soledad の思いをあじわったのでもあった。

僕をマルケスの所へつれて行ってくれたのは、ラテン・アメリカ文学研究者で大学の僕の同僚であった。この初老のアメリカ人はマルケスの初期のリアリズムの(とかれがいうのを聞いて、僕はなんとなくアメリカのプロレタリア文学のことを思ったが、後に読んだ『落葉』はすでにマルケス独自のものにちがいない達成であった)、すなわち『百年の孤独』における大きい変貌より以前の作品をじつは好むのだといっていた。マルケスの結婚式にも参加した古い友達のかれとして、いま世界的なマルケスへの翳りのある思いもからんでいよう。

マルケスはあの巨大なメキシコ・シティの(『族長の秋』のなかの、ばかでかく悲しいという形容句が思いうかぶが)、それも南端の住宅地に高い塀にかこまれた、わずかに樹木のある中庭つきの家に住んでいた。まだ整備中で、かれの小説のなかの女性像を思わせずにいない、スペイン的な大様さの夫人が労働者に庭で指図をしていた。その塀の前まで迎えに出てくれたマルケスは、シティの中心からはずれるほど加速度的に乱暴になる、メキシコの交通事情を気に病んで、しきりに僕を保護してくれたものだ。——この道すじで昨日は日本人が三人轢かれた！　というような軽口を発して。

さきにいった中庭、つまり patio をへだてる木工の仕事場のような書斎で、大きい(なんとも大きすぎる)タイプライターを、机の真んなかに障害物のように置いて、マルケスは屈託ない笑顔を見せたが、かれの椅子からもっとも手を伸ばしやすい棚にブリタニカの揃いが置いてあるのは、『百年の孤独』の読者にとって、やはり笑顔をそそられる組合せであった。実際にマルケスは、百科事典をよく読むのであるらしい。そこでわれわれは、作家には二種がある、百科事典を読む者と読まない者と、というやはり軽口めいた、しかし本気でもある同意に達したのである。

屈託ないといったが、もとよりそれは笑顔の表層のことで、マルケスがあのころ現にひきうけていた課題は、大きく重いものだった。その翌日、キューバへ発つはずのマルケスは、ケネディ政権による核脅迫がらみの、大包囲の時期について書こうとしているが、そのためにデフォーの『疫病年代記』を読みかえしているのだといった。その構想について(それが実際に結実したかどうかを、いまの僕は知らないが、作家にとってなにごとかを構想する期間、頼りになる書物の手がかりは、それが書きあげられたものに直接反映しているよりも、むしろそうでない時、かえって真に重要なものだったと、自覚されることもある)、僕はわが国の文学者の例をあげて賛同の意見をのべた。つまり大岡昇平が、やはりデフォーの言葉をひいて、俘虜としての「監禁状態」を描くことをつうじ、戦後日本の、より大きい「監禁状態」を表現したということを。マルケスはブリタニカを調べて、まだかれの名がのっていないその版に、この日本の戦後文学者についての確実な記事と、それに奇妙な逸脱のように感じられたものだが、ついでに僕の名まで見出して、面白がったものだ。

僕としては数年をかけて書く小説の、いままさに書きはじめようとしていた構想を話した。そしてこの年の暮、僕はその第一稿を終えようとしているところだが、あのメキシコ滞在時には、まだ構想自体が五里霧中であったのである。それをすばやく見てとって、マルケスは『百年の孤独』につき、自分の家族に起ったことがらを日記を書くように書きはじめて、それを積みかさねていったのだと、きみもそのように始めればいいのだと、いかにも的確に励ましてくれた。そこで僕は、マルケスの世界のすばらしい母性、『百年の孤独』のウルスラ、『族長の秋』のベンディシオンに比較することはもとよりできぬのではあるが、自分の老母の語り口による森のなかの村の歴史に、子供の時分から影響をうけており、今度はじめて綜合的に、小説にそれを生かすつもりだというと、彼女の語ったことをひとつ話すように誘った。それを聞いてマルケスはおおいに笑い、僕の持っていた仏訳の『百年の孤独』に、母親あての献辞を書きつけてくれた。

……これまで書いたことは、『族長の秋』とは直接に関わらぬ。ただラテン・アメリカ圏で、そこを代表する作家と暮した一日の思い出と、『族長の秋』の特質をなす、さりげない日常的な噂や軽口をそのままとりあげ、それに巨大な暗喩としての想像力世界をになわせてゆく、マルケスの方法を考えようとして、右にのべたことを書きつけたい心を持ったのである。

僕が光をあてたいのは、こういう特質だ。海兵隊の基地か、制海権か、というたぐいのアメリカ大使館の威嚇はラテン・アメリカのほとんどあらゆる国にむけおこなわれてきただろう。そのひそかな噂、あるいは公然と新聞に印刷される報道。しかしそれは一般の民衆への投影においては、マルケスがそこに立っておこなう、次のような想像力による飛翔をつうじて、はじめてよく実体化するのではあるまいか？　アメリカ大使の海事関係技師たちが海を持ち去ってしまう、分解し番号をふって、アリゾナの血の赤さの夜明けの中へ。しかもそれを語りつつ、鳥をあきなっていた母親ベンディシオンの魂への、独裁者による呼びかけの文脈を導入することで、このイメージは独裁者の内部とのつながりともどもリアリティーを加えるのである。

この小説についてそのなかのとくに驚くべきシーンと喧伝された、富くじの秘密を知った子供らが大量に船上で爆破される挿話も、そのなりたちの根柢には、箱のなかの熱い玉を、ふつうの玉から手さぐりで選びわけ、八百長をおこなうという、やはりラテン・アメリカの日常生活のなかに、ざらにありそうな思いつきにおいて、まずひとつのレヴェルをしつらえ、それが子供らの大量虐殺という凄まじい暗喩への展開へいたるゆえに、リアリティーがもたらされていることをいうべきであろう。

独裁者と女たちとの関わりの記述も、右にあげたふたつのレヴェルの多様な照応のさせ方が、効果をあげていたのだ。独裁者は妾たちの家のひとつを不意うちする。裸になるいとまもないどころか、ドアを閉じることすらもせず、女は子供らにこれはおまえたちの見るものじゃないと叫ばねばならず、犬はクンクンいい、独裁者がベッドでたてる音は家じゅうに鳴りひびく。あるいはまた独裁者が、その生涯の女性にめぐりあう仕方にしても、それらは独裁者についての粗野な噂話をそのままにコラージュしたようでありながら、そのいちいちのシーンが、そのまま想像力的なもうひとつのレヴェル、神話的なレヴェルをきざみだしてゆくのである。暗喩、象徴そしてその組織されたものとしての神話という想像力論の考え方を、マルケスはいかにもリアリティーにみちた仕方で納得させるのだ。それはあるいは独裁者の側に立って、あるいは独裁者にさからって、繰りかえしおこなわれるゴシック小説風の暗殺、虐殺についてもっともあきらかであった。

小説導入部の骨組をなす、独裁者の「再生」ということにしてからが、そのような二重のレヴェルによって構造づけられることで効果をあげている。小説の読み手はまず、独裁者のさきの死と、それにつづく「再生」によって教訓をえた民衆にとり、あらためてのかれの死が、なお疑惑をもってむかえられているという、神話的な情況において、死と「再生」の主題に出会う。その段階では、われわれはまさに暗喩、象徴そして神話の光のなかに独裁者を見ているのである。それがすぐさま日常的にありうることのレヴェルへとひっくりかえされる。(それが独裁者の身の上におこることがらである以上、民衆にとっての日常性とは質がちがうけれども。)影武者の死と、それを契機にした独裁者の死の仮装、それにつづく報復にみちた「再生」。いったんそのように種あかしされれば、この独裁者の死と「再生」は、やはり市井で独裁者を種にして語られる冗談のレヴェルにかさなるものだ。しかもこの段階で、第二のレヴェルと第一の神話レヴェルでの死と「再生」が、ロシア・フォルマリストの用語をもちいれば、「異化」しあっているのである。

このように見てくれれば、『族長の秋』が、ラテン・アメリカの民衆の生活における軽口、冗談あるいは法螺話、そうしたものの反映としての噂、デマのレヴェルでとらえた独裁者と、暗喩、象徴そして神話のレヴェルでとらえた独裁者とを、およそマルケス独自の話法によって、ひとつの構造体に表現している、そのあり様はあきらかであろう。しかしなぜ独裁者が、小説の主題に選ばれるのか。独裁者はどのような役割をになって選ばれているのか?

フレドリック・B・パイクの『スパニッシュ・アメリカ』(トーマス・アンド・ハドソン版)に、つまり一九〇〇年から一九七〇年にかけてのラテン・アメリカの歴史を語った本に、僕にはとくに印象の強い一葉の写真と一枚の絵とがのっていた。ひとつはその死後二十年なおアルゼンチン人の敬愛を集めている(彼女を聖列に加えることがもとめられるほどに)、かつ片方ではそれに対抗する熱心さでヴェールをはぎとることがおこなわれている、とパイクの書いた、エヴァ・デ・ペロンの肖像である。白い衣裳に身をつつむ輝やくように豊かな金髪のエヴァは、崇拝者の幼ない娘の手にキスしている。

白血病で死ぬことにより、その伝説を完成したエヴァ・デ・ペロンのことこそを、ペロンの帰国とそれにつづいた死、そして亡命生活をともにした新しい妻がその後に経験した、栄光と恥辱の激しい波立ちをあらわす外電を見るたびに、僕は思い出さざるをえなかった。ペロンもその新しい妻も、短い間ながらかれらが再び近づきえた権力の座において、しかし独裁者としての真に神話的な力については、それを望みえなかったと僕は思う。掛け値なしの独裁者の神話は、死んだエヴァ・デ・ペロンがかすめとって、アルゼンチンの民衆の想像力の天空をひとり埋めているのだから。そしてそのような存在こそは、ガルシア・マルケスの文学の世界にいかにも近いものであろう。

もうひとつは、大きい油絵からの写真版で、それは最近わが国でも、まるまる肥った人間を描く素朴派風の画調が人気を呼びはじめたのらしい、フェルナンド・ボテロの絵であった。ほかならぬマルケスの母国コロンビアの大統領一家が、そこに描かれている。隅に画架を立てたボテロ自身を描きこむ、その構図があきらかに示すように、ボテロはゴヤを念頭においている。ゴヤの諷刺力を希求しながら、かれはこのやはり誰もかれもが丸っこく肥っている絵を描いたのだ。大統領とその妻、老母に娘、そしてかれらの足もとの黒猫までが肥りにふとっている。そしてやはり肥った将軍と司教とが、プレジデンシャル・ファミリーの構成を補完している。この絵もまた、いかにもガルシア・マルケスの剽悍《ひょうかん》なユーモアをふくんだ、政治的な把握と表現の、その挿絵のようであることか。

ラテン・アメリカはやはりこの地上の、他のいかなる地域ともちがうと、エヴァ・デ・ペロンのスナップ写真や、フェルナンド・ボテロの絵をつうじてはっきりイメージ化することのできる、そのラテン・アメリカの独裁者を、マルケスは民衆の日常的な軽口や冗談、法螺話のレヴェルでとらえた。つづいてラテン・アメリカの総体をおおうほど大きい暗喩、象徴そして神話のレヴェルにおいて、その独裁者をとらえなおして、構造づけた。しかしあらためて考えてみれば、マルケスはラテン・アメリカの情況の外に孤立した知識人として、そのような神話の組み立てに励んだのではなかった。ただ一個の暗喩なりと、民衆の側の軽口や冗談、法螺話のレヴェルをくぐらせることなしにつくりだすことを、マルケス自身が容認しなかった。

そこでマルケスの独裁者の、大きく暗く荒あらしい、神話的な像を見るわれわれの眼は、それを鏡としてそこに映るラテン・アメリカの民衆の全体を見ることになる。作家の最大の野心とは、かれの同時代の総体をとらえることであろう。そこから類推するようにして、マルケスがラテン・アメリカの現代をとらえるもっとも有効な媒介物として、独裁者を設定したのだ、と整理する。それもあながち過度の単純化ではないであろう。キューバの大包囲の時期のもっとも凶々しい力をとらえるため、媒介物としてペストを置くのとパラレルな意味で。

しかし具体的な表現としてマルケスがなしとげたところの、暗喩、象徴そして神話としての独裁者の像は、対置される日常的な軽口、冗談、法螺話のレヴェルの独裁者像による「異化」の光をあびて、陰翳の濃く深い層をそなえている。その深淵にラテン・アメリカのすべての民衆が沈みこんでいるように、この巨人のかたちをした鏡を覗く眼には見える。しかもこの同時代のラテン・アメリカ世界への地理的な拡がりをカヴァーした小説が、時の流れの軸にそってやはり同時代をつつみこむ『百年の孤独』と同じように、いかにも個人的な切実な声を発している。

その声の主調音は、『百年の孤独』において soledad と繰りかえしたように、『族長の秋』では otoño と繰りかえす。独裁者の人型を切りぬいて、夜の海をはめこんだような鏡のなかに映っている、ラテン・アメリカの全体と民衆を見わたしながら、他に言葉もなく otoño と書きつける、これは思い出のなかの屈託ないかれとはちがう、暗くかげったガルシア・マルケスの顔を僕は幻に見る。otoño とは、かれの母国コロンビアでどのような季節なのだろうかと、あいかわらずの手さぐりのうちに。

〔一九七九年〕

IV

核時代の日本人とアイデンティティー（講演）

多様な分野の専門家たちが、それも世界各国から集って来られた、この会議に際して、もとよりそれは私が敬意をいだく学者たちの講演にあわせてということではありますが、一箇の日本人の作家がお話することを、奇妙な試みだとお考えになる方は多いと思います。私もなかばその考えに同意します。しかしある調和、秩序をもった、（制度的とはいわぬまでも、そのような）集まりに出現して、そこをなかば攪乱し、なかば活性化させる、そのような役割は、つまり集会のトリックスターの役割は、作家にふさわしいとも考えられます。まず奇妙な、場ちがいの人間が現われて、自分らになにかを教えるというのではなく、問いかけてくると皆様がお感じになれば、私がここに出てきた甲斐があるというものなのであります。しかしもとより私は、演技として問いかけるのではありません。あなた方、専門家たちに答をあたえられることを切実に期待しています。全体としてのこの会議の成功を心から希望するのであります。

作家が専門家たちの会議でお話することの奇妙さ。それはなによりもまず、作家がいかなる意味でも専門家でないということにあるでしょう。作家は言葉の専門家ではないか、という寛大な意見があるかもしれません。しかし作家は、つねにもっとも日常的な言葉、ありふれた言葉を、専門家でない一般の人間の意識のレヴェルに戻して、それを構成し、構造づけて、作品をつくりあげるのです。かれが専門家の言葉を、専門家の手つきであつかうようになれば、かれはすでに作家ではなくなっているでしょう。

ヴィエトナム戦争の際に(すでにヴィエトナム戦争は過去の出来事だ、インドシナ情勢は新しい局面をむかえているし、それはヴィエトナム戦争を分析した論理ではすでに解きえぬ問題を表面化させていると、そのようにいわれるとすれば、私は、作家はつねに過去にこだわる者だ、過去との連続性に立ってものを考えることを特質のひとつとするのだ、と申しましょう)、ジェイソン機関というものが、米国防総省に関係のある、国防分析研究所ＩＤＡのサブグループとして作られたことを思い出していただきたいと思います。それはノーベル賞受賞者をもふくむ科学者たちの集団で、いわゆるオートメ化された、エレクトロニクスの戦場をヴィエトナムにつくり出すための計画を立案しました。このジェイソン機関に抗議してカリフォルニア、バークレイのＳＥＳＰＡ、すなわち社会的、政治的行動のための科学者・技術者のグループが、告発のパンフレットを出版しました。そのパンフレットは、日本の作家である私の所へも届きましたが、このパンフレットでＳＥＳＰＡの人びとが、自分たちをアウトサイダーと呼び、ジェイソン機関の人びとをインサイダーと呼んでいたことが、強い印象をきざんでいます。ＳＥＳＰＡはこういったのでした。自分たちがインサイダーの科学者たちに論争をいどもうとすると、あるいは単に質問しようとすると、おまえたちは事実《ファクツ》を知らぬアウトサイダーだと、かれらが拒む。しかしわれわれはアウトサイダーであるゆえになおさら、一般人の名において、国家のトップ・レヴェルの政策決定者たちと関係を持ち、政府官庁の秘密情報に接する機会を持つインサイダーたちに問いかけつづけねばならぬのだと。私は作家もまたこのような意味での、つねにインサイダーたちに問いかけつづけるアウトサイダーだと考えています。そしてもちろん大部分の民衆はアウトサイダーなのであり、しかもかれらの運命はインサイダーたちの手に握られているのです。

むしろ作家は、あらゆる専門家たちに対して、あなた方はインサイダーだと、いつの間にかインサイダーとなってしまう可能性を持つ者らなのだといい、そしてあなた方はアウトサイダーたる民衆と対立することがありうる者らだと、つねにいいつづけている人間であり、そのようにしてアウトサイダーである自分を確認しつづけている者だとすら、いうこともできるでしょう。それは宮廷の道化を思い出させます。権力とそれにつながるあらゆる存在に対して、ただ自分はアウトサイダーであるということのみを根拠として、問いかけ、批判し、また笑いのめす。そのかわりに自分もまた笑いかえされずにはいない、そのような道化の役割を、私は作家としてすすんで担いたいと考えています。

私はいま権力とそれにつながるあらゆる存在、といいましたが、権力という言葉を用いる時、つねに私は核権力という言葉を、その深部での共鳴音のようにして聞いているのであります。この核権力という言葉は、私にとって一般的な言葉であるよりも、広島の一ジャーナリスト、金井利博《としひろ》の独特の意味づけによる言葉でありました。金井は被爆者ではありませんでしたが、その生涯を、原爆のもたらしたものと、次つぎに新しく展開する(すなわち日々刻々悪化する)核状況について報道し論評することにささげました。かれは癌で死に、かれの新しく意味づけた言葉の数かずはすでに忘れさられようとしています。しかし、ひとりの人間の生死にかさねて、その死者の意味づけた言葉を記憶しつづけることも、作家の役割なのであります。金井は核の戦術的威力はよく知られたが、核の人間的悲惨は知られていないとして、広島の被災の実状を報道することにつとめ、また広島、長崎の被爆者を、核時代の難民と呼んで、太平洋地域の核実験による被災者と結びつけ、将来の核戦争と、核のいわゆる平和利用による被爆者を想像し、地球上に出現するかもしれぬ厖大な数の核による難民の、その最初の一群として広島、長崎の被爆者を位置づけたのでした。そして金井は、地球上の人類を、核権力としてのひとにぎりの人間と、そしてかれらによる核脅迫の人質としての、ほとんどすべての人間というように二分したのでした。このように定義すれば、今日の核権力の世界宮廷での道化たる作家、それも日本人の作家という私の自己定義は、意味が明らかとなるであろうと思います。

道化は、自分自身をもふくめてあらゆるものを笑いのめすことによって、ついには権力をも相対化することをめざしています。しかし核権力のもとの道化としての作家が、いまのところ核権力をよく笑いのめすというよりも、むしろ悲鳴を、恐怖の叫び声をあげている人間であることも、私は認めねばならぬと思います。しかも今日の核権力の治世のもとでは、つまりどのような安全の保障される場所へも救出されることをえない人質として（地球の全域が核爆発によって潰滅する可能性を日々更新するようである以上）、核脅迫の道具となりさがっているところのわれわれが、そのような状況へ抗議の声をあげる時、それがまずなによりも悲鳴の声に近づいてしまうこと、それはおよそ避けようのないことです。とくに自己表現の手段として言葉しか持たず、核状況については今日の核脅迫の人質であり、明日の核難民であるかもしれぬ、核権力のアウトサイダーである自己を(厖大な数の、同じ条件にある自己とともに)認識している作家が、悲鳴を、恐怖の叫び声をしかあげることができぬとして、それはむしろ自然なことではないでしょうか？　そのような作家と、核権力のもとのアウトサイダーであることについては決して変らぬ状態にいながら、つまり同じ核脅迫の人質の身分でありながら、あたかも自分を核権力のインサイダーとして、核状況を操作しうる者であるかのような欺瞞の態度をとる者、そのようにして核権力の人質たちに核権力と自己を同一視する幻影をあたえようとする者、そのような宣伝の文章の書き手に対して、ただ悲鳴をあげるのみの作家が、人間的な威厳に欠けるとは、私はかならずしも思わぬのですが。

　核権力の外側にあり、核権力に疎外された人質でありながら、核権力のために、志願してその宣伝係を働らく者、人質を慰撫し、かつはその不安を攻撃的な方向におりたてようとする者ら、(つまり人質らに、ついには自分のみならず人類すべてを潰滅させる核権力に向けて、よし、お前がわれわれの王たる核権力であることを認める、お前にわれわれは臣下として自己同一化する、といわせようとする者ら、つまり核兵器によってわれわれを殺すお前こそ、われわれだ、といわせようとする者ら)、わが国において今日めだつようになったそのあらわれは特徴的です。まさに金井のいったとおりに、核兵器の威力についてのみ声を高くし、核兵器の人間的悲惨についてかれらはまったく語らぬのですから。新幹線に乗れば、およそ日本のあらゆる地方から乗り継いだにしても、二日以上はかけずに広島へ行くことができ、大都市はもとよりたいていの地方都市で、たとえ小さなものであれそこに生きている広島、長崎の被爆者の集りを見出すことのできるわが国で。いや自分たちは、戦略論のレヴェルで核兵器を論じているのだとかれらがいうにしても、日本の核武装、あるいは積極的にアメリカの核配備を日本に迎え入れようと主張するかれらが、この島国が核攻撃にさらされる状況については考えぬこと、すくなくともそれを議論の正面に押し出さぬこと、それはあらためて核権力の治世のもとで悲鳴をあげている作家の役割を、価値あるものとして保障するかもしれません。

しかしもっと積極的な側面からも、私は作家がその言葉によって表現する、今日の核状況への恐怖の叫び声、悲鳴の特質を見たいのであります。作家は、核権力をふくめたいかなる権力のインサイダーでもなく、またいかなる専門分野の知の道具たる言葉も用いず、つまり日常的、一般的なレヴェルの言葉で、まさに恐怖の叫び声、悲鳴をあげるように書くのです。かれは核権力の世界宮廷の道化として、核兵器の人間的悲惨を語るのみです。なぜそのような言葉の表現を、作家は行ないつづけるか？ それは作家が、そのような言葉によって同時代のモデルをつくり、かつそれを伝達することを希望するからです。そして言葉によってつくられる同時代のモデルとして作家の仕事をとらえる時、そこにはさらに新しい特質があらわれてくるのであります。

政府批判によって死刑を宣告され、次いで無期懲役となって現在も獄中にある韓国の詩人金芝河《キムジハ》が、まだ朴体制のもとの獄中で書いたノートに、譚詩『張日《チャンイル》譚《タム》』の創作プランがありました。ここでは詩人をも、私は作家という呼び方でとらえますが、この徹底した民主主義と言論の弾圧のなかで、しかも獄中で、金芝河のつくり出した同時代のモデルには、独裁体制への恐怖の叫び声、悲鳴が当然に聞きとられるとともに、それを越えるメッセージが表現されているのであります。この譚詩の主人公張日譚は、作家のプランによれば被差別部落民と娼婦の息子です。かれは盗賊としてとらえられた監獄から脱走し、娼婦たちのところへ行き、獄中でえた思想を次のようにのべて、自分が独自の宗教を開いたことを宣言します。《あしうらが天である》、《神のありかはどん底である》。かれはその信仰を伝道し、集った下層民の信者たちを引きつれて悪の都ソウルへ乞食行軍を行なうのです。しかもこの譚詩のなかの人物は、現に韓国の民主主義者たちをしめつけている現実の法、「反共法・国家保安法・内乱罪」のかどによって斬首されることになります。その際かれは《メシが天であります／独りでは天に行けないように／メシは分ちくらうもの／メシが天であります》という歌を歌います。処刑の三日後、張日譚の首はよみがえり、かれを密告した者の首を刎ねて、その胴体にくっついてしまう。そして譚詩は次のように終るのです。《メシは分ちくらうものという、歌声、暴風雨となって、韓国の津々浦々に、いま吹き荒れていると、伝えられている。》

作家が現実的にもっとも困難な状況に追いつめられていても、そして表現者としてかれがかわりに声を発する民衆が、おなじく暗い行きづまりの状況にある時にも、その作家のつくり出した言葉による同時代のモデルが、真に民衆的な基盤に根ざしているならば、それは恐怖の叫び声、悲鳴を響かせながらも、同時に死のような最悪の状況を越えての、再生の希望をも表現します。作家のつくる同時代のモデルとはそのような性格のものであり、作家とはそのような役割を担った人間なのであります。

この会議において、私は現実世界をつくりかえるための、知の道具を多様にそなえていられる専門家の皆さんに対して、このような作家として、それも自分の個のというより、日本人の一作家の、同時代のモデルの把え方についてお話したいと思います。私の同時代のモデルが、現実的に有効な専門家たちの言葉と方法のレヴェルにおける読みとりによって、実際的なものにつくりかえられること、それを楽観的に信じているのではありません。私はあくまでも一個のトリックスターとして、この集まりに参加された世界中からの多様な専門家たちに問いかけたいのです。そしてその自分としての恐怖の叫び声、悲鳴でもあるような問いかけが、なんらかの活性化の契機を、これから始まる会議にもたらすことを期待するのであります。

作家の仕事は、同時代のモデルを言葉でつくり出すことだと、私はいいました。そのための方法として、われわれの知覚に自動化作用をひきおこしている、見なれたものとなっている事物を、あらためて意識の上に呼びさまし、抵抗感のあるものとすること、そのようにして世界を新しく発見しなおし、読み手にもそれをつたえること、それを言葉をつうじて作家はおこないます。すなわちロシア・フォルマリストたちが「異化」と呼んだ手法が、作家の仕事の中心にあります。また作家の仕事は、これは誰もが認めるとおり、想像力の発揮を、それも自分自身の想像力を発揮し、かつそれによって他者の想像力を喚起することを、その本来の特徴としています。さきの「異化」という言葉がもともとシクロフスキーの定義づけによったと同じように、私は想像力という言葉の、作家の仕事に密着した、有効な定義として、バシュラールのそれを考えています。つまり想像力とは、われわれがこの世界について持っているイメージをつくりかえる、そして新しいイメージをつくり出す能力なのであります。

日本人の価値観、文化的なアイデンティティーを考える時、それを作家の方法にそくして見るとすれば、次のようになるでしょう。歴史のなかでわれわれ日本人の眼に、見なれたものとして知覚の自動化作用をおこしている価値観、文化的なアイデンティティーが、根本的な危機に直面することで、あらためてわれわれの意識にそれと自覚され、抵抗感のある認識の対象となった時期。それをわれわれの近代についていえば、当の近代化の出発点であった一八六七年の明治維新と、その近代化の帰結であった一九四五年の太平洋戦争敗戦の、ふたつの時期でありました。それはまたその時期までにつくり出されていた、日本と日本人のイメージがつくりかえられ、新しいイメージが獲得されるという点で、いかにも想像力的に、日本人の価値観、文化的なアイデンティティーがめざましく顕在化した時期でもあったのです。このふたつの時期について私があらためてその意義をいうのは、わが国の専門家たちにとってはもとより、外国からのこの会議への参加者たちにとっても、あまりにありふれた指摘だと受けとめられるはずでしょう。そしてそれはまことにそのとおりです。ところが、この大きい転換点であったふたつの時期に、もうひとつの重要な転換点である今日、わが国に起っているところを対比する時、私は日本と日本人についての、確実な、それも多様なものをふくみこんだ新しいイメージがかちえられると考えるのです。現在という第三の転換点において、日本と日本人のイメージが意識の上にはっきりととらえなおされ、つまり「異化」され、そこに日本人の価値観と文化的なアイデンティティーの行方についての新しいイメージをかちとるための想像力が喚起される、現在はまさにそのような転換点だと私は考えているのであります。

太平洋戦争における敗戦が、「異化」作用をもたらして表面に引き出した日本と日本人のイメージ。それは第一には、政治体制の上でと同時に文化現象としても、絶対的な中心として天皇制を置くことで進行した近代化の、行きづまりということでした。地方的、周縁的なものを排除し、切り棄てて、絶対天皇制という中心にすべてを方向づける、わが国の近代化の根本の姿勢、それがもたらした歪みひずみは、日本という国家の明治維新以来の中心、東京におけるよりも、もっとも周縁的な地方である沖縄と、近代化の過程で帝国主義日本が併合した朝鮮とにおいて、もっともあきらかでした。大日本帝国に併合されている状態での朝鮮が、そこに拡大してあらわれた歪みひずみを光源にして照し出していた日本と日本人像。それについては、やはり今日の韓国における民主主義運動と、それへの弾圧との、日本との深い関わりがあらたな契機になって、われわれにそれを再現して見せています。私がさきに引いた詩人金芝河の仕事は、この実状を鋭く浮びあがらせるものであります。沖縄はかつて琉球王国として、言葉の上で日本文化ともとより無関係ではないが、しかし独自の宇宙観をそなえる文化を発達させてきた地方でした。もっともその独自の文化によって、日本本土の民俗文化に新しい照明をあたえられるのを見る経験をした者は、ごく少数の学者のレヴェルにとどまったのです。大勢としては、沖縄の大日本帝国の行政の仕組の中への編入が、永い歴史を持つ島の文化を圧迫して、本土文化に劃一化する操作と並行しました。沖縄の児童たちの、島独自の言葉の使用への、学校での圧制的な懲罰がそれを典型的に示しています。そして太平洋戦争の末期、戦場となった沖縄島で多くの市民が殺されましたが、その文化伝統において琉球国王をいただきこそすれ、天皇とは無関係な歴史に根ざすかれらが、本土の日本人より以上に、天皇に対して忠誠であった。そのために若い娘たちをふくめて、多くの非戦闘員たちが降伏を肯んぜず死んだことが証言されているのであります。

その沖縄が、太平洋戦争の敗戦後どうなったかといえば、そこに住む人びとは、サンフランシスコ平和条約によって連合国と講和をむすんだ日本本土から切り離され、アメリカ軍の統治のもとに、永い年月をすごさねばならなかったのでした。その過程をつうじ、民主主義の原理のみを武器として、アメリカ軍政に非暴力の抵抗をしなければならなかった沖縄の民衆に、むしろ本土の、太平洋戦争後の憲法の平和思想、民主主義の理念、人権の思想が確実に現実化され、それが日本本土で、独立後すぐに起りはじめた戦後体制を疑う風潮に対し、有効な批判の根拠をなしていたことも記憶されねばなりません。またアメリカ軍政下の沖縄では琉球王国以来の独自の文化伝統に対する研究が進められて、そこから、日本本土の、天皇制を絶対的な中心とする文化への批判の手がかりも示されたのでした。それは日本文化に多様性を発見するための出発点として、本土の民俗文化、地方文化に根ざし、天皇制の中心志向に異をとなえようとする者ら、すなわち日本の周縁文化に新しい活力の源を見ようとする者らに励ましをあたえるものでした。しかし沖縄が日本国の主権のもとに戻ったいま、全体としての日本には、あらためて絶対的な文化の中心としての天皇制を押したてる勢いが強化されつつあり、その影響は沖縄にも及んでいます。

第二にあげられるべき、太平洋戦争における敗戦が「異化」作用をもたらしてあきらかにした、日本と日本人のイメージ。それは明治維新以来の近代化がめざした、ヨーロッパおよびアメリカという文明の中心への志向のために、アジアのなかの日本と日本人のありようにもたらしてしまった、歪みひずみの露呈ということでした。中国への侵略戦争のさなかに日本軍が行なったいわゆる南京大虐殺は、日本人の近代化の過程での、ヨーロッパおよびアメリカという西欧文明を中心とみなし、それを志向して周縁のアジアを排する、根本的な方向づけのもたらした歪みひずみを、典型的にあらわしています。日本の右翼が天皇制タブーへの批判に対してとおなじく、今日この中国での日本人の残虐行為の摘発に対し攻撃的であるのは、この南京大虐殺に、われわれの近代化の中心のあやまちのひとつが露呈しており、それを見ることをつうじて、われわれが日本人の、近代化をつうじてつくりあげてしまった、もっとも醜い顔に直面せざるをえないからです。このように醜い顔の日本人であることをみずから認めて、その上で伝統的な愛国心を、みずからの国とみずからにむけて回復することはできぬ以上、この種の愛国心を鼓吹しようとする運動の過程での、右翼の南京大虐殺への態度は、それ自体一貫した論理性に立っているといわねばなりません。

明治維新以後の近代化をリードしたあるイデオローグの論文が「脱亜論」と題されたことにもあきらかだった、近代化のめざすべき中心としての西欧文明、そして排除すべき周縁的な存在としてのアジア。じつはそのアジアに属している国家、国民である、日本と日本人のアジアからの脱出志向。それを極点まで押しすすめた、アジアの近隣諸国への侵略。そしてその破滅への道の極点としての、太平洋戦争の敗北。それは、アジアのなかで敵意のなかに孤立している日本および日本人の、グロテスクな実態を「異化」して、われわれにはっきり見せたのでした。それはまた、われわれにひとつの明確な想像力の行使を誘う契機でした。すなわちアジアの国ぐに、アジアの人びととの真の和解と、そのむこうにひらける展望への想像力です。われわれはアジアのなかに真に位置している日本という、想像力的な未来図を確実に把握し、その実現のために力をつくしうる契機を手にしていたのでした。しかし三十五年たって、日本と日本人がアジアに対してとっている現在の態度は、この想像力の思い描いた未来図にむけての、その実現のための積みかさねをおこなってきて、というものではありません、東南アジアの資源と労働力の簒奪、そこへの公害輸出ということ、また数多くの日本からの観光客がそこでおこなっていること、それらについて見れば事態はいかにも明瞭ですが、私はアジアと日本との関係について考える際、もっとも重要な要素のひとつである中国との関係の開き方、その現状について見ても、すくなくともそれが一九四五年の敗戦という契機に立って、日本人がそれまでの中国との関係のイメージを根本からつくりなおそうとした、その想像力の自然な展開であるとは考えぬのです。今日の韓国の独裁政権とその民主主義運動の抑圧に、日本の政府、また財界の指導層がとりつづけてきた態度に、かつての帝国主義日本による朝鮮半島の併合時の感覚へとまっすぐつらなるものを見出すのはやさしく、逆に日本の敗戦と朝鮮の独立にかさねて、未来の日本と朝鮮との望ましい関係について想像した、そのような民衆的規模の想像力のもたらしたものを見出すことは困難であります。

さて第三にあげられるものとしての、太平洋戦争における敗戦が「異化」作用をもたらしてあきらかにした日本と日本人のイメージ、その滅亡にひんしているイメージをつくりかえるべく未来にむけて発揮する想像力。それがもっとも典型的にあらわれたのが広島、長崎の原爆による壊滅と、その事実に立って喚起された想像力の働きであったといえば、それに反対する声はおこるまいと思います。われわれが原爆の悲惨そのものによる「異化」作用をつうじて、どのように日本と日本人の実態を把握したか、そして核兵器が出現して人類の滅亡の可能性があきらかになった以上、これから人類がなお生き延びうるとするならば、それは生き延びることを選んで、そのように努めるからこそ生き延びうるのだといった、フランスの文学者の言葉にかさねて、そのような核時代の未来への想像力が、日本人の、戦後への出発の基盤をなしたことはあきらかだったはずです。それがわれわれの憲法の戦争放棄の条項とかさなって、日本人の国家的な、想像力の決意であったともいいうるはずなのであります。

この太平洋戦争の敗戦時に、原爆による悲惨を契機にして、われわれが国家と自分らの未来についてどのように構想したか。それから三十五年たち、日本をめぐる核状況について現にいま行なわれはじめた、その構想に対する正反対の談論を見れば、あらためてわれわれに、この一九四五年の経験に立った構想の、独自な意味があきらかとなるように思われます。ある学者は、日本が唯一の被爆国であるならば、それはむしろ日本に核武装する権利があるということだ、と主張しています。広島と長崎の原爆被災について、それを被害者の立場からのみ受けとめるという態度を乗り超え、侵略戦争の加害者としての日本に投じられた原爆ということを考え、加害者としての責任をもこめて原爆被災を考える、という態度を明らかにしたのは、被爆者の二世たちの政治集団でした。そのような考え方をもふくめて、さきにのべた金井のいう原爆の人間的悲惨をはっきり認識し、それを原爆の威力と交換しない。つまり原爆によってこうむった悲惨を、われわれもまた核武装して、自国の核兵器の威力によって、代償作用をかちとるという考え方はしない。それが一九四五年の核攻撃の廃墟でつくりだされた、日本人の新しい未来の構想における選択でした。原爆の人間的悲惨から出発して、核兵器の威力に対抗し、ついにはそれを廃絶する。その生き延びる人間の論理に立った、強い想像力の行為が、かつてわれわれのものだったのであります。

　またある学者たちは、ソヴィエト・ロシアの軍事的脅威に対抗するために、日本には核武装するほか道がなく、しかもそれは日本に米軍の核兵器システムを持込ませることではじめて、現実的に実現可能となるという談論を公表しています。この主張において、核の人間的悲惨を認識する態度は稀薄であり、核の威力のみがその構想を動機づけているのがあきらかですが、どうしてこのように欠落にみちた構想が、現実主義的、科学的な態度を誇示するこれらの学者たちをとらえているのか？　相対的に非力な核兵器によって武装した島国としての日本に、ソヴィエト圏内から投じられる核ミサイルの決して多くない数が、この国全体を廃墟と化してしまうことへの想像力は働かせることをせず、そのかわりに、すでにその有効性の限界がはっきりしている対核攻撃防空壕の設置のみをいって、民衆の眼を悲惨からそらしめようとし、日本に配備される米軍の核攻撃システムの威力に絶対的な期待をかける、このような構想がどのようにして現実的、科学的な専門家にかちとられているのか？　それを疑う時、あらためてわれわれには、太平洋戦争の敗戦時における、広島、長崎の原爆の人間的悲惨に根ざした、核時代の未来へむけての、戦争放棄を中核とした日本人の想像力の行使が、秀れた現実的選択でもあったことにあらためて気づくのであります。核兵器の人間的悲惨の経験に立ち、あらためて地球上でそれを繰りかえさせぬという決意において、核兵器の威力に対立しつづけ、決してその前に屈伏しないという態度は、倫理的なものであったと同時に、もっとも現実的な戦略・戦術論をもまた、その展望のうちに置きうるものでした。その原理的な態度の持続に耐えられず、その位置から脱落し、逃亡した者らの、今日における当の原理的な態度への攻撃が、むしろあらためて太平洋戦争の敗北に際して、原爆被災が日本と日本人の実態をあきらかにしたことの、その重い意味を再認識させるのです。そしてわれわれに原爆被災にもとづく新しい未来への想像力の発揮について、再び原理的な位置に立ちなおして、その原理を展開することをもとめるのです。なぜなら、作家である私が今日の核武装論者の談論にもとづく、われわれの時代の先ゆきのモデルをつくってみるとするならば、それはいかにもさきにあげた三つの局面において の、太平洋戦争の敗戦時にあらわになった、日本と日本人の近代化の行きづまりが繰りかえされるほかはないと思われるからです。そのようにして未来におこるべきもうひとつの敗戦の時までに、日本人はあらためて天皇制という中心志向の統一体としての国家主義を再現しており、アジアの全域を覆う敵意のなかに孤立して、そのような状況のまま全面的な核攻撃にさらされることになるでしょう。その新しい敗北においては、核攻撃による廃墟は二つの地方都市にとどまるのでなく、おそらくは日本列島の全域が、もうひとつの広島、もうひとつの長崎であることでしょう。日本という国、日本人という国民はまことに奇妙な国家、国民だと、そのように苦しく辛い感慨をみずからいだくことなしですむとすれば、その時われわれ自身、もうひとつの核戦争による犠牲となりおおせているはずだからであります。

フランスで日本語を教えていたある哲学者が、日本を旅行した教え子のフランス人女性から、もういちど核爆弾が落されるとしたらそれは日本人の頭上にであろう、という感想を聞いたと書いたことがありました。

そのように感じとったフランス人女性の精神と感受性、またそのように彼女に感じとらせた日本人の精神と感受性について、グロテスクなものをあきらかにする插話として、かつて私はそれを受けとめていたものです。しかしその插話が語られてからほぼ十年たち、私はそこにむしろ、現実的な予言を読みとる気持をいだき始めています。太平洋戦争の敗戦時に広島・長崎への原爆をもたらした要因のうち、すくなくとも日本、日本人に由来するものは、いったんそこから新しい日本、新しい日本人にむけて想像力を働かせ、それを実現するという決意がおこなわれて、現に試みが重ねられたにもかかわらず、三十五年たって、あたかも太平洋戦争の敗戦の経験を無化するというように、あらためてそのいちいちが再現しているのですから。

しかしすべての日本人が太平洋戦争の敗戦時の新しい想像力の描いたものを放棄した、その到達点から後退したというのではありません。そのひとつの証拠として、私は広島と長崎の被爆者たちの「被団協」が、永年にわたって国家に対して行なっている働きかけと、その中核をなす思想とをあげたいのであります。かれらが戦後三十五年、なお被爆者としての運動をつづけながら、日々経験し、観察している現実。それは原爆被害が、生命、経済、社会生活、精神の全面的な人間破壊を余儀なくさせるものであることであり、しかも核兵器が、人類と地球上の生命すべてを根絶する危機を現出している状況に、好転のきざしが見出せぬということです。その現実に根ざして、かれらは原爆被害へのアメリカおよび日本政府の責任を問いつづけるのです。そしてかれらは核兵器のない平和な世界建設について、日本という国家がそのために努力する責任があることをいい、それとひとつにむすびつけられるべきものとして、被爆者への補償責任ということを要求しているのであります。かれらがそのようにして「原爆被害者援護法」を要求する、その主張の中心部分を引用したいと思います。

《日本国民は世界唯一の原爆被害国民として、早くから原水爆禁止を一致して要求し「ノーモア・ヒロシマ・ナガサキ」の強力な世論をつくりあげてきた。国会においても一九五四年には原水爆禁止の、一九七一年には非核三原則の決議をしている。日本政府はこの世論をうけ、世界に核兵器禁止を積極的に訴える義務がある。これは同時に、国内においては被爆者の基本的人権の回復、すなわち被爆者の今なお侵されつづけている平和に生きる権利、幸福追求の権利の全面回復のために力をつくすという具体的施策によって裏づけられていなければならない。これは、とりも直さず、国が核兵器による被害の甚大さ、過去、現在と続く被爆者の苦しみへの国の責任をみとめることであり、そのつぐないをすることである。

国が核兵器禁止を世界に呼びかけることと、核兵器の被害者に総合的施策として「援護法」を制定することは、表裏一体をなすものである。その意味で国は、被爆者に対するみずからの責任への反省の上にたち、「ふたたびヒロシマ・ナガサキをくり返してはならない」とする国民の総意を受けて、核兵器禁止への強固な決意のもとに、国家補償の精神にもとづく被爆者援護法をただちに制定すべきである。》

この被爆者たちの主張を、これまで無視してきた日本国は、いまあらためてどのように受けとめようとしているか？　最近になって厚生省がつくった、この課題についての諮問機関がどのように考えているかということ、その内容がつたわっています。それは現在の日本が平和のなかにあるとして、原爆被災者がその「平和の礎」となったのだといい、「平和の礎」としての原爆被災者の死と苦しみに、国として手厚くそれを遇したいというのです。つまりはさきに引いた被爆者たちの主張の、原爆被害へのアメリカおよび日本政府の責任を問うという、核心の論点は肩すかしされています。またもうひとつの核心、核兵器のない平和な世界建設という構想については、現在の日本に実現している平和という状況認識をさしだして、それによって未来にむけての被爆者の構想を拒否するのであります。すなわちここに、太平洋戦争の敗戦時の核状況に対する想像力を、いまなお持ちつづけて、それを未来にむけての構想となしつづけている者らと、敗戦から三十五年たって確実な勢力としてあらわれた、太平洋戦争の敗戦の経験を無化しようとする者ら、敗戦の経験から出た構想には文字通り反動的に対処しようとする者らの、今日の日本と日本人の状況の、典型的な対立のひとつがあきらかに見られるのであります。

わが国の近代において、民衆規模の文化現象として、われわれの文化のアイデンティティー獲得の必要ということがいわれた時、一九三〇年代から太平洋戦争にいたった時期が典型的ですが、それはあきらかに退嬰的な、うしろむきの文化的反省というかたちをとりました。この時期はヨーロッパ、アメリカという中心を志向しての近代化が行きづまりを示して、すでにその絶望的な解決策である、アジアへの侵略戦争もおこなわれはじめていた時代でありましたが、当の戦争にむけての国内の体制がため、言論統制として、日本主義とまとめて呼ぶことのできる文化運動がおこなわれました。「近代の超克」という専門家レヴェルの思想運動が、その先端的部分をなしていたように、それは西欧的な近代化から急激に方向を転換して日本的なものに戻り、文化的なアイデンティティーを獲得しようとするものでした。それはわが国の近代化のもうひとつの柱であった、天皇という中心への志向性をさらに絶対化するもので、むしろ明治維新以来の近代化の歪みひずみを、押しすすめる役割をはたしたのでした。とくに日本の知識人が、西欧文明との緊張関係のなかで積極的に自己変革をとげるということをせず、緊張関係の磁場から逃れて、日本主義というあいまいかつ反論理的な文化的自己閉鎖の環境へとじこもったことは、現在にいたるまで日本文化に影響をのこしています。それがまた今日文化状況において顕在化し、新しい日本主義ともいうべき、論理的検証をこばむ傾向が力をもちはじめているのだというべきかもしれません。

しかし文化的なアイデンティティーの獲得とは、本質において革新的な行為、未来にむけて開いている行為だと私は考えています。自分がそこに参加することを真に希望する協同体を、未来にむけて構想し、その有機的な構成要素としての、しかも自由な個である自己を実現する。それをめざす人間の企てが、文化的なアイデンティティーを獲得するということであろうと思います。そうでなければむしろアイデンティティーの確立をもとめる行為は、全体の文化的統一に個がのみこまれてゆく過程、全体のアイデンティティーによって個のアイデンティティーが犠牲とされる、そしてにせのアイデンティティーが個におしつけられる過程にほかならぬことになります。そしてそれはわが国の近代のみならず、様ざまな場所で、しばしば繰りかえされてきたことでありました。

そこで日本と日本人にとって、個としての自己解放をつらぬきながら、その自由な個として主体的に、積極的に参加することができる、そのような協同体を構想するという、真のアイデンティティーの獲得を考えるために、なにが現実的に有効な契機となるか？　それを私は、太平洋戦争の敗戦時に、近代化の行きついたところにあらわれた悲惨な経験に立って、われわれ日本人が未来についていだいた想像力の構想のうちに見出すのであります。しかもその想像力的な未来への構想が、いちいち否定され忘れさられようとする危機にある時、あらためて緊張感とともにこの未来への構想にたちかえり、それを深化させ発展させる必要を見出すのであります。

天皇制を絶対的な中心として、その中心への志向性を特性とする近代化がもたらした歪みひずみ。それを克服する企てが、敗戦時の日本人の未来への構想としてありました。それは文化のレヴェルにおいて見る時、地方、周縁的な場所における民俗的な文化をあらためて評価しなおすということでした。それは近代化以後の日本文化の、多様性の欠如を乗り超える道をわれわれに示すはずのものでした。とくに沖縄—琉球の文化は、それ自体、本土の天皇制下の文化を批評的にとらえる契機をそなえています。それらをふくみこんだダイナミックな多様性のある文化が、日本人の未来の構想をなすのでなくてはなりません。それは近年、反・公害の市民運動が築きあげてきた地方の様ざまな場所での、その土地土地に根ざした文化のうちに、未来へ向けて生き延びる道をさぐろうとする市民の態度と、たがいに支えあうものであるはずです。

また西欧という文化的中心を志向する近代化の行きづまりの経験は、日本国内をふくめて、周縁としてのアジアに文化的な未来をさぐるという構想をわれわれにあたえました。そして具体的に、韓国の詩人金芝河がその詩的想像力の源泉としている民衆文化は、バフチンがグロテスク・リアリズムと呼ぶ、自分自身をふくめてすべてを笑う笑いや、再生と緊密にむすびついた死や、固定した上下関係のたえまないひっくりかえしというような、近代化の過程で日本人がうしなっていった、民衆的な基盤に根ざす文化の活性化装置を、あらためて日本の民俗文化のなかに発見しなおすよう、われわれを励ましているのであります。それはまた当の詩人金芝河が重要な担い手である、韓国の民主主義運動に連帯するために、わが国で民主主義を洗いなおし危機に対抗しようとする者らが行っている市民運動と関わりがあります。韓国の民主主義運動に、日本で連帯する運動が、文化的なレヴェルでは、新しいアジア文化の確立という構想にむけて、はっきりした実質をつみかさねていることは重要な兆候であると思います。

　そして原爆を被災した国である日本の未来への構想としての、あらゆる核兵器を廃絶した世界を実現するために機能を果たす国家という構想は、いまも被爆者たちの運動のなかに生きているのであります。われわれが個として真にそこへ参加することを希望する協同体としての日本を考えるなら、そしてそのような協同体にふさわしい、解放された個としての自分をつくりだす意志をもつならば、その実現の具体的な道として、われわれには被爆者たちの「被爆者援護法」をもとめる運動を支援することがあると私は思います。そして被爆者たちの構想する、未来の国家としての日本は、アジアという協同体においても、また世界全体という協同体においても、望ましいアイデンティティーを獲得しうるはずの国家であります。全世界からの核兵器の廃絶という大きい目的にむけての、被爆者たちの小さな団体の「被爆者援護法」の運動は、まさにそのような日本人の未来への構想たるべきものであります。

　最後に私は広島で原爆を体験し、生き延びて被爆状況をつたえるために全力をつくし、そして五年後、朝鮮戦争において核兵器があらためて使われるかもしれぬという情報のあるなかで、自殺をとげた文学者原民喜の、遺書のようにして残した作品の一節を読みたいと思います。私はこの文章の書き手のような個人をしてよく自己解放せしめ、積極的にそこへ参加して生き延びることを希望せしめるような、そういう協同体としての日本という国家を、未来に向けて構想する時にのみ、望ましい私自身のアイデンティティーの獲得ということを考えうるのであります。しかしわれわれ日本人は原民喜を自殺せしめてしまい、かつ想像力のうちにおいてすらも、この死者を再生させるにふさわしい国家を、なおつくりだしてはいないのであります。

《うとうとと睡りかかつた僕の頭が、一瞬電撃を受けて、ヂーンと爆発する。がくんと全身が痙攣した後、後は何ごともない静けさなのだ。僕は眼をみひらいて自分の感覚をしらべてみる。どこにも異状はなささうなのだ。それだのに、さつき、さきほどはどうして、僕の意志を無視して僕を爆発させたのだらうか。あれはどこから来る。あれはどこから来るのだ？　だが、僕にはよくわからない。……僕のこの世でなしとげなかつた無数のものが、僕のなかに鬱積して爆発するのだらうか。それとも、あの原爆の朝の一瞬の記憶が、今になつて僕に飛びかかつてくるのだらうか。僕にはよくわからない。僕は広島の惨劇のなかでは、精神に何の異状もなかつたとおもふ。だが、あの時の衝撃が、僕や僕と同じ被害者たちを、いつかは発狂ささうと、つねにどこかから覘つてゐるのであらうか。

ふと僕はねむれない寝床で、地球を想像する。夜の冷たさはぞくぞくと僕の寝床に侵入してくる。僕の身体、僕の存在、僕の核心、どうして僕は今こんなに冷えきつてゐるのか。僕は僕を生存させてゐる地球に呼びかけてみる。すると地球の姿がぼんやりと僕のなかに浮ぶ。哀れな地球、冷えきつた大地よ。だが、それは僕のまだ知らない何億万年後の地球らしい。僕の眼の前には再び仄暗い一塊りの別の地球が浮んでくる。その円球の内側の中核には真赤な火の塊りがとろとろと渦巻いてゐる。あの鎔鉱炉のなかには何が存在するのだらうか。まだ発見されない物質、まだ発想されたことのない神秘、そんなものが混つてゐるのかもしれない。そして、それらが一斉に地表に噴きだすとき、この世は一たいどうなるのだらうか。人々はみな地下の宝庫を夢みてゐるのだらう、破滅か、救済か、何とも知れない未来にむかつて……。》

〔一九八〇年〕

明日の被爆者

政府の諮問機関は、どのように働くとき前むきの役割をはたすだろう？　その専門分野と、より一般的なひろがりの学識経験者が、諮問機関を構成する。かれらは政府、官僚の意向から独立して、自己の学問、社会観・人間観にしたがって答申する。それは深く高いレヴェルで、世論を反映しもする。そこで答申は、政治家、官僚の保守的な現状維持が基調である場所へ、新しい展開の契機をあたえる。政府内の担当者の仕事が活性化される。

それは幻想にすぎぬといわれるならば、この逆のあり方の諮問機関を考えてみよう。官僚があらかじめ準備した路線にしたがって答申をおこなう。批判には、学識経験者としての権威で蓋をかぶせる。そこで政府機関に、新しい局面への活性化はおこなわれない。硬化し固定化したそのルーティンを打ち壊し、政治家と上層の官僚に想像力をよびさまして、行政を活性化するための諮問機関が、かえってその更なる固定化に力をかすのだ。

厚生大臣の諮問機関、原爆被爆者対策問題懇談会は、「原爆被爆者対策の基本理念」として、被爆者の犠牲は、放射線の晩発障害をふくめて特殊性の強いものだという。被爆者の現にはらいつづけている犠牲が、このように医学的なもののみにとどまらず、経済、社会生活、精神におよんで、全面的な人間破壊をもたらすものであること。それはすでに二十四年をこえた、被爆者援護法の運動の現場で、被爆者たちが繰りかえし具体的に語りつづけてきたところである。したがって医学に関わっての大きい犠牲のみにしても、それをいま答申が認めているのは、まことに当然な一歩であれ、前へ進んだことではあろう。

しかし答申がこれにつなげて、原爆投下が《戦争終結への直接的契機ともなった》という時、それは被爆者たちの主張してきたところにまっこうから対立する「基本理念」を示しているのだ。被爆者たちは、いかなる方向づけにおいても、原爆投下に積極的な意味をあたえることはしない。それをするならば、次の戦争終結への直接的契機としての、原・水爆の投下を正当化し、明日の被爆者の出現を認めることになろう。被爆者たちの運動は、あの戦争をひきおこし、かつポツダム宣言の受諾を「国体」護持のために遅らせて、原爆を投下させることになった日本国と、原爆を二度にわたって投下したアメリカ合衆国とに責任を問おうとするものである。答申は、それがかかげている原理と予測され批判をまねいていた、「平和の礎」としての原爆という考え方、現在の日本は平和であり、その平和の礎が原爆被爆者の死と苦しみにあって、政府としてそれらの人びとにむくいようという考え方を、さきの表現によって糊塗したにすぎぬのである。

したがってそれにつづくのが、被爆者の根本的な要求の拒否であって不自然ではない。《……政治論として、国の戦争責任等を云々するのはともかく、法律論として、開戦、講和というような、いわゆる政治行為(統治行為)について、国の不法行為責任など法律上の責任を追及し、その法律的救済を求める途は開かれていないというほかはない。》

そこで被爆者としては、こう問いかえすことになろう。よろしい、右の法律論に異論はあるが、それは被爆後三十五年、この運動が始ってからでも二十四年を越えて、われわれの主張してきたところに耳をかたむけぬということであるから、当面はこの根本的な課題を保留にして、論点をすすめよう。いわゆる孫振斗裁判の、最高裁判決についてはどう考えるか？　これは被爆者たちの運動が、一九七八年三月三十日以来、提出してきた問いかけであるから、答申はあらかじめ予想するようにして、当の反問にそなえている。答申はこの重要な判決を引用する。

《原爆医療法は、被爆者の健康面に着目して公費により必要な医療の給付をすることを中心とするものであって、その点からみると、いわゆる社会保障法としての他の公的医療給付立法と同様の性格をもつものであるということができる。しかしながら、被爆者のみを対象として特に右立法がされた所以を理解するについては、原子爆弾の被爆による健康上の障害がかつて例をみない特異かつ深刻なものであることと並んで、かかる障害が遡れば戦争という国の行為によってもたらされたものであり、しかも、被爆者の多くが今なお生活上一般の戦争被害者よりも不安定な状態に置かれているという事実を見逃すことはできない。原爆医療法は、このような特殊の戦争被害について戦争遂行主体であった国が自らの責任によりその救済をはかるという一面をも有するものであり、その点では実質的に国家補償的配慮が制度の根底にあることは、これを否定することができないのである。》

そして答申は、右にあげた最高裁判決にもとづき、《国は原爆被爆者に対し、広い意味における国家補償の見地に立って被害の実態に即応する適切妥当な措置対策を講ずべきもの》だとするのである。しかしこの一応の結論づけは、次の段の(僕としてはそれを欺瞞的な論理の展開だといいたい思いがあるが、あえてそのように強い言葉は用いない)「若干の分析的解説」のための、過程的な布石にほかならぬのである。答申の書き手たちは、被爆者の要求の根本的な柱に対して、それを受けつける気のないかれらの考えの、やはり根本の柱をなすものを、「若干の分析的解説」として、つけ加える書き方をとるのだ。そこにこの答申の文体の(答申全体レヴェルから、そこに使われている語のレヴェルにいたるまで、一貫したその文体の)特徴、いわば戦略的特徴があらわれている。

答申はいう。《国家補償の見地に立って考えるというのは、今次の戦争の開始及び遂行に関して国の不法行為責任を肯認するとか、原爆被爆者が違法な原爆投下をしたアメリカ合衆国に対して有する損害賠償請求権の講和条約による放棄に対する代償請求権を肯認するという意味ではなく》、原爆被爆者の放射線による健康障害(それを答申は、すなわち「特別の犠牲」と等号でむすんで、ほかの側面での犠牲を排除しているが)について「相当の補償」を認めるべきだというのであり、《それは国の完全な賠償責任を認める趣旨で

ないことを注意する必要がある。》……1

つづいて答申はいう。原爆被爆者のこうむったものが「特別の犠牲」というべきものであっても、《他の戦争被害者に対する対策に比し著しい不均衡が生ずるようであっては、その対策は、容易に国民的合意を得がたい。》……2

また答申はいう。《旧軍人軍属等に対する援護策は国と特殊の法律関係にあった者に対する国の施策として実施されているもので原爆被爆者を直ちにこれと同一視するわけにはいかない。》……3

これらのいわゆる「分析的解説」の、まず1は、被爆者がこれまで持続してきた運動の、根柢にある構想を全否定するものである。被爆者たちは、わが国とアメリカに原爆投下の責任を問い、わが国が原爆被害に関するアメリカへの賠償請求権を放棄した責任を問うことを、被爆者援護法の運動の核心のひとつとしてきたのだから。むしろ1のような認識が、答申の書き手たちにあるのならば、そのかれらが国家補償の見地に立って原爆被爆者に対処せよとあえて答申するのが、奇妙に感じられるほどのものだ。

そこで僕があえて欺瞞的といわぬとして、戦略的と呼んでいる、答申の文体が工夫されたのである。もし1が答申の冒頭にすえられ、そして現にそこにある文章が「分析的解説」に廻されていたとするならばどうであろう？　国家補償の見地に立って原爆被爆者に対処せよという結論は、そこからみちびき出されようもないであろう。しかし被爆者たちの二十四年を越える運動は、厚生省をして原爆被爆者に国家補償を、というところまで進み出でざるをえなくしている。そこでこそ諮問機関としての基本懇がつくられたのだ。したがって、国家補償を原爆被爆者の「特別の犠牲」に対しておこないはするが、しかしそれは被爆者たちのいう、わが国とアメリカに対して原爆の責任を問うという論理に立ってのことではないと、このように戦略的な文体をつくりだす必要があったのである。これをしも、答申の書き手たちが、厚生省の意向のみに気を配ることなく、被爆者たちの運動にまともに答えているといいうるであろうか？

2について、つまり国民的合意ということに関して、被爆者援護法のための二千万人国会請願署名が、すでに六百万人を越える数を集めていることを、答申の書き手たちが相対的なものとあつかうのならば、それがかれらの社会観なのであるから、いたしかたのないことかもしれない。しかし二度と被爆者を作らぬという、この運動の根幹をなしている考えが、核時代に生きる日本人の国民的合意たりえぬと強弁するとするならば、それはあまりにも想像力に欠けるというべきではあるまいか？　3について、軍人軍属の援護策が、政府に及ぼす、いかに強力な圧力団体の力によって推進されたかを、この答申の書き手たちが知らぬふりをしてみせることとともに、僕はここで国民的合意という言葉を低い意味で使う(つまり明日にむけての想像力にみちた国民的合意という、高いレヴェルを切り棄ててしまう)答申の書き手たちの人間観を尊敬しかねるのである。

さて答申は、そのしめくくりに《唯一の被爆国であるわが国が国際社会の平和的発展に貢献する道》として、原爆放射線の身体的影響と遺伝的影響についての研究体制を、整備拡充すべきことをいう。もとよりそれは大切なことだ。しかしかれらは、被爆者たちが主張してきた、わが国が一九五四年における原水爆禁止の、また一九七一年における非核三原則の国会決議に立ち、世界に核廃絶を訴えつづける義務があるとする、被爆者援護法の運動の、もうひとつの思想的核心にはふれぬのである。

僕はいまこの基本懇の答申を、古びた言葉だが「反面教師」として学び、さらにつづけられてゆくべき被爆者援護法への運動が、妥協的な、いわゆる現実主義的な方向づけによってでなく、被爆者たちの核廃絶への高い希求を表に押したてておこなわれねばならぬことを確認する。また基本懇の学識経験者にも、厚生省の上層の官僚たちにも望みえなかった、真に核時代の未来に生きる日本人の運命を考える想像力を、園田厚相に期待して、かれが被爆者援護法をめぐって硬直化している官僚的状況を活性化させ、省内の若い実務家たちを励ますことを希望するのである。

学識経験者と呼ぶべき人びとのうちに、被爆国である日本にこそ核武装する権利があり、かつそのためにはアメリカの核兵器を導入することのみが現実的な道だとする学者、その支援グループもあらわれてきた。また弱者への福祉が、わが国の威厳を外国に示す指標であるとするかわりに、国際的な競争に生き延びる国力をつけるためには、福祉切り棄てがおこなわれねばならぬとする学者もある。これら学識経験者を駆使する影の力を見よ。いま現世の権力を相対化して、真にその人間的な(それにかさねる意味で学問的なといってもよい)確信をつらぬく自立した精神を、学識経験者とは遇されない、運動を支える被爆者たちのうちに僕は見る。苛酷な経験にみがかれたかれらの声にまなび、協働することによって、われわれ自身を明日の被爆者たることから救助したい。

〔一九八一年〕

未来へ向けて回想する——自己解釈㈩

大江健三郎

1

僕は数多くの追悼文を書いた。一般に文章を書く際、それがたとえ論難の文章である時すらも、いったん文章を書く作業に熱中しさえすれば、表現の喜びはある。しかし追悼文については、それを書く熱中のうちに喜びを見出すことは難かしいだろう。悲哀。いま追悼する死者とともにすごした生の時への、懐かしさの思いを喚起されながらも、それとかさなりあってくる悲哀。僕は若くから文壇ジャーナリズムのなかに入ったので、年長の文学者を個人的に知る機会は多かった。たとえば僕は正宗白鳥と、二度にわたって、それも長い時間、話したことがある。そして白鳥の死の報に接すれば、それを文章に書く、書かぬを別にして追悼の心が湧く。のみならず白鳥の文学に、僕は深く強い印象を受けつづけてきたのでもあった。広津和郎の生涯と文学についても同じことがいえる。

もっとも僕には、そのように物故した作家たちとの関係を回想してみるたびに、個人的なふれあいの深浅への思いが湧くよりも、まずかれらの文学から受けとってきたものの重さ、ということが第一にくる。むしろ個人的な接触の思い出は、後方にしりぞくのである。僕の書いてきた、それらの作家たちへの追悼文は、つねにそのような性格のものだった。

しかもなお物故した作家たちのことを思うたびに、自分がこの作家、あの作家と、生涯のある部分併行させて、同時代に生きたことの不思議さという感慨にとりつかれる。まことに人が同時代に生きるとは不思議なものだ。文学のみならず多様な分野での同時代の人びとの仕事に眼を開かれることをするたびに、あらためて僕はそのように思う。もし同時代の異領域の仕事のなかに、生きいきした喚起力を見出すことがない文学者がいれば、それでかれに文学者として欠落したところがあるとまではいわぬが、かれは自身を多様化する手がかりをなかなかつかみえぬだろう。僕はV・イワーノフが、バフチンの仕事の、同時代の異分野の学者たちや芸術家の仕事とのかさなりあいについて、つまりエイゼンシュタインやピアジェやベンヴェニストらの仕事とのかさなりあいについて、それはバフチンが社会的脈絡に深く根ざしているからだと分析するのに同意する。僕は自分自身をもまた、文学の領域の枠を越えた広さでの、社会的脈絡に立つところまで押し進めたい。よく励めば、それはかならずしも不可能ではないだろう。異領域の専門家たちが、いまやとくに記号論を共有の場として、おおいにかれらの世界に加われと、文学の側の人間にも呼びかけてくれる時代なのだから。

しかし僕も、ある年齢の域に達してから、広い分野の人びとを知って、その仕事に喚起されることが、喜びを結果するだけではないと理解するようにもなった。端的にそれは追悼文を書いている時に自覚される。ある人間と共有していた生。それが当の人間の死によって失なわれる。つまりその人間の死とともに、かれと共有していた自分の生の一部分が死んでしまったと感じられる。その経験をかさねることが多くなったのであった。

そうした年齢にいたる、まだずっと以前、ある詩句にひきつけられて、僕はこれを自分の青春小説という ほかにない『日常生活の冒険』のなかに引用したが、その詩の表現している人生の知恵を、そのまま現実生活でも信じていたことがあった。それはゴッホが巴旦杏の花を描いた絵の裏に書きつけて、親しい者の死を悲しむ人間に送ったものとして、ある書物に発見した詩句であった。

死者を死せりと思うなかれ
生者のあらんかぎり
死者は生きん　死者は生きん

いまも僕はこの詩句の語るところに、確実な生の知恵を見出す。この詩句は正しいだろう。しかしその認識にかさねて、いま僕は次のようにも感じるのである。すなわち、自分はなお生きつづけてゆくのではあるが、すくなくとも現に生きていることに疑いはないのであるが、あの死者、またあれらの死者たちがすでに生きていない以上、自分の生のなかには動かしがたく死んでしまった部分があると。それはおおいに、もっとも良質の部分であったかもしれぬのに、しかしもうつぐないがたいのだと……

このように感じとることが習慣となって以後、おそらく僕の追悼文は、死者にむけて一面的な悲哀をそそぐのみでない文章に、つまりはそれだけ綜合的な文章になっているはずだと思いもする。あるいはいまなお僕の追悼文は、自立した文章となりえていないのであるかもしれないが。そのような、追悼文についての僕の疑いの思いは、『青年へ』のなかに書きもしたが、かつて竹内好の文章によって、強い力でうたれたことによる。もっとも当の文章を読んだ際の僕には、そのもっとも単純明快なアッピールがよくつたわっていなかったのではないかとも、思いかえされるけれども。

竹内好の文章とは、死者についてセンチメンタルにならぬ追悼文を読みたいと思う、という文章なのであった。そして僕がそれをはじめて読んだ際、よくアッピールを読みとりえなかったのではないかというのは、センチメンタルな、という点に関わっている。その時分の僕はなお若く、——センチメンタルになって仕方がないではないか、敬愛する者に死なれてしまっては？　という思いがあったからである。しかし僕はこの竹内好の文章を、新しい死者についてなにごとかを思い、なにごとかを語り、文章を書きもし、というたびに例外なく思い出すのでもあるから、竹内好の言葉は、僕の精神への痛い棘としてつき刺さったのであるにはちがいない。

そのうち竹内好の言葉を媒介にして、しだいに僕は追悼文のセンチメンタルな響きにつき、潔癖になることになった。いったん自分がそうなってみると、およそ不都合なほどのものに思える様ざまな追悼文の書きようを見出すことにもなった。死者がすでによみがえらぬ者である、それゆえに当の死者の生前、圧迫されていたものをみだりがわしく解放して、あたかも喜びの歌をうたうように書く。そのような追悼文をさえ、時に発見したものだ。ほかならぬ自分がそのような追悼文を書かれる死者であるならば、いったん棺桶から上躰を起こして、その追悼文の書き手の頭をコツンとやらぬことには、死んでも死にきれぬと感じるようなたぐい。

それに意識的になってからの僕は自分の手でセンチメンタルな追悼文は書かなくなったと、すくなくとも僕としてはそれを信じたい。そして今後しだいにひんぱんに、敬愛する同時代者の死に接しなくてはならぬとしても、そのような追悼文は書かぬよう、悲哀によって緊張感を失なわぬことにしたい。それにあわせて、自分の死にあたり、センチメンタルな追悼文が書かれぬよう、あらかじめ自分としてできるだけのことはしておきたいと思うのである。

そのためになにより必要なのは、僕が日々文章を書き、それを発表する人間である以上、自分の文章の読み手に対して、センチメンタルな思い入れなしで自立する、そのような文章の書き手へと自分をきたえることであろう。そしていまなお充分にそれをなしえていると思わぬから、さきの竹内好の言葉は、痛い棘として刺ったままの、自己批評の契機としてある。若いうちに書いたものほどあからさまに、それも小説の文章より、エッセイ、評論の文章において、さらに敬愛してきた同時代人への追悼の文章においてもっとも、僕はここにのべたとおりの、目下矯正中の欠陥をあらわしていよう。しかもなおそれらは、いずれも僕にとって思いの深い文章である。

2

追悼文とともにこの巻におさめた、これまで評論集として刊行することのなかった、この数年の文章。それらはマリア・カラスのオペラをめぐるエッセイから、柳田国男、林達夫著作の文庫版のための解説まで、それぞれに短かい文章ではあるが、僕の精神生活、それにあわせて情動の生活に深く根ざしている。それらはおのおの、より狭いターゲットにむけて、より永い集中の時をへて矢を放つという仕方に、僕のエッセイ、評論の書き方が、変化してきつつあることを示していよう。

なお若かった時期、僕はまことにありとあることどもについて、走りながら書くような勢いで、それも心底熱中して、多くのエッセイ、評論を書いた。そして一定の期間ごとに、そのあいだに書いたすべてのエッセイ、評論を総まとめにするかたちで、本にして出版した。現に僕はそうした内容にもっともふさわしい形式として、ノーマン・メイラーにならい、自己解説つきの「全エッセイ」という評論集のかたちをつくりだした。もっと選択を加えながら書き、さらにそれを取捨して本にするようになってからは、「文学・状況」という形式をつくりだして、そのかたちの評論集を刊行してもきた。はじめのグループは新潮社から。現にこの同時代論集は、そのグループは文藝春秋から、次れらの評論集から多くを受けついで編集されたものだ。

そしてこの数年、僕はさきにのべたようにエッセイ、評論の主題をしぼることになり、したがってその数自体少なくなることにもなり、それらを評論集としてまとめることも、僕はしなかったのである。それは僕自身、自分がある微妙な動きの、しかし確実な過渡期にあると自覚していたからであるように、いまあらためて感じとられる。この巻にそれらの未刊行のエッセイ、評論をまとめる作業をしつつ僕は当の過渡期の本質を見ようとした。それも僕は、なお進行中のこととしてとらえている。この同時代論集に附してきた自己解釈の文章を、「未来へ向けて回想する」と名づけたのにも、その進行中という思いが働いていたのだった。しかも僕は、いったん自分の死を目前に見つめねばならぬ時、その進行中のものが宙ぶらりんで断絶する、中途半端なままブッ切れてしまう、そのようなつねに準備不足の生き方をする人間らしいとは、「未来へ向けて回想する」のはじめに書いたとおりなのだ。

3

『青年へ』の一連の文章は、この同時代論集を構想しはじめた時期から、実際にその刊行をはじめてからも、それと併行して書いてきた、もっとも新しい時に属する文章である。それらはまた僕がいまのべたところの過渡期と、おおいに関わりのある文章でもあるように(まだそれを書きつけたインクも生なましいほどに新しく、およそその自己解釈には早すぎることを感じるのではあるが)、自分には読みとられる。その文章としての性格が、形式に端的なあらわれを示しているのは、それらが若い友人への手紙として書かれていることだ。僕の仕事を永く見てきてくれた人びとには、それが僕にとって、いかにもあきらかな変化のしるしと読みとられよう。

青年期のアイデンティティーの危機のうちにある友人にむけて、中年期のアイデンティティーの危機を乗り超えようとする人間として手紙を書くという、ここでの僕の方法。そのように僕がことさら青年にむけて書く、それも中年の人間として書くと、とくに意識して仕事をするのははじめてのことであるからだ。僕の文章の読み手たちは、これまでもおおいに青年たちであっただろう。しかし僕はそもそもの出発点において、自分自身一個の青年として書きはじめたために、それからずっと、自分と知的また肉体的経験においてかさなっている人びとへむけて書いていると感じつづけてきたのだ。そして事実、そのように同年輩の読み手につづけて受けとめられてきたという点で、僕はもっとも幸運な作家だっただろう。しかも僕に協同してくれてきた編集者たちは、たとえば『ヒロシマ・ノート』に直接書いたように、僕とほとんど同年の生まれであり、様ざまにかさなりあうところのある戦後の生活を経験してきた人びとであった。それこそまったくの同時代人たちであった。僕が文章を書き、発表しながら年齢を加えたように、かれらも編集、出版の仕事をしながら成熟していった。僕はやはり幸運なことにかれらの多くと、永い期間その協同作業をつづけることができたのでもある。したがって僕の書くものの最初の読み手は、つねに自分と同年輩の、いかにも似かよった経験を積みかさねてきた人びと、戦後の民主主義時代の同時代人なのであった。

したがってこれまでの僕は、読み手と自分との間に、世代的なズレ、断絶というような問題を意識することなしに書きつづけえたのであった。

とくに小説に関するかぎり、言葉やイメージのいちいちのレヴェル、総体の主題と構成というような書き方のどの過程でも、僕が読者のある年齢層を措定するということはない。小説の場合、それが最初に出会う読み手とは、第一稿の書きなおしの段階での僕自身にほかならぬから、意識せぬまま僕が想定している読み手の層とは、毎年ひとつずつ年齢を加えてゆく僕が属している年齢層であるわけなのだ。

しかし自分自身についても、友人でもある編集者たちについても、最初の出会いからの、つまり若かった頃刻印された印象がついてまわるのであるから、僕は書き手としての自分も、読み手もひとしなみに、いつまでも若いつもりでいたということであるのかもしれない。同時に、教師の職業につかぬ僕は、若い世代と教室で顔をあわせるということはなく、また作家の生活に師弟関係の感覚を持ちこまれたくない僕は、書斎に作家志望の青年をむかえたりすることもない。したがって僕には若い人たちと直接話をすることがまれなのであるが、講演会などでの若い人たちの反応を見るたびに、自分が実際のところ、まさに中年男なのであって、すくなくとも青年たちからすれば、かれらの属するところにいるのではない人間と受けとめられているはずだと、自覚しもしてきたのであった。

そこで僕は、自分あてに手紙をくれる数かずの若い人びとを、ひとつの架空の人格とし、＊＊君と呼んでかれに手紙を書く形式を思いたった。そしてそのようにしてひとつづきの文章を書きはじめてみると、青年期のアイデンティティーの危機にある架空の青年と、かつての僕自身という一組のユニットに、中年期のアイデンティティーの危機にある現在の自分が語りかけるという、伝達の構造体が浮びあがって、その仕組みゆえに、はじめて明瞭にしえたところも多くあるように思う。もちろんそれも、これは架空の＊＊君ではない、現実の若い読み手の誰かれからの、――よし、わかった、メッセージは確かにつたわった、という返信が送られてくるまで、僕一個の、閉ざされた書斎での思いこみにすぎないかもしれぬのだが……

　ここで書き方の仕組みの問題から、時代との関わりに向けて論点を開くとして、今日の状況に対する、僕が青年への手紙というかたちで一連の文章を書いた動機づけを見るならば、ひとつはっきりしていることがある。それは僕と同年輩の、あるいはわずかに年長の知識人らに、それもこの数年の保守化の進行に勢いをあわせて、力をえてきた知識人らに（それはこの勢いのなかで露骨にか隠微にか態度を転換し、新しい力の持主となった知識人をもふくむが）、われわれが個としての差異はあれ、おおいに共有しているはずの、戦中・戦後の記憶を歪形して、さてその上で、もっと年長の世代に、つまりは権力をになっている者らに媚びる、そのような態度が見られるからである。僕としては、自分が戦中・戦後に経験し、それによって精神と情動の成長を決定されたところについて、意識的な歪形はすまいと思う。そしてその記憶を、現在の自分の精神と情動のあり様にかさねて、そこに立ち、若い人びとへむけて語りたいと思う。老人たちへでなく、青年たちへ。その方向づけの文章として、僕はまず中年ロビンソンと自分を呼ぶ手紙から、書きはじめたのであった。

4

未来へ向けて回想する、と主題をさだめて、僕はこの自己解釈の文章を書いてきた。もともと僕は、未来という言葉と回想という言葉をむすぶ、そのような語法を好むのではなかった。そして自分がその語法を好まぬことの理由づけを、マルクーゼの著作によって、明確になしえてもいた。マルクーゼはこの語法を、平和は戦争である、戦争は平和である式の、オーウェル流の言語と呼んで、テロリズム的全体主義の時代のみならず、今日もそして「一次元的人間」の育成されることなお盛んとなるはずの明日にかけても、この種の言葉は多用されるにちがいないといっていた。いわくきれいな爆弾、無害な放射性降下物。このようなあからさまな矛盾を、逆にむすびつける文章構成によって、とおりのよい言葉としてしまういい方、対立項ににせの和解をみちびくいい方が、それを強行する社会体制の信用を失墜させず、むしろ公的に通用する。それらへの、社会体制に組みこまれぬ少数派の抗議、拒否の表現をおしつぶしもする。その今日から明日にかけての、社会現象としての特別の言葉のかたちを、マルクーゼは警告的に分析していたのであった。僕はそれによってあらためて意識化をたすけられ、対立項をなしくずしにする表現を自分としてはせぬようつとめてきた。また核状況についてのこの種の宣伝の言説には、直接それを批判しようともしてきたのであった。

　したがって僕は、未来(への構想)という言葉と、(過去への)回想という言葉の、対立項をなすフレーズをつくりだすはずの言葉を短絡して、オーウェル流の言語をつくろうとしたのではなかった。むしろ僕はそのように受けとめられることへの危惧をいだきさえしながら、しかも自分には自然な表現として浮びあがってきた、未来へ向けて回想するという言葉を、自己解釈の文章のタイトルとしたのであった。

　回想するという行為について、僕は自分としての考えを持つ。過去において自分の経験した生、その結果としていまに残る仕事の検討である点では、回想は確かに過去に関わる行為であるが、しかしそれをただひたすら過去にむけておこなうことには、僕は乗気になれないのである。それでは僕が、自分の過去について考えることをせぬ人間であるかといえば、それはそうでないのだ。むしろ僕は過去のある時、ある時の自分の選択について、あれはあやまっていた、あれはさらに間違っていたと、躰を凍りつかせるようにして思い沈むこと多い性格である。いかにも早く、若すぎる時分から小説を書き、発表しはじめたことをめぐっての、そのような思いについては、すでに書きもした。償いがたいある選択、また過去のある時期の、眼を覆いたくなるほどの怠惰、なんとも許しがたい思いこみにつき、僕は繰りかえし思いつつ時をすごす。しかもそれを、きみは過去を回想しているのだ、といわれれば、僕はその言葉がなじまぬのを感じるのである。

　過去のある時期について、懐かしさの思いとともにふりかえる。しかもその過去の一時期について思いながら、その際に獲得した人生の知恵について、いくたびも胸に湧き起らせつづけたゆえに、アフォリズム的な簡潔さ、強さで言葉にすることもできる。そのような精神の行為としての回想は、読み手としての僕にとって、もっとも望ましい書物のひとつであった。最近訳出されたもののうちにも、たとえば、人間の思考過程の代役を果たすようになったシンク・タンクを非懐疑タンクと呼ぶというような、鋭いアフォリズムにみちている生化学者E・シャルガフの回想。またアフリカの農園での美と苦悩にみちた体験を語るアイザック・ディネーセンの回想。僕自身、ディネーセンの邦訳選集について次のように書いてもいるのだが、それは彼女の小説のみについてというより、この回想をふくみこんでの思いだった。

《はじめてその小説を読み、魅惑されて、しばらくは同じ作家の著作をさがし歩く。しかもなかなか見つけることができぬ。ディネーセンはそのような作家の、さらに特別なひとりであった。女性の真に秀れた表現者の、男性にはおよそそこにいたりえぬ高み。それも知の領域の高み。ディネーセンはそこに立ち、彼女以前には実在しなかったが、彼女がなしとげたのちは古典的な位置のあきらかな、しかもおおいに楽しめる作品をつむぎだす。》

ところが僕自身は、そのような回想を書く資質に欠けると自覚されるのである。それはしかし年齢の問題ではないのか、まだきみは四十代なかばを過ぎたばかりなのだから、といわれるかもしれない。しかしすでに僕は、自分にとって創造的でありうる生涯の時の、すくなくとも三分の二を費消しているだろう。老年にいたり、回想にふさわしい時期がおとずれたとして、その僕の回想の内容の大半は、おそらくもう僕が経験したところのことなのだ。しかもなお、現在の僕は過去に向って回想する情熱を喚起しえぬのである。いかにもしばしば死について語ることを繰りかえしながら、しかも、——いや、自分が真に生きるとして、それはなお未来に属すると、意識の深部で信じこんでいるかのように……

そこに立ち、あらためて考えてみれば、僕はつねづねそのような思いこみをしつつ生きる人間であった。しかも現にそうであり、将来にかけてそうであるように思われるのである。僕はこの自己解釈の文章を、サルトルの死をめぐって書きはじめたが、僕が若い時分に、青年特有の自己流の受けとりを介してサルトルから受けた影響の根幹には、生きてゆくことを、未来にむけての投企《プロジェ》とみなす考え方があった。僕はそのように考えての自分の生を、作家としての表現者の生活にかさねた。ところが作家の想像力による行為とは、つねに知っている範囲から知らぬ領域へと、自分を投企《プロジェ》することなのであったから、僕なりの受けとめをつうじてのサルトルの影響は一貫したのであった。

したがって僕が自分のこれまでのエッセイ、評論について、それを書いた時期の時代環境と僕自身についての回想しながら自己解釈するということは、それらのエッセイ、評論とそれを書いた僕自身とを、未来へ向けて投げかけなおす行為にほかならず、すなわちそれは未来へ向けて回想することだったのであった。

5

未来へ向けて、と僕はいうのだが、実際に身ぢかな未来として、どのような世界を僕が想像するか？　核状況をめぐっての、もっとも望ましくない、しかももっともありうべき未来図として自分の惧れるところについてはのべた。核時代の最初の悲惨が日本人を襲った、さきの大戦の終末から、その教訓に立って自己のものとしてきた平和憲法を、もし放棄してしまうとするならば、それ以後の国際環境における日本および日本人がどうなるか？　そのやはりもっとも望ましくない、しかももっともありうべき未来像についても、想像するところを書いた。

さらに、より日常的、一般的なレヴェルでとらえる未来の日本人の、もっとも望ましくない、しかももっともありうべき未来の顔を考えよう。その時、僕はさきに引いたマルクーゼの、一九六〇年代のアメリカ人分析を思い出すのである。わが国の若い人びとはすでにマルクーゼを過去の思想家のファイルに整理してしまっただろうか？　現実にわれわれ日本人は、いまやまさにマルクーゼが警告した「一次元的人間」として、産業社会の統制下に生きる者らとなりおおせようとしているのに。わが国の産業社会体制に対して順応的な知識人たちは、おもにナショナリズムの気分のなかで、アメリカの知的制度を鼻であしらうようなことをいう。しかしかれらがつくりだす知的制度は、数年、あるいは十数年遅れで模倣した、アメリカのそれのコピイであることが多かった。これもさきにひいた、シャルガフのいう非懐疑タンク、つまりシンク・タンクは、いまやわが国における様ざまなレヴェルの（しかし一皮剝けば同じ顔つきをした）、知的制度の土台をなしている。この種の知的制度のどれにも属することなく、なんとかひとりで仕事をつづけている憂い顔の中年男として、僕は非懐疑タンクに組みいれられることのない自分の未来を信じえよう。しかししだいに態勢をかためる、それらの知的制度で教育される新世代に、シャルガフのいっていた批判的懐疑主義をどのように期待すればいいのか？　僕が『青年へ』を書くことにした動機づけとして、そのように絶望的な思いもまた働らくことがあったのだと、僕はいわねばならないだろう。

しかしたとえば文化の記号論というような、それも学問や芸術の多様な分野からいちいちの個性を生かしつつ参加することのできる、新しい知の共通の場にふれることで、僕は産業社会の統制のためのシンク・タンクのような知的制度を、その非懐疑タンクのゆえをもってひっくりかえすための、よく批判的に懐疑する個の協同をつくり出しうるのではないかと、希望をいだきもするのである。いったんはそのような、個の批判的懐疑主義に根ざして獲得された知の方法、精神の技術が、しばしば一挙に、もうひとつのシンク・タンクにとりこまれる。シャルガフの言葉を繰りかえせば、人間の思考過程の代役を果たす非懐疑タンクにとりこまれてしまう。それもそのような知の方法、精神の技術のみならず、それらをつくりだし、それらを使うはずの者らもまた、それらにむしろ使われる者としてとりこまれてしまう。すくなからずその例を見てきた者の絶望をへて、なおかつこの希望をいうのであるけれども。マルクーゼがその書物に引いているベンヤミンの詩句を、ここに僕としても引用する理由はそこにある。《希望なき人びとのためにのみ／われわれには希望が与えられている》

　個である自分の知の方法、精神の技術をきたえて、なおかつそれがついには成就すべき、人間的協同の場をめざすこと。すくなくともそのようにつとめることを、今後も僕は自分が同時代についてのエッセイ、批評の文章を書いてゆくこととかさねたい。そのためにも、この過程を僕に可能ならしめ、かつこの可能な過程を次つぎに更新することをえさしめるような、隣接諸科学の同時代人に学ぶことをしたい。それを思いつつ、現在にいたるまでの僕の同時代をめぐるエッセイ、評論を、このようなかたちで集成し、刊行しおえさせてくれた、現場の作り手と持続的な読み手に感謝する。

——〔一九八一年六月〕——

初出一覧

Ⅰ 青年へ

Ⅱ

宇宙のへりの鷲……『新潮』一九八一年一月号

Ⅲ

読書家ドン・キホーテ……『朝日ジャーナル』一九七二年一一月三日号

『海上の道』解説……岩波文庫「海上の道」一九七八年一〇月一六日

『思想の運命』解説……中公文庫「思想の運命」一九七九年一一月一〇日

〝知の世界の涯を旅する者〟……中公文庫「本の神話学」一九七七年一二月一〇日

悲劇の表現者……『文芸』一九七二年一月号

独裁者という鏡……『海』一九七九年二月号

Ⅳ

核時代の日本人とアイデンティティー……『世界』一九八一年一月号

明日の被爆者……『世界』一九八一年二月号

・本書は一九八〇—八一年に小社より刊行された「大江健三郎同時代論集」（全十巻）を底本とし、誤植や収録作品の重版・改版時の修正等に関してのみ若干の訂正をほどこした。

・今日からすると不適切と見なされうる表現があるが、作品が書かれた当時の時代背景や文脈、および著者が差別助長の意図で用いてはいないことを考慮し、そのままとした。

ブックデザイン　鈴木成一デザイン室
装画　渡辺一夫

新装版 大江健三郎同時代論集 10
青年へ　（全10巻）

2023年11月28日　第1刷発行

著　者　大江健三郎《おおえけんざぶろう》

発行者　坂本政謙

発行所　株式会社 岩波書店
〒101-8002 東京都千代田区一ツ橋 2-5-5
電話案内 03-5210-4000
https://www.iwanami.co.jp/

印刷・三陽社　カバー・半七印刷　製本・松岳社
カバー加熱型押し・コスモテック

ISBN 978-4-00-028830-9　Printed in Japan

新装版　大江健三郎同時代論集　全10巻

著者自身による編集。解説「未来に向けて回想する——自己解釈」を全巻に附する

（二〇二三年一一月現在）

1　出発点

I　戦後世代のイメージ　II　強権に確執をかもす志／戦後世代と憲法／憲法についての個人的な体験／他　III　私小説について／戦後文学をどう受けとめたか／飢えて死ぬ子供の前で文学は有効か？／他　IV　われらの性の世界／『われらの時代』とぼく自身／現代文学と性　V　今日の軍港——横須賀／プラットフォームの娘たち／少年たちの非行のエネルギーは抹殺されるべきものか？／他　VI　ここにヘンリー・ミラーがいる／危険の感覚／日本に愛想づかしする権利／他

2　ヒロシマの光

I　ヒロシマ・ノート　II　被爆者の自己救済行動／原民喜を記念する／原爆後の日本人の自己確認／他　III　核基地に生きる日本人／一九四五年夏に「明日」を見る／敗戦経験と状況七一／他　IV　核時代の『三酔人経綸問答』／核時代のエラスムス

3　想像力と状況

I　記憶と想像力／持続する志／死んだ学生への想像力／他　II　「期待される人間像」を批判する／アメリカの百日／政治的想像力と殺人者の想像力／他　III　〝記憶して下さい。私はこんな風にして生きて来たのです〟／戦後の人間として「明治」を読むこと／ほんとうの教育者としての子規／他　IV　誰を方舟に残すか？／多様性コソ力デアル／テロは美しく倫理的か？／他　V　おもてを伏せてふりかえる／死滅する鯨とともに